Aus dem Amerikanischen von Margarete Längsfeld

Mit Illustrationen von Wendy Wray

Rita Mae Brown
& Sneaky Pie Brown

SCHADE, DASS DU NICHT TOT BIST

Ein Fall
für Mrs. Murphy

Roman · Rowohlt

DANKSAGUNG
Gordon Reistrup half mir beim Tippen und Korrekturlesen, und Carolyn Lee Van Clief versorgte mich mit massenhaft Katzenminze. Ohne die beiden hätte ich dieses Buch nicht schreiben können.

1. Auflage Juli 1991

Die Originalausgabe erschien 1990 unter dem Titel
«Wish You Were Here» by Bantam Books, New York
Umschlaggestaltung Barbara Hanke

Satz Binny Old Style (Linotronic 500)
Gesamtherstellung Clausen & Bosse, Leck
ISBN 3 498 00551 0

Dem Andenken an Sally Mead,
Vorsitzende der Charlottesville-Albemarle Society
for the Prevention of Cruelty to Animals
gewidmet

Personen der Handlung

Mary Minor Haristeen (Harry), die junge Posthalterin von Crozet, die mit ihrer Neugierde beinahe ihre Katze und sich selbst umbringt

Mrs. Murphy, Harrys graue Tigerkatze, die eine gewisse Ähnlichkeit mit der Autorin Sneaky Pie aufweist und einmalig intelligent ist!

Tee Tucker, Harrys Welsh Corgi, Mrs. Murphys Freundin und Vertraute, eine lebensfrohe Seele

Pharamond Haristeen (Fair), Tierarzt, der mit Harry in Scheidung lebt und sich über das Leben wundert

Boom Boom Craycroft, eine umwerfende Schönheit, die der besseren Gesellschaft angehört und sich heimlich verzehrt

Kelly Craycroft, Boom Booms Ehemann

Mrs. George Hogendobber (Miranda), eine Witwe, die emphatisch auf ihrer persönlichen Auslegung der Bibel beharrt

Bob Berryman, von seiner Frau Linda mißverstanden

Ozzie, Berrymans australischer Schäferhund

Market Shiflett, Besitzer von Shiflett's Market neben dem Postamt

Pewter, Markets dicke graue Katze, die sich notfalls auch mal von der Futterschüssel lösen kann

Susan Tucker, Harrys beste Freundin, die das Leben nicht allzu ernst nimmt, bis ihre Nachbarn ermordet werden

Ned Tucker, Rechtsanwalt und Susans Ehemann

Jim Sanburne, Bürgermeister von Crozet

Big Marilyn Sanburne (Mim), tonangebend in der Gesellschaft von Crozet und ein schrecklicher Snob

Little Marilyn Sanburne, Mims Tochter und nicht so dumm, wie sie scheint

Josiah DeWitt, ein gewitzter Antiquitätenhändler, umschwärmt von Big Marilyn und ihren Freundinnen

Maude Bly Modena, eine kluge verpflanzte Yankee-Lady

Rick Shaw, Bezirkssheriff von Albemarle County

Officer Cynthia Cooper, Polizistin

Hayden McIntire, Arzt

Rob Collier, Postfahrer

Paddy, Mrs. Murphys Ex-Mann, ein kesser Kater

Vorbemerkung der Verfasserin

Mutter ist im Stall beim Ausmisten der Boxen, eine Arbeit, die sie wirklich verdient. Ich habe die Schreibmaschine ganz für mich allein, und so kann ich Ihnen die Wahrheit berichten. Ich hätte ja geschwiegen, aber Pewter, das fette Ekel, hat sich auf den Schutzumschlag von *Starting from Scratch* geschlichen. Sie ließ es sich als alleiniges Verdienst anrechnen, das Buch geschrieben zu haben. Zugegeben, Pewters Ego ist ein gasförmiger Zustand, es dehnt sich immer weiter aus, aber dieser Akt kätzischer Eigenwerbung war mehr, als ich ertragen konnte.

Lassen Sie mich die Sache richtigstellen. Ich bin sieben Jahre alt und habe Mutter zeit meines Lebens beim Schreiben ihrer Bücher geholfen. Es hat mir nie etwas ausgemacht, daß sie den Umfang meines Beitrags zu erwähnen vergaß. Menschen sind eben so, und da sie solch schwache Geschöpfe sind (kann man Fingernägel etwa mit Krallen vergleichen?), lasse ich es durchgehen. Aber Menschen sind eine Sache. Katzen sind etwas anderes, und Pewter, ein Jahr jünger als ich, ist nicht der literarische Löwe, der sie zu sein vorgibt.

Sie müssen mir nicht glauben. Lassen Sie es mich Ihnen beweisen. Ich beginne mit einer Katzenkrimiserie. Pewter hat nichts damit zu tun. Ich werde ihr jedoch eine Nebenrolle zuweisen, um den Hausfrieden zu wahren. Dies ist ganz allein mein Werk, Wort für Wort.

Ich werde Ihnen nicht verraten, ob dies ein Schlüsselroman ist. Ich sage nur, daß ich eine starke Ähnlichkeit mit Mrs. Murphy aufweise.

Ihre sehr ergebene
SNEAKY PIE

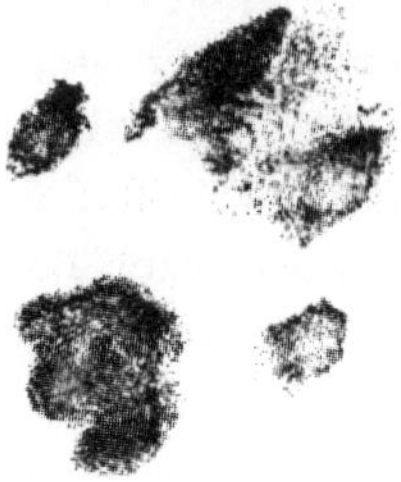

1

Mary Minor Haristeen, von ihren Freunden Harry genannt, marschierte neben den Bahngleisen her, dicht gefolgt von Mrs. Murphy, ihrer klugen, eigenwilligen Tigerkatze, und Tee Tucker, ihrem Welsh Corgi. Hätte man Katze und Hund gefragt, so hätten diese gesagt, daß Harry ihnen gehöre, nicht umgekehrt; ohne jeden Zweifel jedoch gehörte Harry nach Crozet, Virginia. Mit dreiunddreißig Jahren war sie die jüngste Posthalterin, die Crozet je gehabt hatte, aber es hatte ja auch niemand anders den Job haben wollen.

Crozet schmiegt sich in eine Mulde der Blue Ridge Mountains. Die Stadt besteht, wie sich das gehört, aus der Railroad Avenue, die parallel zu den Gleisen der Chesapeake & Ohio Railroad verläuft, und einer sie kreuzenden Straße, die Whitehall Road heißt. Etwa fünfzehn Kilometer östlich liegt die reiche und mächtige Kleinstadt Charlottesville, die sich wie ein goldener Pilz nach Osten, Westen, Norden und Süden ausbreitet. Harry mochte Charlottesville eigentlich ganz gern. Die Landerschließer waren es, die sie nicht so gern mochte, und sie betete jeden Abend, daß diese Crozet mit seinen dreitausend Einwohnern weiterhin für ein unbedeutendes kleines Kaff an der Westroute halten und übersehen würden.

Ein graues Schindelgebäude mit weißer Einfassung neben dem Bahnhof beherbergte das Postamt. Daneben lag «Market» Shifletts winziges Lebensmittel- und Fleischereigeschäft. Alle Leute wußten die Bequemlichkeit zu schätzen, sich an einem zentral gelegenen Ort mit Milch, Post und Klatsch versorgen zu können.

Harry schloß die Tür auf und betrat ihre Dienststelle in genau dem Augenblick, als die große Bahnhofsuhr sieben schlug, sieben Uhr früh. Mrs. Murphy sauste wie der Blitz an ihr vorbei; Tucker kam in gemächlicherer Gangart nach.

Ein leerer Postbehälter lockte Mrs. Murphy. Sie hüpfte hinein. Tucker beklagte sich, daß sie nicht hineinspringen konnte.

«Sei still, Tucker. Mrs. Murphy ist gleich wieder draußen – nicht wahr?» Harry beugte sich über den Behälter.

Mrs. Murphy starrte zu ihr hinauf und sagte: *«Von wegen. Laß Tucker nur meckern. Sie hat heute morgen mein Katzenminze-Säckchen geklaut.»*

Alles was Harry hörte, war ein Maunzen.

Die Corgihündin hörte jedes Wort. *«Du bist ein richtiges Luder, Mrs. Murphy. Du hast massenhaft solche Säckchen.»*

Mrs. Murphy legte die Pfoten auf den Rand des Behälters und lugte hinüber. *«Na und? Ich habe nicht gesagt, daß du auch nur mit einem davon spielen darfst.»*

«Laß das, Tucker.» Harry dachte, der Hund knurre völlig grundlos.

Draußen hupte es. Rob Collier, der den großen Postwagen fuhr, lieferte die Morgenpost. Um vier Uhr nachmittags würde er wiederkommen, um Post abzuholen.

«Du bist früh dran», rief Harry ihm zu.

«Wollte dir 'nen Gefallen tun.» Rob lächelte. «Weil nämlich in genau einer Stunde Mrs. Hogendobber schnaufend und prustend vor dieser Tür stehen wird, um ihre Post zu holen.» Er ließ zwei große Postsäcke auf die Vordertreppe plumpsen und kehrte zum Wagen zurück. Harry trug die Säcke hinein.

«He, das hätte ich für dich machen können.»

«Ich weiß», sagte Harry. «Ich brauch Bewegung.»

Tucker erschien in der Tür.

«Hallo, Tucker», begrüßte Rob den Hund. Tucker wedelte mit dem Schwanz. «Na gut, weder Regen noch Glatteis noch Schnee und so weiter.» Rob rutschte hinters Lenkrad.

«Es sind fünfundzwanzig Grad um sieben Uhr früh, Rob. Ich an deiner Stelle würde mir keine Sorgen um das Glatteis machen.»

Er lächelte und fuhr los.

Harry öffnete den ersten Sack. Mrs. Hogendobbers Post lag zuoberst, ordentlich mit einem dicken Gummiband gebündelt. Wenn Rob Zeit hatte, legte er Mrs. Hogendobbers Post im Hauptpostamt in Charlottesville auf einen Extrahaufen. Harry steckte die Handvoll Briefe in den Schlitz des Postfachs. Danach begann sie, den Rest zu sortieren: Rechnungen, genügend Versandhauskataloge, um sämtliche Männer, Frauen und Kinder in den Vereinigten Staaten neu einzukleiden, und natürlich private Briefe und Postkarten.

Courtney Shiflett, Markets vierzehnjährige Tochter, erhielt eine Postkarte von Sally McIntire aus einem Ferienlager. Kelly Craycroft, der gutaussehende, reiche Inhaber einer Straßenbaufirma, war der Empfänger einer Glanzpostkarte aus Paris. Es war eine Fotografie von einem schönen Engel mit Flügeln. Harry drehte sie um. Es handelte sich um den Grabstein Oscar Wildes auf dem Friedhof Père Lachaise. «Schade, daß Du nicht hier bist», stand auf der Karte. Keine Unterschrift. Die Handschrift war eine Computerschrift, wie der Namenszug auf den Briefen, die man von seinem Kongreßabgeordneten kriegte. Harry seufzte und steckte die Karte in Kellys Postfach. Es wäre himmlisch, in Paris zu sein.

Schneebedeckte Alpen prangten majestätisch auf einer an Harry adressierten Postkarte von ihrer Freundin seit Kindertagen, Lindsay Astrove.

Liebe Harry,
bin in Zürich angekommen. Keine Gartenzwerge in Sicht. Flug kein Problem. Bin sehr müde. Schreibe später ausführlich.

Beste Grüße
Lindsay

Es wäre himmlisch, in Zürich zu sein.

Bob Berryman, der größte Viehtransporthändler im Süden, erhielt einen eingeschriebenen Brief vom Finanzamt. Harry steckte ihn behutsam in sein Fach.

Harrys beste Freundin, Susan Tucker, bekam ein großes Paket vom James River-Versand, vermutlich die reduzierten Baumwollpullover, die sie bestellt hatte. Susan, besonnen wie sie war, wartete immer den Ausverkauf ab. Sie war die «Mutter» von Tee Tucker, Tee genannt, weil Susan sie Harry beim siebten Tee im Farmington Golf Club geschenkt hatte. Mrs. Murphy, zwei Jahre älter als der Hund, war nicht erbaut gewesen, aber sie fand sich allmählich damit ab.

Eine Gary Larsen-Postkarte zog Harrys Aufmerksamkeit auf sich. Harry drehte sie um. Sie war an Fair Haristeen adressiert, Harrys baldigen Ex-Gatten (wenn auch nicht bald genug). «Durchhalten, Kumpel», lautete die Botschaft von Stafford Sanburne. Harry schmiß die Postkarte in Fairs Fach.

Crozet war so klein, daß die Leute sich genötigt sahen, bei einer Scheidung für eine Seite Partei zu ergreifen. Vielleicht war sogar New York City so klein. Harry jedenfalls schwankte täglich zwischen Wut und Kummer, wenn sie einstige Freunde ihre Wahl treffen sah. Die meisten schlugen sich auf Fairs Seite.

Immerhin hatte sie ihn verlassen und damit andere Frauen in Albemarle County in Rage gebracht, die auch in einer miesen Ehe festsaßen, aber nicht den Mut hatten abzuhauen. Das waren eine Menge Frauen.

«Gott sei Dank haben sie keine Kinder», zischelten viele Zungen hinter Harrys Rücken und ihr ins Gesicht. Harry pflichtete ihnen bei. Mit Kindern würde die vermaledeite Scheidung ein Jahr dauern. Ohne dauerte der Schwebezustand nur sechs Monate, und zwei hatte sie hinter sich.

Bis es acht Uhr schlug, waren die beiden Postsäcke zusammengefaltet, die Schließfächer gefüllt, der alte Fichtenbohlenboden saubergefegt.

Mrs. George Hogendobber, praktizierende Protestantin, holte jeden Morgen um Punkt acht Uhr ihre Post ab, außer sonntags, wenn sie das Evangelium hörte und das Postamt geschlossen war. Sie machte sich viele Gedanken über die Evolution. Sie war entschlossen zu beweisen, daß der Mensch nicht vom Affen abstammte, sondern vielmehr nach Gottes Ebenbild geschaffen war.

Mrs. Murphy hoffte inständig, daß Mrs. Hogendobber dieser Beweis gelänge, denn die Verknüpfung von Mensch und Affe war eine Beleidigung für den Affen. Freilich würde die gute Frau vor Schreck sterben, wenn sie jemals entdeckte, daß Gott eine Katze war und der Mensch daher überhaupt nichts zu melden hatte.

Die große, von christlicher Gesinnung durchdrungene Gestalt hievte sich die Treppe hoch. Sie stieß mit der ihr eigenen Energie die Tür auf.

«Morgen, Harry.»

«Morgen, Mrs. Hogendobber. Hatten Sie ein schönes Wochenende?»

«Abgesehen von einem gelungenen Gottesdienst in der Kirche zum Heiligen Licht, nein.» Sie zog mit einem kräftigen Ruck ihre Post aus dem Fach. «Josiah DeWitt schaute vorbei, als ich nach Hause kam, und wollte mich beschwatzen, mich von Mutters Louis Seize-Bett zu trennen, mitsamt Baldachin und allem Drum und Dran. Und das am heiligen Sonntag. Der Mann ist ein Diener Mammons.»

«Ja – aber er erkennt gute Qualität mit einem Blick.» Harry schmeichelte ihr.

«Hmm, Louis hier und Louis da. Zu viele Louis' drüben in Frankreich. Es hat ein schlimmes Ende genommen, mit jedem einzelnen von ihnen. Ich glaube, die Franzosen haben seit Napoleon keinen bedeutenden Mann mehr hervorgebracht.»

«Was ist mit Claudius Crozet?»

Das ließ Mrs. Hogendobber einen Moment verstummen. «Ich glaube, Sie haben recht. Er schuf eines der technischen Wunder des neunzehnten Jahrhunderts. Ich bekenne meinen Irrtum. Aber das ist der einzige seit Napoleon.»

Die Stadt Crozet war nach eben diesem Claudius Crozet, geboren am 31. Dezember 1789, benannt. Der Ingenieur hatte mit den Franzosen in Rußland gekämpft und war auf dem schrecklichen Rückzug aus Moskau gefangengenommen worden. Der russische Offizier, der ihn erwischt hatte, war so angetan, daß er Claudius sofort auf sein großes Gut verfrachtete und mit Büchern und technischen Geräten versorgte. Claudius diente ihm, bis die Franzosen nach Hause zurückkehren durften. Es hieß, der Russe, ein Prinz von fürstlichem Geblüt, habe den jungen französischen Hauptmann mit Juwelen, Gold und Silber entlohnt.

Sich Napoleon bei dessen zweitem Versuch, an die Macht zu kommen, noch einmal anzuschließen, erwies sich als risikoreich, und Crozet wanderte nach Amerika aus. Falls er Vermögen hatte, verbarg er es sorgfältig; er lebte von seinem Gehalt. Seine Glanzleistung war es, vier Tunnels durch die Blue Ridge Mountains zu treiben, eine Aufgabe, die er 1850 begonnen und acht Jahre später vollendet hatte.

Der erste Tunnel, der Greenwood-Tunnel, lag westlich von Crozet, war 160 Meter lang und wurde nach 1945 versiegelt, als ein neuer Tunnel fertiggestellt war. Über dem Osteingang des Greenwood-Tunnels fand sich in Stein gemeißelt die Inschrift: C. Crozet, Chefingenieur; John Kelly, Bauunternehmer, A. D. 1852.

Der zweite Tunnel, der Brooksville-Tunnel, 260 Meter lang, wurde ebenfalls nach 1945 versiegelt. Dieser Tunnel war tückisch, weil das Gestein sich als weich und unverläßlich erwies.

Der dritte Tunnel war der Little Rock. Er war 30 Meter lang und wurde immer noch von der Chesapeake & Ohio Railroad benutzt.

Der vierte war der Blue Ridge-Tunnel mit einer Länge von 1440 Metern.

Stillgelegte Gleise führten zu den versiegelten Tunnels. Im neunzehnten Jahrhundert hatte man noch für die Ewigkeit gebaut; nicht eine einzige Schiene hatte sich verzogen.

Es hieß, Crozet habe sein Vermögen in einem der Tunnels versteckt. Diese Geschichte nahm die C & O immerhin so ernst, daß man die stillgelegten Tunnels gründlich inspizierte, bevor man sie nach dem Zweiten Weltkrieg versiegelte. Ein Schatz wurde nie gefunden.

Unmittelbar nachdem sie auf ihren die Franzosen betreffenden Irrtum aufmerksam gemacht worden war, verließ Mrs. Hogendobber die Poststelle. Sie begegnete Ned Tucker, Susans Mann, der auf dem Weg hinein war. Artigkeiten wurden ausgetauscht. Tee Tucker rannte fröhlich bellend hinaus, um Ned zu begrüßen. Mrs. Murphy kletterte aus dem Postbehälter und sprang auf den Schalter. Sie konnte Ned gut leiden. Alle hatten ihn gern.

Er blinzelte Harry zu. «Na, bist du wiedergeboren?»

«Nein, aber von gestern bin ich auch nicht.» Sie lachte.

«Mrs. H. war heute morgen ungewöhnlich kurz angebunden.» Er schnappte sich einen großen Haufen Post. Das meiste war für die Anwaltskanzlei Sanburne, Tucker und Anderson bestimmt.

«Welch seltenes Glück», sagte Harry.

«Ich weiß.» Ned lächelte. An diesem heißen Julimorgen einer Tirade über die Erlösung der Welt entkommen zu sein, war wirklich ein Glück; das wußte Ned, der ein ausgesprochen glücklicher Mensch war. Er bückte sich, um Tucker die Ohren zu kraulen.

«*Meine darfst du auch kraulen*», bat Mrs. Murphy.

«*Er hat mich lieber als dich.*» Tucker genoß es, im Mittelpunkt zu stehen.

«Was für köstliche Laute sie von sich geben.» Ned kraulte weiter. «Manchmal glaube ich, sie sind beinahe menschlich.»

«*Ist das zu fassen?*» Mrs. Murphy leckte ihre Vorderpfoten. Menschlich, was für eine Idee! Menschen hatten keine Krallen, kein Fell, und ihre Sinne waren getrübt. Sie dagegen konnte eine Ameisenlarve im Sand wühlen hören. Darüber hinaus verstand sie alles, was die Menschen in ihrer kehligen Art sprachen. Diese dagegen verstanden Katzen oder andere Tiere kaum, und einander erst recht nicht. Selbst von Harry, die sie zugegebenermaßen liebte, bekam sie nur dann eine Reaktion, wenn sie zu den ausgefallensten Mitteln griff.

«Ja, ich weiß nicht, was ich ohne meine Kleinen anfangen würde. Apropos, was machen deine?»

Neds Blick irrte für einen Moment ab. «Harry, allmählich glaube ich, es war ein Fehler, Brookie auf eine Privatschule zu schicken. Sie ist zwölf, geht für zwanzig durch und ist ein richtiger kleiner Snob. Susan möchte, daß sie im Herbst wieder auf die St. Elisabeth-Schule geht. Wir haben schließlich auch eine öffentliche Schule besucht, haben was gelernt und sind was Anständiges geworden.»

«Jetzt herrschen rauhe Sitten, Ned. Als du zur Schule gingst, haben sie noch keine Drogen auf dem Klo verkauft.»

«Als wir auf der Crozet High School waren schon. Du warst so vernünftig, es einfach zu übersehen.»

«Nein, ich hatte kein Geld, um das Zeug zu kaufen. Wäre ich so ein reiches Vorstadtkind von heute gewesen, wer weiß?» Harry zuckte die Achseln.

Ned seufzte. «Ich würde es schrecklich finden, heute ein Kind sein zu müssen.»

«Ich auch.»

Bob Berryman unterbrach sie. «Hi!» Ozzie, sein riesengroßer australischer Schäferhund, trottete hinter ihm drein.

«Hi, Berryman.» Harry und Ned erwiderten seinen Gruß eher aus Höflichkeit. Berrymans Laune befand sich meist am Siedepunkt und kochte oft schäumend über.

Mrs. Murphy und Tucker begrüßten Ozzie.

«Heißer als alle Roste der Hölle.» Berryman ging zu seinem Schließfach und nahm die Post mitsamt dem Einschreibezettel heraus. «Scheiße, Harry, gib mir mal 'nen Stift.» Sie reichte ihm einen halb ausgelaufenen Kugelschreiber. Er unterschrieb den Zettel und starrte wütend auf die Mitteilung vom Finanzamt. «Die Welt rast ihrem Untergang entgegen, und das verfluchte Finanzamt beherrscht die Nation! Am liebsten würde ich jeden einzelnen von diesen Kerlen umbringen!»

Ned verdrückte sich und winkte zum Abschied.

Berryman rang nach Luft, zwang sich zu einem Lächeln und beruhigte sich, indem er Mrs. Murphy tätschelte, die ihn mochte, obwohl die meisten Menschen ihn ungehobelt fanden. «Ich hab alle Hände voll zu tun.» Er verzog sich ebenfalls.

Bobs gestiefelte Füße polterten auf der ersten Stufe, als er die Eingangstür schloß. Da sie kein weiteres Poltern vernahm, blickte Harry von ihren Stempelkissen auf.

Kelly Craycroft ging auf Bob zu. Sein kastanienbraunes Haar schimmerte im Licht wie poliertes Kupfer. Kelly, eigentlich ein umgänglicher Mensch, lächelte nicht.

Schwanzwedelnd stand Ozzie neben Bob. Bob rührte sich noch immer nicht. Kelly erreichte die unterste Stufe. Er wartete einen Moment, sagte etwas zu Bob, das Harry nicht verstehen konnte, trat dann auf die zweite Stufe, worauf Bob ihn die Treppe hinunterstieß.

Wütend, mit dunkelrotem Gesicht, rappelte Kelly sich hoch. «Arschloch!»

Harry hörte es laut und deutlich.

Ohne etwas zu erwidern, schlenderte Bob die Treppe hinunter, aber Kelly, der nicht mit sich spaßen ließ, packte ihn an der Schulter.

«Jetzt hör mir mal gut zu!» schrie Kelly.

Harry wäre gern hinter dem Schalter hervorgekommen. Ihre guten Manieren behielten die Oberhand. Es wäre zu auffällig. Statt dessen strengte sie sich mordsmäßig an, um zu verstehen, was gesprochen wurde. Tucker und Mrs. Murphy, die kaum einen Gedanken daran verschwendeten, welchen Eindruck sie auf andere machten, stießen zusammen, als sie zur Tür rasten.

Diesmal hob Bob die Stimme. «Nimm deine Hand von meiner Schulter.»

Kelly griff fester zu. Bob ballte die Faust und schlug ihn in den Magen.

Kelly klappte vornüber, fing sich wieder. Geduckt machte er einen Satz, packte Bobs Beine und warf ihn aufs Pflaster.

Ozzie zischte los wie der Blitz und schlug seine Zähne in Kellys linkes Bein. Kelly heulte und ließ Bob los, der daraufhin wieder aufsprang.

«Aus» war alles, was Bob zu Ozzie sagen mußte, der Hund gehorchte aufs Wort. Kelly blieb liegen. Er zog sein Hosenbein hoch. Ozzies Biß hatte die Haut aufgerissen. Ein dünnes Blutrinnsal lief in seine Socke.

Bob sagte etwas mit leiser Stimme. Die Farbe wich aus Kellys Gesicht.

Bob ging zu seinem Lieferwagen, stieg ein, ließ den Motor an und fuhr los, als Kelly taumelnd auf die Beine kam.

Beim Anblick des Blutes ließ Harry jegliche Bedenken in punkto Manieren fallen. Sie lief zu Kelly hinaus.

«Da muß Eis drauf. Komm rein, ich hab welches im Kühlschrank.»

Kelly, noch benommen, antwortete nicht gleich.

«Kelly?»

«Oh – ja.»

Harry führte ihn ins Postamt. Sie kippte das Eis aus dem Behälter auf ein Papierhandtuch.

Kelly las seine Postkarte, als sie ihm das Eis gab. Er setzte sich auf die Bank, krempelte das Hosenbein hoch und zuckte zusammen, als er die Kälte an seiner Wade spürte. Die Karte steckte er in seine Gesäßtasche.

«Soll ich den Doktor holen?» erbot sich Harry.

«Nein.» Kelly brachte ein halbes Lächeln zustande. «Ganz schön peinlich, was?»

«Nicht peinlicher als meine Scheidung.»

Das brachte Kelly zum Lachen. Er entspannte sich etwas. «He, Mary Minor Haristeen, so was wie eine gute Scheidung gibt es nicht. Selbst wenn beide Parteien mit den besten Vorsätzen starten, sobald die Anwälte ins Spiel kommen, geht das alles den Bach runter.»

«Gott, das will ich nicht hoffen.»

«Glaub mir. Es wird schlimmer, ehe es besser wird.» Kelly nahm das Eis herunter. Die Blutung hatte aufgehört.

«Halt es noch ein bißchen drauf», riet Harry. «Dann schwillt es nicht an.»

Kelly legte den provisorischen Eisbeutel wieder auf. «Es geht mich ja nichts an, aber du hättest Fair Haristeen schon vor Jahren den Laufpaß geben sollen. Du hast dich in die Geschichte reingekniet und dir alle Mühe gegeben, daß es funktioniert. Das war pure Zeitverschwendung. Perlen vor die Säue.»

Harry war noch nicht ganz so weit, daß sie es gern gehört hätte, wenn ihr Mann als Sau bezeichnet wurde, aber Kelly hatte recht: Sie hätte früher aussteigen sollen. «Jeder von uns lernt in seinem eigenen Tempo.»

Er nickte. «Wie wahr. Ich habe viel zu lange gebraucht, um zu kapieren, daß Bob Berryman, Ex-Footballheld von Crozet High, eine miese Niete ist. Schubst der mich doch glatt die Treppe runter, um Himmels willen. Wegen einer Rechnung! Wirft mir vor, ich hätte ihm für eine Auffahrt zuviel berechnet. Ich bin seit zwölf Jahren im Geschäft, und mir hat noch niemand vorgeworfen, daß ich zuviel berechne.»

«Es hätte schlimmer sein können.» Harry lächelte.

«Ach ja?» Kelly blickte fragend auf.

«Es hätte Josiah DeWitt sein können.»

«Da hast du recht.» Kelly krempelte sein Hosenbein herunter. Er warf das Papierhandtuch in den Abfall, sagte: «Durchhalten, Harry», und verließ das Postamt.

Sie sah ihm nach, als er sich langsamer als sonst entfernte, dann machte sie sich wieder an die Arbeit.

Harry tränkte ihre Stempelkissen und säuberte die Buchstaben auf den Gummistempeln von kleinen Farbklümpchen. Gerade als sie ihre Stirn und sämtliche Finger mit dunkelroter Stempelfarbe beschmiert hatte, kam Big Marilyn Sanburne, «Mim», hereinmarschiert. Marilyn gehörte zu jenen stählernen Frauen, die ehrenamtliche Männer waren. Sie wurde Big Marilyn oder Mim genannt, um sie von ihrer Tochter Little Marilyn zu unterscheiden. Mit vierundfünfzig Jahren hatte sie sich eine kühle Schönheit bewahrt, man drehte sich noch immer nach ihr um. Da sie mit einem immensen Vorrat an Mußestunden belastet war, hatte sie bei sämtlichen städtischen Angelegenheiten die Hand im Spiel. Ihre unbestreitbare Energie trieb andere ehrenamtliche Mitarbeiterinnen regelmäßig an die Bar oder zum Wahnsinn.

«Mrs. Haristeen –» Mim betrachtete die Schmiererei – «haben Sie einen Mord begangen?»

«Nein – bloß in Gedanken.» Harry lächelte verschmitzt.

«Die staatliche Planungskommission steht zuoberst auf meiner Abschußliste. Die werden niemals eine westliche Umgehungsstraße durch diesen Bezirk bauen. Ich werde kämpfen bis zum letzten Atemzug! Am liebsten würde ich eine F-14 chartern und die Bande in Richmond zusammenbomben.»

«Sie haben jede Menge Unterstützung, meine eingeschlossen.»

Harry rieb und wischte, aber die Stempelfarbe war hartnäckig.

Mim genoß jede Gelegenheit sich aufzuspielen, egal, wer ihr Gegenüber war. Jim Sanburne, ihr Mann, hatte sein Leben auf einem kleinen Bauernhof begonnen und sich auf zirka sechzig Millionen Dollar raufgekämpft. Trotz Jims Reichtum wußte Mim, daß sie unter ihrem Stand geheiratet hatte. Sie war eine Frau, die dauernd Beweise für ihren Status brauchte. Sie mußte ihren Namen im Gesellschaftsregister gedruckt sehen. Jim fand das albern. Für Mim war die Ehe eine ständige Strapaze. Für Jim auch. Er führte sein Unternehmen, er führte Crozet, weil er der Bürgermeister war, aber Mim konnte er nicht führen.

«Nun, haben Sie sich das mit der Scheidung noch einmal überlegt?» Mim hörte sich an wie eine Lehrerin.

«Nein.» Harry lief vor Wut rot an.

«Fair ist nicht besser oder schlechter als jeder andere. Stülpen Sie den Männern eine Papiertüte über den Kopf, und sie sind alle gleich. Nur auf das Bankkonto kommt es an. Eine alleinstehende Frau hat es schwer.»

Harry hätte am liebsten gesagt: «Ja, mit Snobs wie Ihnen», aber sie hielt den Mund.

«Haben Sie Handschuhe?»

«Wozu?»

«Sie könnten mir helfen, Little Marilyns Hochzeitseinladungen hereinzutragen. Ich möchte sie nicht beschmutzen. Das Briefpapier ist von Tiffany, meine Liebe.»

«Warten Sie einen Moment.» Harry wühlte herum.

«Du hast sie neben den Postbehälter gelegt», klärte Tucker sie auf.

«Ich geh gleich mit dir Gassi, Tucker», sagte Harry zu dem Hund.

«Ich werf sie auf den Boden. Mal sehen, ob sie's schnallt.» Mrs. Murphy lief flink auf dem Schalter entlang, wich sorgsam der Stempelfarbe und den Stempeln aus und landete mit einem prachtvollen Satz auf dem Regal, wo sie die Handschuhe herunterstieß.

«Die Katze hat Ihre Handschuhe auf den Boden geworfen.»

Harry drehte sich um, als die Handschuhe herunterklatschten.

«Na so was. Sie muß verstehen, was wir sagen.» Harry lächelte, dann folgte sie Big Marilyn nach draußen zu ihrem graublauen Volvo.

«Manchmal frage ich mich, warum ich mich mit ihr abgebe», klagte Mrs. Murphy.

«Fang bloß nicht wieder damit an. Ohne Harry wärst du verloren.»

«Sie ist gutherzig, das geb ich ja zu, aber herrje, sie ist so begriffsstutzig.»

«Das sind sie alle», pflichtete Tucker bei.

Harry und Mim kehrten mit zwei Pappkartons voller beigefarbener Einladungen zurück.

«Na, Harry, Sie werden vor allen anderen wissen, wer eingeladen ist und wer nicht.»

«So geht es mir meistens.»

«Sie sind natürlich eingeladen, trotz Ihres gegenwärtigen, hm, Problems. Little Marilyn hängt so an Ihnen.»

Little Marilyn tat nichts dergleichen, aber niemand getraute sich, Harry nicht einzuladen, weil das unhöflich wäre. Sie kannte tatsächlich jede Gästeliste in der Stadt, und weil sie alles und jeden kannte, war es klug, sich mit Harry gut zu stellen. Big Marilyn sah in ihr eine «Quelle».

«Alle sind nach Postleitzahlen geordnet und gebündelt.» Mim klopfte auf den Schalter. «Und fassen Sie sie nicht ohne Handschuhe an, Harry. Die Farbe kriegen Sie nie von den Fingern runter.»

«In Ordnung.»

«Dann überlaß ich sie jetzt Ihnen.»

Kaum hatte sie Harry von ihrer Anwesenheit befreit, als Josiah DeWitt erschien, der kurz an seinen Hut tippte und einen Moment draußen mit Mim plauderte. Er trug eine weiße Hose, ein weißes Hemd und auf dem Kopf einen flotten Strohhut, und er schenkte der Posthalterin ein breites Lächeln.

«Ich hab schon wieder ein Rendezvous mit der hochwohlgeborenen Mrs. Sanburne. Tee im Club.» Seine Augen zwinkerten. «Ich hab nichts dagegen, daß sie klatscht. Ich hab was dagegen, daß sie es so ungeschickt tut.»

«Josiah –» Harry wußte nie, was er als nächstes sagen würde. Sie schlug ihm auf die Finger, als er in einen der Kartons mit den Hochzeitseinladungen langte. «Das ist jetzt Staatseigentum.»

«Der Staat ist der beste, der sich am wenigsten in das Leben seiner Bürger einmischt. Dieser hier steckt seine Nase überall rein, wirklich überall. Beängstigend. Die wollen uns sogar vorschreiben, was wir im Bett zu tun haben.» Er grinste. «Ah, ich vergesse, daß du in dieser Hinsicht einen Heiligenschein trägst, seit du in Scheidung lebst. Du willst dich in dem Verfahren natürlich nicht dem Vorwurf des Ehebruchs aussetzen, daher nehme ich an, daß du dich notgedrungen in Tugend übst.»

«Und aus Mangel an Gelegenheit.»

«Nicht verzweifeln, Harry, nicht verzweifeln. Die zehn Jahre Ehe haben dir jedenfalls einen großartigen Spitznamen eingebracht... obwohl natürlich jetzt Mary zu dir paßt, wegen des Heiligenscheins.»

«Manchmal bist du unausstehlich.»

«Worauf du dich verlassen kannst.» Josiah blätterte seine Post durch und stöhnte: «Ned hat mich mit einer Rechnung beehrt. Rechtsanwälte nehmen sich wirklich von allem ihr Teil.»

«Kelly Craycroft nennt dich Schimmelpfennig.» Harry hatte Josiah gern, weil sie ihn aufziehen konnte. Mit manchen Leuten konnte man das, mit anderen nicht. «Möchtest du nicht wissen, warum er dich Schimmelpfennig nennt?»

«Das weiß ich schon. Er sagt, ich habe den allerersten selbstverdienten Pfennig aufbewahrt, und der schimmele in meinem Portemonnaie vor sich hin. Meine Version ist, daß ich das Kapital – das Resultat des Geschäftemachens – achte, während andere es verschwenden, insbesondere Kelly Craycroft. Denk doch mal, wie viele Straßenbauunternehmer kennst du, die einen Ferrari Mondial fahren? Und das ausgerechnet hier.» Er schüttelte den Kopf.

Harry mußte zugeben, daß es angeberisch war, einen Ferrari zu besitzen und ihn dann auch noch zu fahren. So etwas tat man in Großstädten, um Fremde zu beeindrukken. «Er hat das Geld – ich finde, er kann es ausgeben, wie es ihm paßt.»

«Einen armen Bauunternehmer gibt es vermutlich nicht, also hast du recht. Trotzdem», er senkte die Stimme, «so was unerhört Protziges. Jim Sanburne fährt wenigstens einen Kombi.» Er schlug sich geistesabwesend mit seiner Post auf den Oberschenkel. «Du wirst mir natürlich sagen, wer zur Hochzeit unserer kindlichen Marilyn eingeladen ist und wer nicht. Vor allem möchte ich wissen, ob Stafford eingeladen ist.»

«Das möchten wir alle wissen.»

«Worauf tippst du?»

«Daß er nicht eingeladen ist.»

«Ein sicherer Tip. Dabei haben sie sich als Kinder so gut verstanden. Sie hingen richtig aneinander, Bruder und Schwester. Schade. Oh, ich muß los. Bis morgen.»

Durch die Glastür beobachtete Harry eine angeregte Unterhaltung zwischen Susan Tucker und Josiah. So angeregt, daß Susan anschließend die drei Stufen mit einem einzigen Satz hinaufsprang. Die Tür flog auf.

«Na so was! Josiah hat mir gerade gesagt, du hättest Little Marilyns Hochzeitseinladungen.»

«Ich hab nicht draufgesehen.»

«Aber du wirst es tun, und zwar sofort.» Susan öffnete die Tür neben dem Schalter und kam nach hinten.

«Die darfst du nicht anfassen.» Harry zog ihre Handschuhe aus, während Tucker freudig an Susan hochsprang, die sie umarmte und küßte. Mrs. Murphy sah von ihrem Regal aus zu. Tucker trug ganz schön dick auf.

«Braves Hündchen. Schönes Hündchen. Gib Küßchen.» Susan sah auf Harrys Hände. «Aber du kannst die Kuverts auch nicht anfassen, daher werde ich die nächsten fünfzehn Minuten deine Arbeit machen.»

«Mach sie im Hinterzimmer, Susan. Wenn dich jemand sieht, sitzen wir beide in der Patsche. Stafford müßte bei den Eins-null-null-Postleitzahlen sein, ich glaube, westlich vom Central Park.»

Auf dem Weg nach hinten rief Susan über die Schulter: «Wenn du dir nicht die Eastside von Manhattan leisten kannst, bleib, wo du bist.»

«Die Westside ist heutzutage wirklich hübsch.»

«Er ist nicht dabei. Ist das zu glauben?» brüllte Susan aus dem Hinterzimmer.

«Das war mir klar. Was hattest du erwartet?»

Susan kam heraus und stellte den Karton unter den Schalter. «Ihr eigener Sohn. Irgendwann muß sie ihm doch verzeihen.»

«Verzeihen kommt in Big Marilyn Sanburnes Wortschatz nicht vor, vor allem wenn eine solche Tat ihren gehobenen gesellschaftlichen Status beeinträchtigt.»

«Wir leben nicht mehr in den vierziger Jahren. Heutzutage heiraten Schwarze und Weiße, und die Rassentrennungsgesetze sind aufgehoben.»

«Wie viele Mischehen gibt es in Crozet?»

«Keine, aber ein paar in Albemarle County. Ich meine, das ist doch albern. Stafford ist jetzt sechs Jahre verheiratet, und Brenda ist eine hinreißende Frau. Und eine brave obendrein, glaube ich.»

«Gehst du mit mir Mittag essen? Du bist die einzige, die mir geblieben ist.»

«Das kommt dir nur so vor, weil du im Augenblick überempfindlich bist. Mach, daß du hier rauskommst, bevor jemand anders zur Tür reinflitzt. Montags geht es immer zu wie im Irrenhaus.»

«Okay, ich bin soweit. Mein Ersatzmann biegt gerade auf den Parkplatz.» Harry lächelte. Es war nett, daß der alte Dr. Larry Johnson das Postamt von zwölf bis eins besetzte, so daß sie eine Stunde Mittag machen konnte. Er half ihr auch, wenn sie während der Schalterstunden Besorgungen zu erledigen hatte. Sie brauchte ihn nur anzurufen.

Dr. Johnson hielt ihnen allen die Tür auf.

«Danke, Dr. Johnson. Wie geht's Ihnen heute?» Harry wußte seine ritterliche Geste zu schätzen.

«Sehr gut, danke.»

«Schönen Tag, Herr Doktor», sagte Susan, während Mrs. Murphy und Tucker ihn mit einem Chor aus Geschnurre und Gejaule begrüßten.

«Hallo, Susan. Schönen Tag, Mrs. Murphy. Und dir auch, Tee Tucker.» Doktor Johnson täschelte Harrys Gefährtinnen. «Wohin wollen die Damen?»

«Bloß in die Pizzeria, ein Sandwich essen. Danke, daß Sie die Stellung halten.»

«Ist mir ein Vergnügen, wie immer. Guten Appetit», rief ihnen der alte Arzt nach.

Harry, Susan, Mrs. Murphy und Tucker schlenderten über das flirrende Trottoir. Die Hitze fühlte sich an wie eine dicke, feuchte Mauer. Sie winkten Market und Courtney Shiflett zu, die in ihrem Lebensmittelgeschäft arbeiteten. Pewter, Markets rundliche graue Katze, stellte im Ladenfenster schamlos ihre intimen Teile zur Schau. Als sie Mrs. Murphy und Tucker sah, begrüßte sie sie. Die beiden riefen etwas zurück und gingen weiter.

«Ich kann es nicht fassen, daß sie sich so gehen läßt», flüsterte Mrs. Murphy Tucker zu. *«Die vielen Fleischhappen,*

mit denen Market sie füttert. Das Mädel kennt keine Beherrschung.»

«Viel Bewegung kriegt sie auch nicht. Nicht so wie du.»

Mrs. Murphy ließ sich das Kompliment gefallen. Sie hatte ihre Figur bewahrt für den Fall, daß der richtige Kater daherkäme. Alle, einschließlich Tucker, glaubten, sie sei noch immer in ihren ersten Gatten Paddy verliebt, aber Mrs. Murphy war überzeugt, daß sie über ihn hinweg war. HINWEG in Großbuchstaben. Paddy trug einen Frack, sprühte vor Charme und widersetzte sich jeder Form des Nützlichseins. Schlimmer noch, er war mit einer silberfarbenen, waschbärähnlichen Kätzin durchgebrannt und hatte dann die Unverfrorenheit besessen, zurückzukommen und zu denken, Mrs. Murphy würde froh sein, ihn nach dieser Eskapade wiederzusehen. Sie war nicht nur nicht froh, sie hatte ihm beinahe ein Auge ausgekratzt. Seit dem Kampf prunkte eine Narbe über Paddys linkem Auge.

In der Pizzeria bestellten Harry und Susan Riesensandwiches. Sie blieben drinnen, um sie im Wirkungsfeld der Klimaanlage zu genießen. Mrs. Murphy saß auf einem Stuhl, Tucker ruhte unter Harrys Sitz.

Harry biß in ihr Sandwich, und die halbe Füllung quoll am anderen Ende heraus. «Verflucht.»

«Das ist der Zweck von diesen Sandwiches. Wir sollen dumm dastehen.» Susan kicherte.

In diesem Moment kam Maude Bly Modena herein. Sie wollte zur Mitnehmtheke rübergehen, aber dann sah sie Harry und Susan und kam zu einem Austausch von Höflichkeiten herüber. «Nimm Messer und Gabel. Was hast du mit deinen Händen angestellt?» fragte sie.

«Stempel saubergemacht.»

«Mir ist es egal, ob meine Poststempel verwischt sind. Ist mir lieber, als daß du wie Lady Macbeth aussiehst.»

«Ich werd's mir merken», erwiderte Harry.

«Ich würde ja gerne bleiben und mit euch klönen, aber ich muß wieder in den Laden.»

Maude Bly Modena war vor fünf Jahren von New York nach Crozet gezogen. Sie hatte einen Laden für Verpackungsmaterial eröffnet – Kartons, Plastikschachteln, Papier, der ganze Kram –, und das Geschäft war ein voller Erfolg. Im Vorgarten stand eine alte Förderlore, auf der sie Blumengebinde und die täglichen Sonderangebote drapierte. Sie wußte, wie man Kunden anzog, und sie selber war, mit Ende Dreißig, ebenfalls anziehend. Zur Weihnachtszeit bildeten sich Schlangen vor ihrem Laden. Sie war eine gewiefte Geschäftsfrau und obendrein freundlich, was in dieser Gegend unumgänglich war. Mit der Zeit verziehen ihr die Einheimischen den unseligen Akzent.

Maude winkte zum Abschied, als sie an dem Panoramafenster vorbeikam.

«Ich denke immer, Maude wird schon noch den Richtigen finden. Sie ist wirklich attraktiv», meinte Susan.

«Eher den Falschen.»

«Saure Trauben?»

«Klingt das so, Susan? Das will ich nicht hoffen. Ich könnte dir so viele Namen von verbitterten geschiedenen Frauen runterrasseln – wir würden den ganzen Nachmittag hier sitzen. Zu deren Club will ich wirklich nicht gehören.»

Susan täschelte Harrys Hand. «Du bist zu empfindlich, wie ich vorhin schon sagte. Du wirst alle möglichen Emotionen durchlaufen. In Ermangelung eines besseren Ausdrucks hab ich das saure Trauben genannt. Tut mir leid, wenn ich deine Gefühle verletzt habe.»

Harry wand sich auf ihrem Sitz. «Mir ist, als ob meine Nervenenden bloßlägen.» Sie setzte sich auf ihrem Stuhl zurecht. «Du hast recht, was Maude angeht. Sie hat vieles, was für sie spricht. Irgendwo muß es einen für sie geben. Einen, der sie zu schätzen weiß – mitsamt ihrem geschäftlichen Erfolg.»

Susans Augen blitzten. «Vielleicht hat sie einen Liebhaber.»

«Ausgeschlossen. Hier kann keiner in seiner Küche

einen Schluckauf kriegen, ohne daß alle es erfahren. Ausgeschlossen.» Harry schüttelte den Kopf.

«Wer weiß.» Susan schenkte sich Wasser nach. «Erinnerst du dich an Terrance Newton? Wir alle glaubten Terrance zu kennen.»

Harry dachte darüber nach. «Da waren wir Teenager. Ich meine, wenn wir erwachsen gewesen wären, hätten wir vielleicht was gemerkt. Ausstrahlung, Schwingungen und so weiter.»

«Ein Versicherungsangestellter, den wir alle kennen, geht nach Hause und erschießt seine Frau und sich. Ich erinnere mich, daß die Erwachsenen erschüttert waren. Keiner hatte was gemerkt. Wenn man die Fassade aufrechterhalten kann, reicht das. Nur ganz wenige blicken unter die Oberfläche.»

Harry seufzte. «Vielleicht sind alle zu beschäftigt.»

«Oder zu egozentrisch.» Susan trommelte mit den Fingern auf den Tisch. «Worauf ich hinauswill ist, daß wir uns vielleicht nicht so gut kennen, wie wir glauben. Das ist eine Kleinstadt-Illusion – glauben, daß wir uns kennen.»

Harry spielte still mit ihrem Sandwich. «Du kennst mich. Ich glaube, ich kenne dich.»

«Das ist was anderes.» Susan machte sich über ihren Schokoladenkuchen her. «Stell dir vor, du wärst Stafford Sanburne und wärst nicht zur Hochzeit deiner Schwester eingeladen.»

«Das war jetzt aber ein Gedankensprung.»

«Wie ich schon sagte, du bist meine beste Freundin. In deiner Gegenwart muß ich nicht konsequent denken.» Susan lachte.

«Stafford hat Fair eine Postkarte geschickt. ‹Durchhalten, Kumpel.› Da fällt mir ein, dasselbe hat Kelly zu mir gesagt. He, du hast was verpaßt. Kelly Craycroft und Bob Berryman hatten eine Rauferei, mit Fäusten und allem Drum und Dran.»

«Und das sagst du mir erst jetzt!»

«Es war so viel los, da habe ich es glatt vergessen. Kelly sagte, es ging um eine Rechnung für eine Auffahrt. Bob ist der Ansicht, er hat ihm zuviel berechnet.»

«Bob Berryman mag ja nicht gerade der Charme in Person sein, aber es sieht ihm nicht ähnlich, sich wegen einer Rechnung zu prügeln.»

«He, wie ich schon sagte, vielleicht kennen wir uns nicht richtig.»

Harry klaubte die Tomaten aus ihrem Sandwich. Das waren die Missetäter; sie war überzeugt, daß ohne die glitschigen Tomaten Fleisch, Käse und Gurken drinbleiben würden. Sie klappte das Brot wieder zusammen, und Mrs. Murphy langte über den Teller, um sich ein Stück Roastbeef zu angeln. «Mrs. Murphy, jetzt reicht's aber.» Harry sprach mit ihrer befehlenden Mutterstimme. Die würde nicht mal im Pentagon ihre Wirkung verfehlen. Mrs. Murphy zog die Pfote zurück.

«Vielleicht sollten wir uns freuen, daß Little Marilyn schließlich doch noch eine gute Partie gemacht hat», sagte Susan.

«Du glaubst doch nicht, daß Little Marilyn Fitz-Gilbert Hamilton allein eingefangen hat, oder?»

Susan bedachte dies. «Sie ist so schön wie ihre Mutter.»

«Und kalt wie Stein.»

«Nein, ist sie nicht. Sie ist still und schüchtern.»

«Susan, du mochtest sie immer, seit wir Kinder waren, und ich konnte Little Marilyn nie ausstehen. Sie ist ein richtiges Mutterkind.»

«Du dagegen hast deine Mutter zur Weißglut getrieben.»

«Hab ich nicht.»

«O doch. Weißt du noch, wie du deine Spitzenhöschen über ihr Nummernschild gehängt hast, und sie ist den ganzen Tag herumgefahren, ohne zu wissen, warum alle gehupt und gelacht haben?»

«Ach das.» Harry erinnerte sich. Sie vermißte ihre Mutter schrecklich. Grace Minor war vor vier Jahren unerwartet an einem Herzanfall gestorben, und Cliff, ihr Mann, war ihr nach kaum einem Jahr gefolgt. Er hatte ohne Grace nicht zurechtkommen können, das gab er auf dem Totenbett zu. Sie waren keineswegs reiche Leute gewesen, aber sie hinterließen Harry ein hübsches Schindelhaus, ein paar Kilometer westlich der Stadt am Fuß des Little Yellow Mountain, und sie hinterließen ihr außerdem einen kleinen Wertpapierbestand, von dem sie die Grundsteuer und ein Taschengeld bestreiten konnte. Ein hypothekenfreies Haus ist ein wunderbares Erbe, und Harry und Fair waren glücklich aus ihrem gemieteten Haus an der Myrtle Street ausgezogen. Freilich, als Harry Fair zu gehen bat, beklagte er sich bitter, daß es ihm immer verhaßt gewesen sei, in ihrem Elternhaus zu wohnen.

«Fitz-Gilbert Hamilton ist häßlich wie die Sünde, aber er wird niemals von der Wohlfahrt leben müssen; er ist ein sehr angesehener Anwalt in Richmond – sagt Ned jedenfalls.»

«Um diese Heirat wird viel zuviel Getue gemacht. In Eile gefreit, in Muße bereut.«

«Saure Trauben.» Susans Augen schossen in die Höhe.

«Der glücklichste Tag meines Lebens war, als ich Pharamond Haristeen geheiratet habe, und der zweitglücklichste Tag meines Lebens war, als ich ihn rausgeworfen habe. Er ist ein Arschloch und hat von mir kein Mitgefühl zu erwarten. Herrgott, Susan, er rennt in der ganzen Stadt herum, ein Bild gekränkter Männlichkeit. Er ißt jeden Abend bei einem anderen Ehepaar. Wie ich gehört habe, hat Mim Sanburne ihm angeboten, daß ihre Haushälterin seine Wäsche waschen könnte. Ich kann es nicht glauben.»

Susan seufzte. «Er genießt es anscheinend, ein Opfer zu sein.»

«Ich genieße es bestimmt nicht.» Harry spie die Worte förmlich hervor. «Das einzige, was schlimmer ist, als die Frau eines Tierarztes zu sein, ist die Frau eines Arztes zu sein.»

«Deswegen läßt du dich nicht von ihm scheiden.»

«Nein, vermutlich nicht. Ich will nicht darüber sprechen.»

«Du hast damit angefangen.»

«So?» Harry schien überrascht. «Ich wollte nicht... Ich möchte das Ganze am liebsten vergessen. Wir sprachen über Little Marilyn Sanburne.»

«Stimmt. Little Marilyn wird tief gekränkt sein,wenn Stafford nicht aufkreuzt, und Mim wird sterben, wenn er aufkreuzt – die Hochzeit, ihr Ereignis des Jahres, verschandelt durch die Ankunft ihrer schwarzen Schwiegertochter. Das Leben wäre viel einfacher, wenn Mim ihre Plantagenmentalität überwinden könnte.» Susan trommelte wieder auf den Tisch.

«Ja, aber dann müßte sie sich der menschlichen Gattung zugesellen. Ich glaube, sie ist emotional impotent und möchte ihr Leiden weltweit verbreiten. Wenn sie ihre Einstellung ändern würde, müßte sie womöglich etwas fühlen, verstehst du? Sie müßte womöglich zugeben, daß sie sich geirrt hat und daß sie ihre Kinder verletzt hat, daß sie sie verletzt und ihnen Narben zugefügt hat.»

Susan saß einen Moment schweigend da und betrachtete die Überreste des üppigen Mahls. «Ja. Hier, Tucker.»

«He, he, und wo bleib ich?» schrie Mrs. Murphy.

«Oh. Hier, du großes Baby.» Harry schob ihr den Teller hinüber. Sie war satt.

Mrs. Murphy fraß, was übrig war, bis auf die Tomaten. Als kleines Kätzchen hatte sie einmal eine Tomate gegessen und sich geschworen, daß es das letzte Mal gewesen war.

Harry schlenderte zum Postamt zurück, und der Rest des Tages verlief ereignislos. Market brachte ein paar Knochen vorbei. Courtney nahm die Post an sich, während ihr Dad eine Runde schwatzte.

Nach der Arbeit ging Harry nach Hause. Sie liebte den mehr als drei Kilometer langen Spaziergang am Morgen und am Nachmittag. Er verschaffte ihr, der Katze und dem Hund reichlich Bewegung. Zu Hause wusch sie ihren alten blauen Wagen und jätete den Garten. Danach machte sie den Kühlschrank sauber, und ehe sie sich's versah, war es Zeit, zu Bett zu gehen.

Sie las ein bißchen, während Mrs. Murphy sich an ihre Seite kuschelte. Tucker schnarchte am Fußende des Bettes. Harry knipste die Lampe aus, genau wie es, verborgen hinter ihren Jalousien, Rolläden und hohen Hecken, die übrigen Einwohner von Crozet taten.

Wieder war ein Tag zu Ende, friedlich und auf seine Art vollkommen. Hätte Harry geahnt, was der nächste bringen würde, sie hätte diesen wohl noch mehr genossen.

2

Mrs. Murphy schlug einen Purzelbaum, während sie einen Grashüpfer jagte. Diesen Witschern, wie sie sie nannte, konnte sie einfach nicht widerstehen. Tucker, die sich nicht für Insekten interessierte, warf ein scharfes Auge auf die Eichhörnchen, die so dämlich waren, über die Railroad Avenue zu huschen. Die alte eckige Uhr an Harrys Handgelenk, die ihrem Vater gehört hatte, zeigte 6 Uhr 30 morgens, und von den Schienen stieg die Hitze auf. Es war ein für Virginia typischer Julitag, einer von der Art, die die Wettermänner und Wetterfrauen im Fernsehen veranlaßten zu plärren, es werde heiß, feucht und dunstig werden, ohne Aussicht auf Veränderungen. Dann rieten sie den Zuschauern, viel Flüssigkeit zu sich zu nehmen. Folgte der Schnitt auf einen Werbespot für Limonade, so ein Zufall.

Harry dachte an ihre Kindheit zurück. Mit dreiunddreißig war sie nicht gerade alt, aber auch nicht mehr jung. Sie fand, daß die Zeiten mehr vom Kommerz geprägt waren, es herrschte ein rüderer Ton. Sogar Bestattungsunternehmer machten Werbung. Ihr nächster Reklametrick würde vermutlich ein Tote-Miss-Amerika-Wettbewerb sein, um festzustellen, wer die Verstorbenen am besten herzurichten verstand. Etwas war während Harrys Lebensspanne mit Amerika geschehen, etwas, das sie nicht ganz begreifen, jedoch intensiv fühlen konnte. Es gab keinen Wettbewerb zwischen Gott und dem Goldenen Kalb. Geld war heutzutage Gott. Kleine grüne Scheine mit den Bildnissen Verstorbener wurden angebetet. Die Menschen töteten nicht mehr für die Liebe. Sie töteten für Geld.

Merkwürdig, in einer Zeit geistiger Hungersnot zu leben. Sie beobachtete Katze und Hund beim Fangenspiel und fragte sich, wieso ihre eigene Gattung sich so weit hatte forttreiben lassen von der animalischen Existenz, dem puren Vergnügen am Jetzt.

Harry hielt sich durchaus nicht für eine philosophische Natur, doch in letzter Zeit hatte sie sich mehr und mehr Gedanken über den Sinn ihres Lebens gemacht – und nicht nur des ihren. Nicht einmal Susan mochte sie erzählen, was ihr in diesen Tagen durch den Kopf schwirrte, weil es so verstörend und traurig war. Manchmal dachte sie, sie trauere ihrer verlorenen Jugend nach, und dies sei der tiefere Grund für ihre trüben Gedanken. Vielleicht nötigte sie der Umbruch, den die Scheidung mit sich brachte, zur inneren Einkehr. Oder vielleicht waren es wirklich die Zeiten, die Käuflichkeit und das krasse Konsumdenken der amerikanischen Lebensweise.

Mrs. George Hogendobber besaß wenigstens außer ihrem Bankkonto noch andere Werte, aber Mrs. Hogendobber klammerte sich vergebens an ein Glaubenssystem, das seinen Einfluß verloren hatte. Das konservative Christentum konnte sich noch jene ängstlichen, engstirnigen Seelen unterwerfen, die absoluter Antworten bedurften, aber es konnte diejenigen nicht mehr für sich gewinnen, die nach einer Vorstellung von ihrer Zukunft hier auf Erden suchten. Der Himmel mochte gut und schön sein, aber man mußte sterben, um dorthin zu gelangen. Harry hatte keine Angst vor dem Sterben, aber sie hatte auch nichts dagegen zu leben. Sie fragte sich, wie sich das Leben angefühlt haben mochte, als das Christentum neu, lebendig und aufregend war – bevor es durch Kollaboration mit der weltlichen Macht korrumpiert wurde. Um das herauszufinden, hätte sie im ersten Jahrhundert nach Christi Geburt leben müssen, und so verlockend der Gedanke auch sein mochte, sie war nicht sicher, ob sie ohne ihren alten Kombi existieren konnte. Hieß das, daß sie ihre Seele für einen fahrbaren Untersatz verkaufen würde? Maschinen, Mammon und Massenwahn waren irgendwie miteinander verknüpft, und Harry wußte, daß sie nicht klug genug war, um den gordischen Knoten des modernen Lebens zu entwirren.

Sie war Posthalterin geworden, um sich vor dem modernen Leben zu verstecken. Mit Kunstgeschichte als Hauptfach am Smith College, das sie als Stipendiatin absolviert hatte, war sie nicht gerade glänzend auf die Zukunft vorbereitet gewesen. Daher kehrte sie nach dem Examen nach Hause zurück und arbeitete als Reitlehrerin in einem großen Reitstall. Als der alte George Hogendobber starb, bewarb sie sich um den Job im Postamt und bekam ihn. Seltsam, daß Mrs. Hogendobber eine gute Ehe geführt hatte, während Harry mit dem anderen Geschlecht im Clinch lag. Sie fragte sich, ob Mrs. Hogendobber ein paar Tricks kannte, die sie nicht drauf hatte, oder ob George einfach jede Hoffnung auf ein eigenes Leben aufgegeben und die Ehe deswegen funktioniert hatte. Harry bereute die Entscheidung für ihren Posten nicht, so gering er anderen auch scheinen mochte, aber sie bereute ihre Heirat.

«Mom ist nachdenklich heute morgen.» Mrs. Murphy rieb sich an Tucker. *«Die Scheidung, schätze ich. Die Menschen machen es sich wahrhaftig schwer.»*

Tuckers Ohren zuckten vor und zurück. *«Tja, sie machen sich dauernd Sorgen.»*

«Das kann man wohl sagen. Sie sorgen sich um Dinge, die Jahre entfernt sind und vielleicht nie eintreten.»

«Ich glaube, das liegt daran, daß sie nicht wittern können. Sie verpassen eine Menge Informationen.»

Mrs. Murphy nickte zustimmend und fügte dann hinzu: *«Auf zwei Beinen gehen. Das ruiniert ihnen den Rücken und beeinträchtigt ihr Denkvermögen. Ich bin sicher, das ist die Ursache.»*

«Darauf wäre ich nie gekommen.» Tucker sichtete den Postfahrer. *«He, wer erster bei Rob ist.»*

Tucker mogelte und stürmte los, bevor Mrs. Murphy antworten konnte. Erbost stieß sich Mrs. Murphy mit ihren kraftvollen Hinterbeinen ab und flitzte, sich dicht über dem Erdboden haltend, hinter ihr her.

«Mädels, Mädels, kommt sofort zurück.»

Die Mädels schworen auf selektive Wahrnehmung. Tucker langte vor Mrs. Murphy beim Wagen an, aber die kleine Tigerkatze sprang in das Fahrzeug.

«Ich hab gewonnen!»

«Hast du nicht», widersprach Tucker.

«Hallo, Mrs. Murphy. Hallo, Tucker.» Rob freute sich über die Begrüßung, die ihm zuteil wurde.

Keuchend holte Harry Katze und Hund ein. «Hallo, Rob. Was hast du heute morgen für mich?»

«Das übliche. Zwei Säcke.» Er rumorte im Wagen herum. «Hier ist ein Päckchen von Turnbull and Asser für Josiah DeWitt, für das er unterschreiben und bezahlen muß.» Rob zeigte auf den Nachnahmebetrag.

Harry stieß einen Pfiff aus. «Dreihundert Dollar. Da müssen ja irrsinnige Hemden drin sein. Für Josiah ist nur das Beste gut genug.»

«Ich hab mal irgendwo gelesen, daß die Verdienstspanne im Antiquitätenhandel vierhundert Prozent betragen kann. Schätze, er kann sich die Hemden leisten.»

«Versuch mal, ihn zur Bezahlung irgendeiner anderen Rechnung zu bringen.» Harry lächelte.

Boom Boom Craycroft, Kellys verwöhnte Gattin, fuhr nach Osten, in Richtung Charlottesville. Boom Boom verfügte über ein neues BMW-Cabrio mit dem Kennzeichen BOOMBMW. Sie winkte, und Harry und Rob winkten zurück.

Rob starrte ihr nach. Boom Boom war eine hübsche Frau, dunkelhaarig, betörend. Er kam auf die Erde zurück. «Heute trag ich die Säcke rein, Harry. Die Emanzipation kannst du dir für morgen aufsparen.»

Harry lächelte. «Okay, Rob, zeig, daß du ein Kerl bist. Ich liebe Männer mit Muskeln.»

Er lachte und hievte beide Säcke auf seine Schultern, während Harry die Tür aufschloß.

Als Rob gegangen war, sortierte Harry die Post. Nach einer halben Stunde war sie fertig. Dienstags war es nie viel. Sie ging ins Hinterzimmer und machte sich eine Tasse starken Kaffee. Tucker und Mrs. Murphy spielten mit einem zusammengelegten Postsack. Als Harry aus dem Hinterzimmer auftauchte, stand Mrs. George Hogendobber an der Eingangstür, und der Sack bewegte sich verdächtig. Harry hatte keine Zeit, Mrs. Murphy herauszuziehen. Sie öffnete die Eingangstür, und als Mrs. Hogendobber hereinkam, schoß Mrs. Murphy wie eine Flipperkugel aus dem Sack.

«Fang mich, wenn du kannst!» rief sie Tucker zu.

Die Corgihündin rannte immer im Kreis herum, während Mrs. Murphy auf ein Regal sprang, dann auf den Schalter, mit einem Affenzahn darauf entlangsauste, mit allen vier Pfoten an der Wand landete und sich mit einer halben Kehrtwendung abstieß, wieder den Schalter entlangraste und in der entgegengesetzten Richtung dasselbe Manöver vollführte. Dann machte sie einen Satz vom Schalter herunter, lief zwischen Mrs. Hogendobbers Beinen durch – Tucker in wilder Jagd hinterdrein –, sprang wieder auf den Schalter und blieb dort still wie eine Statue sitzen, während sie Tucker auslachte.

Mrs. Hogendobber stockte der Atem. «Die Katze ist geistesgestört!»

Harry schluckte, erstaunt über diese Darbietung katzenhafter Akrobatik, und erwiderte: «Sie hat bloß mal wieder einen Anfall. Sie wissen ja, wie Katzen sind.»

«Ich persönlich mag keine Katzen.» Mrs. H. richtete sich zu ihrer vollen Höhe auf, welche beträchtlich war. Sie verfügte auch über die entsprechende Leibesfülle. «Zu unabhängig.»

Ja, das sagen viele Leute, dachte Harry bei sich. Lauter Faschisten. Dies war ein ihr liebgewordenes Vorurteil, das sie weder aufzugeben noch abzuschwächen bereit war.

«Ich vergaß zu sagen, daß Sie sich Sonntagabend Diane Bish im Kabelfernsehen anschauen müssen. Eine vollendete Organistin. Sogar ihre Füße werden gezeigt, und letzten Sonntag hatte sie silberne Ballerinas an.»

«Ich habe keinen Kabelanschluß.»

«Oh, na so was. Ziehen Sie in die Stadt. Sie sollten ohnehin nicht allein da am Yellow Mountain leben.» Mrs. Hogendobber flüsterte: «Wie ich höre, hat Mim gestern die Hochzeitseinladungen vorbeigebracht.»

«Zwei Kartons voll.»

«Hat sie Stafford eingeladen?» Es klang beiläufig.

«Das weiß ich nicht.»

«Ach.» Mrs. Hogendobber konnte ihre Enttäuschung nicht verbergen.

Josiah kam herein. «Guten Morgen, die Damen.» Er fixierte Mrs. Hogendobber. «Ich will das Bett.» Er runzelte in gespieltem Ärger die Stirn.

Mrs. Hogendobber verfügte nicht über besonders viel Humor. «Ich gedenke nicht zu verkaufen.»

Fair kam herein, gefolgt von Susan. Es gab eine allgemeine Begrüßung. Harry war angespannt. Mrs. Hogendobber ergriff die Gelegenheit, dem beharrlichen Josiah zu entkommen. Auf der anderen Straßenseite parkte Hayden McIntire, der Arzt, seinen Wagen.

Josiah bemerkte ihn und seufzte. «Ah, mein kindergeplagter Nachbar.» Hayden hatte zahlreiche Kinder gezeugt.

Fair öffnete still sein Schließfach und nahm die Post heraus. Er wollte sich verdrücken, doch Harry, nicht von der besten Intuition geleitet, rief ihn zurück.

«Wart einen Moment.»

«Ich muß einen Besuch machen. Sehnenschnitt.» Er hatte die Hand auf dem Türknauf.

«Verdammt, Fair, wo bleibt mein Scheck?» entfuhr es Harry vor lauter Frust.

Sie hatten eine Vereinbarung unterschrieben, wonach Fair bis zur Scheidung, wenn ihr gemeinsam erwirtschaftetes Vermögen aufgeteilt wurde, monatlich eintausend Dollar an Harry zu zahlen hatte. Sie waren kein wohlhabendes Paar und hatten beide während ihrer Ehe hart gearbeitet. Die Teilung des Zugewinns würde Harry zugute kommen, die wesentlich weniger verdiente als Fair. Glücklicherweise erkannte Fair das Haus rechtmäßig als Harrys an, so daß dieses ausgeklammert war.

Sie hatte das Gefühl, als ließe er sie mit dem Geld hängen. Typisch Fair. Wenn sie nichts unternahm, passierte gar nichts. Er interessierte sich nur für seine Pferdepraxis.

Fair seinerseits fand, daß dies eine von Harrys typischen Nörgeleien war. Sie würde den vermaledeiten Scheck kriegen, wenn er dazu kam, ihn auszuschreiben. Er lief rot an. «Oh, hm, ich mach ihn heute fertig.»

«Wie wär's jetzt gleich?»

«Ich muß einen Besuch machen, Harry!»

«Du bist zehn Tage zu spät dran, Fair. Muß ich Ned Tucker anrufen? Das kostet bloß Anwaltsgebühren und verstärkt die Gefühle von Feindseligkeit.»

«Verdammt», brüllte er, «mich vor Susan und Josiah bloßzustellen finde ich feindselig genug!» Er knallte die Tür zu.

Josiah, gebannt von dem häuslichen Drama, konnte ein Lächeln kaum verbergen. Den Fallgruben des Ehelebens entgangen, weidete er sich genüßlich an dem Theater, das Eheleute aufführten. Josiah konnte nicht verstehen, warum Männer und Frauen heirateten. Sex verstand er, aber heiraten? Für ihn bedeutete die Ehe eine Fußfessel, Kette und Kugel inbegriffen.

Susan, beileibe nicht gebannt, fand den Ausbruch höchst bedauerlich, weil sie wußte, daß Josiah es Mim erzählen und es bis Sonnenuntergang in der ganzen Stadt herum sein würde. Die Scheidung war ohne öffentliche Darbietungen schon schwierig genug. Susan vermutete zudem, daß Fair, passiv-aggressiver Charakter, der er war, das Spiel «die Frau aushungern» spielte. Ehemänner und ihre Anwälte liebten dieses Spiel, und es funktionierte ziemlich oft. Dabei wurde die zukünftige Ex-Frau durch subtile Belagerung in die Knie gezwungen, bis sie aufgab. Die emotionale Belastung war zu hoch für die Frauen, und oft ließen sie sausen, was sie während der Ehe verdient hatten – ein Wert, der ohnehin schwer festzustellen war, weil die Männer Hausarbeit und Frauenmühsal für selbstverständlich hielten. Das wurde nicht mit Geld bewertet. Wenn die Ehefrau diese Mühsal einstellte, zogen die Männer den Wert gewöhnlich noch immer nicht in Betracht; sie hatten vielmehr das Gefühl, ihnen sei etwas angetan worden. Die Frau war das Miststück.

Susan wußte, daß Fair, sobald der Schmerz nachließ, sich auf die Suche nach einer anderen Frau zum Lieben begeben würde, und das Nebenprodukt dieser Liebe würde heißen, daß die neue Ehefrau das Essen einkaufte, den Terminkalender der gemeinsamen gesellschaftlichen Verpflichtungen führte und darauf achtete, daß die Rechnungen bezahlt wurden. Alles aus Liebe.

Tat Susan das für Ned? Am Anfang ihrer Ehe hatte sie es getan. Nach fünf Jahren und zwei Kindern meinte sie den Verstand zu verlieren. Sie verweigerte sich. Ned wurde fuchsteufelswild. Dann hatten sie miteinander geredet, und zwar richtig. Susan hatte Glück. Ned auch. Sie fanden eine gemeinsame Basis. Sie lernten, mit weniger auszukommen, so daß sie eine Hilfe einstellen konnten. Susan nahm einen Halbtagsjob an, damit etwas Geld herein- und sie aus dem Haus herauskam. Aber Susan und Ned waren füreinander bestimmt, Harry und Fair dagegen nicht. Sex hatte sie zusammengebracht und hielt sie eine Weile beieinander, aber gefühlsmäßig verband sie nicht viel und intellektuell schon gar nicht. Sie waren zwei leidlich vernünftige Menschen, die sich voneinander befreien mußten, und, so traurig das war, sie taten es nicht ohne Zorn und gegenseitige Beschuldigungen, und nicht ohne ihre Freunde hineinzuziehen.

Susans Gedanken wurden abrupt unterbrochen.

Eine Sirene gellte in der Ferne und wurde lauter, bis der Ambulanzwagen die Straße entlanggebraust kam und den Reflexionen über Harry und Fair ein spektakuläres Ende bereitete. Alle liefen hinaus vor das Postamt.

Harry griff unwillkürlich nach Josiahs Arm. «Doch wohl nicht der alte Dr. Johnson.» Er war ihr Kinderarzt gewesen und war krumm und gebrechlich.

«Der wird hundert Jahre alt, keine Bange.» Josiah tätschelte ihre Hand.

Der Rettungswagen bog auf der Whitehall Road, der Route 240, nach Süden.

Big Marilyn Sanburnes Volvo hielt vor Shifletts Laden. Sie schlug die Wagentür zu. Dann stolperte sie zu der Gruppe hinüber. «Verdammt, der Rettungswagen hätte mich fast von der Straße gefegt. Vermutlich ängstigen die genauso viele Menschen zu Tode, wie sie retten.»

«Amen», stimmte Josiah zu. Er machte Anstalten zu gehen.

Harry rief ihn zurück. «Josiah, du mußt für ein Päckchen von Turnbull and Asser unterschreiben und bezahlen.»

«Es ist gekommen.» Er strahlte, dann verging das Leuchten. «Wieviel?»

«Dreihundert Dollar», antwortete Harry.

Josiah trug es mit Fassung. «Manche Dinge kann man eben ökonomischen Motiven nicht unterordnen. Wenn man bedenkt, mit was für Leuten ich zwangsläufig zusammenkomme.»

«Di und Fergie», äußerte Harry feierlich.

Tatsächlich war Josiah in die Nähe der königlichen Hoheiten gelangt, als er einmal in London war, um georgianische Möbel zu kaufen, bevor er mit einem Luftkissenboot den Kanal überquerte, um noch mehr von seinem geliebten Louis Quinze-Mobiliar zu erwerben.

Mim drehte sich jäh zu Josiah um, ihrem ständigen Begleiter, wann immer sie Ehemann Jim abhängen konnte. «Diese Geschichte trägt dir bis heute Einladungen zum Essen ein.»

«Meine liebe Mim, ich verkehre ausschließlich geschäftlich mit gekrönten Häuptern. Du nennst sie deine Freunde.» Dies war eine Anspielung auf eine obskure rumänische Gräfin, die von Big Marilyn aufdringlich hofiert worden war. Als sie achtzehn war, hatte Mim in Crozet mit der europäischen Schönheit angegeben.

Ende der fünfziger Jahre dann hatte Mim Europa nach Fabergé-Schatullen abgegrast und nach Möbeln aus der Zeit Georgs III., ihrer Lieblingsepoche. Jim Sanburne wußte nicht, worauf er sich einließ, als er Mim heiratete – aber wer weiß das schon? In Paris begegnete Mim einer Freundin der Gräfin, die ihr erzählte, die Frau sei eine Bäckergehilfin aus Prag, wenngleich eine schöne. Wer immer sie war, sie war schlau genug gewesen, Mim auszubooten, und Mrs. Sanburne erinnerte sich keineswegs wohlwollend daran, daß die Gräfin Jim verführt hatte – allerdings war er eine leichte Beute.

Für diese Unbesonnenheit ließ Mim ihn kräftig zahlen.

Pewter stürmte aus dem Geschäft, als ein Kunde die Tür öffnete. Sie war so fett, daß ihr Bauch beim Rennen hin und her schwabbelte.

Susan kicherte. «Man sollte die Katze auf Diät setzen.» Sie lenkte vom Thema ab, obwohl ihr Mims momentanes Unbehagen nicht besonders leid tat.

Pewter stellte sich auf die Hinterbeine und kratzte an der Tür des Postamts. *«Laßt mich rein.»*

Harry öffnete ihr, während die Menschen sich draußen weiter unterhielten. Pewter platzte ins Postamt, aufgeplustert vor Wichtigkeit. Sogar Mrs. Murphy fiel das auf.

«Wißt ihr was?» Pewter sprang auf den Schalter – das war nicht leicht für sie, aber sie war so aufgeregt, daß es beim ersten Versuch glückte.

Tucker reckte den Kopf aufwärts. *«Komm lieber hier runter und erzähl.»*

Pewter überging die Bitte der Corgihündin. *«Market bekam einen Anruf von Diana Farrell vom Rettungsdienst. Ihr wißt ja, Market macht manchmal am Wochenende Vertretung, und sie sind befreundet.»*

«Komm zur Sache, Pewter.» Mrs. Murphy schlug mit dem Schwanz.

«Wenn du dich so benimmst, geh ich. Ihr könnt es euch ja von jemand anderem erzählen lassen.»

«Geh nicht», bat Tucker.

«Doch, ich gehe ganz bestimmt. Ich weiß, wann ich nicht erwünscht bin.» Pewter war ehrlich verstimmt. Sie sträubte den Schwanz, und als Harry die Tür öffnete und hereinkam, lief sie hinaus.

«Du bist wirklich grob», klagte Tucker.

«Sie ist so schwatzhaft.» Mrs. Murphy war nicht in der Stimmung, sich zu entschuldigen.

«Sie mag ja schwatzhaft sein», sagte Tucker, *«aber wenn sie in der sengenden Hitze hierhergerannt ist, muß es schon was Wichtiges gewesen sein.»*

Mrs. Murphy wußte, daß Tucker recht hatte, aber sie sagte nichts, sondern rollte sich auf dem Schalter zusammen. Tucker winselte ungehalten, damit Harry ihr die Tür neben dem Schalter öffnete. Harry gehorchte, und Tucker legte sich unter dem Schalter auf ihr großes Kissen.

Eine Stunde verging, während Leute kamen und gingen. Maude Bly Modena schlug ihr *Vogue*-Exemplar auf, und sie und Harry lasen die Horoskope.

Maude behauptete, es gäbe nur zwölf Horoskopversionen. Das Horoskop für ein Sternzeichen würde im folgenden Monat zum nächsten Zeichen wandern, das Horoskop des Skorpions zum Schützen und das der Waage zum Skorpion. Nach zwölf Monaten wäre der Kreis geschlossen. Als Harry ungläubig kicherte, sagte Maude, daß die Leute sich nicht mal von einem Tag auf den anderen an ihr Horoskop erinnerten. Nie würden sie sich besinnen, was vor zwölf Monaten war.

Maude meinte, statt sich an eine vollständige Voraussage zu erinnern, solle man sich etwa den Satz: «Das andere Geschlecht interessiert sich und zeigt es» merken. Er würde nacheinander bei jedem Sternzeichen auftauchen.

Als Maude fertig war, lachte Harry so sehr, daß es ihr egal war, ob Maudes Theorie stimmte. Hauptsache, es war lustig und Harry merkte, daß sie sich noch amüsieren konnte. Eine Scheidung war nicht das Ende der Welt.

Harrys Prognose für August lautete: «Tagesablauf revidieren. Zukunft neu gestalten. Wichtige Daten: 7., 14. und 29.» Wofür wichtig, weigerte sich diese stellare Prophezeiung preiszugeben.

Als Maude gegangen war, kam Little Marilyn Sanburne herein und ließ sich in säuselnden Tönen über ihre Hochzeit aus. Bei Little Marilyn kam das Säuseln aus verborgenen Bereichen ihrer Kehle. Harry heuchelte Interesse, aber insgeheim hatte sie das Gefühl, daß Little Marilyn einen großen Fehler machte. Sie kam nicht mal mit sich selbst zu Rande, geschweige denn mit jemand anderem.

Eine ganze Stunde verging, bevor sich Market Shiflett durch die Tür schob.

«Harry, ich wäre früher gekommen, aber es war verrückt – das reinste Irrenhaus.» Er wischte sich die Stirn.

«Was ist passiert?» Harry fand, daß er kränklich aussah. «Kann ich was für dich tun?»

Er winkte ab, dann lehnte er sich an den Schalter, um sich abzustützen. «Diana Farrell hat mich angerufen. Kelly Craycroft – zumindest glauben sie, daß es Kelly Craycroft ist – wurde heute morgen gegen zehn Uhr tot aufgefunden.»

Tucker sprang auf. *«Siehst du, Mrs Murphy? Ich hab gleich gesagt, sie wußte was Wichtiges.»*

Mrs. Murphy erkannte ihren Fehler, aber jetzt war es nicht mehr zu ändern.

«Mein Gott, wie...?» Harry war wie betäubt. Sie dachte an einen Herzanfall. Kelly war in diesem gefährlichen Mannesalter.

«Keine Ahnung. Die Leiche ist vollkommen zerfleischt. Man hat ihn in einem von den großen Betonmischern gefunden. Er ist nicht mal mehr in einem Stück. Diana sagt, falls man ihm in den Kopf oder ein anderes Körperteil geschossen hätte, könnte man das nie mehr erfahren. Der Sheriff hat die Mischmaschine beschlagnahmen lassen. Schätze, sie suchen da drin nach Blei. Weißt du, Kelly ist immer oben auf den Mischer geklettert, um ihn den Leuten zu zeigen.»

«Mord – du redest von Mord.» Harrys Augen wurden weit.

«Verflixt noch mal, Harry, ein großer starker Mann wie Kelly fällt nicht einfach in einen Betonmischer. Jemand hat ihn reingeworfen.»

«Vielleicht ist er's nicht. Vielleicht war es ein Betrunkener oder –»

«Er ist es. Der Ferrari war direkt an der Stelle geparkt. Kelly ist nicht im Büro erschienen. Da sein Wagen dastand, nahmen alle an, daß er irgendwo auf dem Gelände war. Genau wußten sie es nicht, bis ein Mann den Mischer in Bewegung setzte und es sich komisch anhörte.»

Harry schauderte bei dem Gedanken, was der arme Kerl erblickt hatte, als er in die Mischmaschine sah.

«Er war kein Heiliger, aber wer ist das schon? Er kann unmöglich andere so erzürnt haben, daß sie ihn umbrachten.»

«Einer würde reichen.» Market atmete tief. Die Neuigkeit selbst gefiel ihm nicht, aber es war schon etwas Besonderes, der Überbringer solcher Nachrichten zu sein, und Market war nicht gefeit gegen diese seltenen Augenblicke der Privilegiertheit. «Ich dachte, du solltest es wissen.»

Als er sich zum Gehen wandte, rief Harry: «Deine Post.»

«Ach ja.» Market angelte die Post aus seinem Fach und ging.

Harry setzte sich auf den Schemel hinter dem Schalter. Sie mußte ihre Gedanken ordnen. Dann ging sie zum Telefon und rief die Veterinärpraxis an. Fair war nicht da, und sie ließ ihm ausrichten, daß er sie sofort anrufen solle. Danach wählte sie Susans Nummer.

«Dudel, dudel, dudel», meldete sich Susan am Telefon. Sie fand es langweilig, immer «hallo» zu sagen.

«Susan!»

Susan merkte am Klang von Harrys Stimme, daß etwas nicht stimmte. «Was ist passiert?»

«Man hat Kelly Craycrofts Leiche in einem Betonmischer gefunden. Market hat's mir gerade erzählt, und er sagt, es war Mord.»

«Mord?»

3

Rick Shaw, der Bezirkssheriff von Albemarle County, schnallte den breiten Ledergürtel mit dem Schulterriemen um. Seine Pistole fühlte sich in dieser widerlichen Hitze noch schwerer an als sonst, und daß er in den letzten achtzehn Monaten ein, zwei Pfund zugelegt hatte, machte die Sache auch nicht gerade leichter. Bevor er Sheriff wurde, hatte er sich mehr bewegt; jetzt verbrachte er zuviel Zeit am Schreibtisch. Sein Appetit nahm jedoch nicht ab, im Gegenteil, er kam langsam zu dem Schluß, daß der Bürokram, den er durchackern mußte, seinen Appetit vor lauter Frust eher noch steigerte. Sein Amtsvorgänger war fett wie eine Zecke gewesen, als er starb. Kein erfreulicher Gedanke.

Und kein erfreulicher Fall. Rick hatte sich an die Schlechtigkeit der Menschen gewöhnt. Er hatte Schießereien erlebt und Messerstechereien unter Besoffenen, er hatte Menschen gesehen, die zu Tode geprügelt worden waren. Die Verkehrsunfälle waren nicht viel besser, aber bei denen fiel wenigstens der Vorsatz weg. Albemarle County erlebte etwa zwei Morde pro Jahr, vorwiegend in Familienkreisen. Der hier war anders, das spürte Rick in dem Moment, als er aus dem Wagen stieg.

Officer Cynthia Cooper war als erste am Schauplatz angelangt. Die große, junge Polizistin, die sowohl über Verstand wie über Erfahrung verfügte, hatte das Terrain abgesperrt. Die Spurensicherung war auf dem Weg, aber Rick machte sich keine großen Hoffnungen. Die Angestellten der Baufirma Craycroft Concrete standen in der Sonne, obwohl es zu heiß war, so herumzustehen, aber sie waren wie gelähmt.

Irgendwo schrie jemand laut. Officer Cooper zufolge war Kellys Frau zu Hause, mit Medikamenten ruhiggestellt. Rick bedauerte das, und er würde deswegen mit

Hayden McIntire, dem Arzt, ein Wörtchen reden müssen. Beruhigungsmittel sollten nach der Vernehmung verabreicht werden, nicht vorher.

Ein BMW kam quietschend durch die Einfahrt. Kelly Craycrofts Ehefrau sprang heraus und rannte zu der Mischmaschine.

«Boom Boom!» brüllte Rick sie an.

Boom Boom schwang sich über die Absperrung und bahnte sich rücksichtslos ihren Weg an Diana Farrell vom Rettungsdienst vorbei. Clai Cordle, die andere Krankenschwester, konnte sie ebenfalls nicht aufhalten.

Cynthia Cooper stürzte auf sie zu, aber eine Sekunde zu spät. Boom Boom kletterte die Leiter zur Öffnung der Mischmaschine hinauf.

«Er ist mein Mann! Laßt mich zu meinem Mann!»

«Das ist kein schöner Anblick, Mädchen.» Rick bewegte seine Massen, so schnell er konnte.

Cynthia sprintete die Leiter hoch und packte Boom Booms Fußgelenk, aber nicht bevor die schwarzhaarige junge Frau den Kopf über die Seite der Mischmaschine hatte heben können. Nach einer Sekunde der Erstarrung sank sie ohnmächtig in Cynthias Arme zurück und hätte die junge Polizistin fast von der Leiter gestoßen.

Rick langte hinauf und faßte Cynthia um die Taille, während Diana hinzurannte, um zu helfen. Sie schafften Boom Boom auf die Erde.

Diana brach ein Röhrchen Amylnitrit auf.

Cynthia riß es ihr aus der Hand. «Sie hat nichts als diese paar Minuten, bevor es sie wieder mit voller Wucht trifft. Gönnen Sie sie ihr.»

Rick räusperte sich. Das Ganze war ihm zuwider. Es war ihm auch zuwider, daß Boom Boom sich vielleicht übergeben würde, wenn sie zu sich kam, und er hoffte inständig, sie würde es nicht tun. Blut und Eingeweide waren eine Sache, Erbrochenes war etwas anderes.

Boom Boom stöhnte. Sie öffnete die Augen. Rick hielt

den Atem an. Sie setzte sich auf und schluckte. Er atmete aus. Sie würde sich nicht übergeben. Sie würde nicht mal weinen.

«Er sieht aus wie etwas aus dem Fleischwolf.» Boom Booms Stimme klang dünn.

«Denken Sie nicht daran», rief Officer Cooper.

«Den Anblick werde ich für den Rest meines lebendigen Lebens nicht vergessen.» Boom Boom rappelte sich hoch. Sie schwankte ein wenig, und Rick stützte sie. «Es geht schon. Lassen Sie... es geht gleich wieder.»

«Wollen wir nicht ins Büro gehen? Mit der Klimaanlage ist es bestimmt besser.»

Officer Cooper und Boom Boom gingen in das kleine Büro, und Rick machte Diana und Clai ein Zeichen, die Leichenteile aus der Mischmaschine zu entfernen. «Laßt Boom Boom den Sack nicht sehen.»

«Behalten Sie sie drinnen», bat Diana.

«Ich tu, was ich kann, aber sie ist eine wilde Hummel. War sie schon als Kind.» Rick nahm seinen Hut ab und trat ins Büro.

Marie Williams, Craycrofts Sekretärin, schluchzte. Bei Boom Booms Anblick gab sie ein Wimmern von sich.

Boom Boom starrte sie angewidert an. «Nehmen Sie sich zusammen, Marie.»

«Ich hab ihn geliebt. Und wie ich ihn geliebt habe. Er war der beste Chef der Welt. An meinem Geburtstag hat er mir Rosen gebracht. Wenn Timmy krank war, hat er mir freigegeben. Ohne Lohnabzug.» Hierauf folgte ein neuerlicher Ausbruch.

Boom Boom ließ sich auf einen Stuhl plumpsen. Ein riesiges Poster hinter ihr, auf dem eine Ente vor einer tintenblauen Wand mit Schußlöchern saß und gelassen einen Drink schlürfte, verlieh dem Raum einen feierlichen Anstrich. Wenn Marie so weitermachte, würde sie sie in die Mischmaschine werfen. Boom Boom verachtete Gefühlsäußerungen. Die Umstände änderten nichts daran.

«Mrs. Williams, bitte kommen Sie mit mir in Mr. Craycrofts Büro. Vielleicht können Sie seinen täglichen Arbeitsablauf schildern. Wir dürfen nichts berühren, bis die Leute von der Spurensicherung da sind.»

«Ich verstehe.» Marie schwankte mit Officer Cooper davon und schloß die Tür hinter sich.

«Sie wissen nicht, ob das da drin wirklich mein Mann ist.» Boom Booms Stimme klang nicht normal.

«Nein.»

Sie lehnte sich zurück. «Er ist es aber.»

«Woher wissen Sie das?» Ricks Stimme war sanft, aber drängend.

«Ich fühle es. Außerdem steht sein Wagen hier, und Kelly hat sich nie weit von diesem Auto entfernt. Er hat es mehr geliebt als alles andere, sogar mehr als mich, seine Frau.»

«Haben Sie eine Ahnung, wie das passieren konnte?»

«Abgesehen davon, daß ihn jemand in den Mischer gestoßen haben muß, nein.» Ihre Augen glitzerten.

«Feinde?»

«Pharamond Haristeen – hm, das ist vorbei. Sie sind keine Feinde mehr.»

Rick kannte die Geschichte, wie Fair sich letztes Jahr auf dem Ball vom Jagdclub an Boom Boom herangemacht hatte. Es war viel Alkohol konsumiert worden, aber nicht genug, um die Leute den Annäherungsversuch vergessen zu lassen. Er würde Fair vernehmen müssen. Emotionen konnten sich anstauen und explodieren, wenn man es am wenigstens erwartete... Jahre nach einem Ereignis. Daß Fair ein Mörder war, war nicht unmöglich, nur unwahrscheinlich. «War er geschäftlich in Schwierigkeiten?»

Boom Boom lächelte ein mattes Lächeln. «Was Kelly anfaßte, wurde zu Gold.»

Rick lächelte zurück. «Das ist in ganz Mittelvirginia bekannt.» Er machte eine Pause. «Vielleicht gab es Meinungsverschiedenheiten wegen einer Rechnung oder einer Ausschreibung? Geld bringt die Menschen um den Verstand. Denken Sie nach, fällt Ihnen irgendwas ein?»

«Nichts.»

Rick legte eine Hand auf ihre Schulter. «Ich lasse Sie von Officer Cooper nach Hause fahren.»

«Ich kann fahren.»

«Nein, können Sie nicht. Sie werden ausnahmsweise tun, was ich sage.»

Boom Boom machte keine Einwände. Sie war zittriger, als sie zugeben wollte. Tatsächlich hatte sie sich nie im Leben so schrecklich gefühlt. Sie hatte Kelly geliebt, auf ihre unbestimmte Art, und er hatte sie ebenso geliebt.

Rick blickte auf, um zu sehen, wie man mit dem Abtransport der Leiche vorankam. Es ging langsam. Selbst Clai Cordle, die eiserne Nerven besaß, war grün ums Kinn.

Rick öffnete die Tür und versperrte Boom Boom die Sicht. «Clai, Diana, macht mal 'ne Minute Pause. Officer Cooper fährt Boom Boom nach Hause.»

«Okay.» Diana stellte ihre Bemühungen vorübergehend ein.

«Officer Cooper.»

«Jaha», rief Cynthia, dann öffnete sie die Tür.

«Fahren Sie Boom Boom nach Hause, ja?»

«Klar.»

«Da drin irgendwas gefunden?»

Marie kam hinter Officer Cooper heraus. «Alles ist doppelt abgelegt, alphabetisch und nach Sachgebiet. Das habe ich selber gemacht.»

Als Boom Boom und Officer Cooper fort waren, ging Rick mit Marie in das kleine, ordentliche Büro.

«Seine Devise war ‹ein Platz für alles und alles an seinem Platz›», wimmerte Marie.

Rick warf einen prüfenden Blick auf Kellys Schreibtischplatte. Ein silbergerahmtes Porträt von Boom Boom stand in der rechten Ecke. Ein protziger Federhalter lag exakt diagonal über einem Stapel Fotokopien.

Rick beugte sich vor, sorgsam darauf bedacht, daß er nichts berührte, und las das obere Blatt.

> Meine Prinzipien als Liberaler sind durch den mexikanischen Krieg bestärkt worden. Er brach aus, just als ich meine Abreise aus Europa vorbereitete; meine Koffer waren tatsächlich schon gepackt; der Krieg und die ungelöste Oregon-Frage veranlaßten mich, sie wieder auszupacken. Jetzt ist mein Sohn darin verwickelt. Etliche pekuniäre Interessen sind im Spiel, Wolken dräuen am politischen Horizont, und ich bin gezwungen zu warten, bis das alles endet. Da ich mein Übermaß an Krieg hatte, bin ich für den Frieden; aber zu dieser Zeit bin ich es noch mehr. Friede, Friede erhebt sich über alle meine Gedanken, und das Gefühl macht mich doppelt zum Liberalen. Sobald die Dinge im Lote sind, werde ich den Atlantischen Ozean überqueren. Ich könnte es natürlich sofort tun, aber ich möchte länger als nur für ein paar Monate bleiben, und mein Aufenthalt könnte jetzt durch die Ereignisse abgekürzt werden.
>
> *Hochachtungsvoll*
> *Ihr sehr ergebener*
> *C. Crozet*

«Ich wußte gar nicht, daß Kelly sich für Geschichte interessierte.»

Marie zuckte die Achseln. «Ich auch nicht, aber er hatte so seine Marotten.»

Rick schob seinen Daumen unter den schweren Gürtel und entlastete so Schulter und Taille etwas von dem Gewicht. «Crozet war Ingenieur. Vielleicht hat er über Straßenbau oder so was geschrieben. Er hat unsere sämtlichen Fernstraßen gebaut. Auch die Route 240, soweit ich mich an Miss Grindles Unterricht in der vierten Klasse erinnere.»

«Die war eine Hexe.» Marie hatte Miss Grindle auch gehabt.

«An der Volksschule von Crozet gab es keine Diziplinschwierigkeiten, solange Miss Grindle dort war.»

«Vom Bürgerkrieg bis zum Koreakrieg.» Marie kicherte ein bißchen, dann besann sie sich. «Wie kann ich in so einer Situation bloß lachen?»

«Sie brauchen es. Ihre Gefühle werden eine Zeitlang Achterbahn fahren.»

Tränen traten Marie in die Augen. «Sie werden ihn kriegen, nicht? Den, der das getan hat?»

«Ich werd mich bemühen, Marie. Ich werd mich bemühen.»

4

Bist du sicher, daß du hingehen willst?» Susan sah Harry ins Gesicht.

«Du weißt, ich muß.»

Boom Boom keinen Beileidsbesuch abzustatten wäre ein Fauxpas gewesen, den man Harry ewig vorgehalten hätte. Nicht direkt, beileibe nicht, man hätte es sich nur gemerkt, ein Minuspunkt neben ihrem Namen auf der Liste. Auch wenn sie mehr Plus- als Minuspunkte hatte – sie hoffte, daß es so war –, zahlte es sich nicht aus, ihren Ruf in Crozets Gesellschaft aufs Spiel zu setzen.

Es war nicht nur der Schock über einen erschütternden Tod, der Harry zusetzte, sondern auch der Umstand, daß sie sich dem gesamten gesellschaftlichen Spektrum würde stellen müssen. Seit sie Fair den Laufpaß gegeben hatte, hatte sich Harry ziemlich abgesondert. Fair würde natürlich bei Craycrofts sein. Auch wenn sein großer Lieferwagen nicht in der Zufahrt parkte, wußte sie, daß er da sein würde. Er war wohlerzogen. Er wußte, was sich in so einem Fall gehörte.

Die versammelten Einwohner von Crozet würden nicht nur imstande sein zu beurteilen, wie Boom Boom sich während der schrecklichen Krise hielt, sie würden auch imstande sein, den Stand der Scheidung zu beurteilen, eine Krise anderer Art. Haltung war in Crozet enorm wichtig. Die Zähne zusammenbeißen.

«*Läßt du mich etwa hier?*» fragte Tee Tucker.

«*Ja, und was ist mit mir?*» erkundigte sich Mrs. Murphy.

Harry sah zu ihren Freundinnen hinunter. «Susan, entweder nehmen wir die Kleinen mit, oder du mußt mich nachher nach Hause fahren.»

«Ich fahr dich nach Hause. Ich glaube, es gehört sich nicht, die Tiere mit zu Craycrofts zu nehmen.»

«Du hast recht.» Harry scheuchte Mrs. Murphy und Tucker aus der Tür des Postamts und schloß ab.

Pewter lungerte im Schaufenster von Markets Laden. Als sie Mrs. Murphy sah, gähnte sie, dann putzte sie sich. Pewters Miene strahlte Zufriedenheit, Wichtigkeit und Macht aus, wenn auch nur vorübergehend.

Mrs. Murphy schäumte vor Wut. «*Die hält sich für 'nen fetten grauen Buddha.*»

Tucker sagte: «*Du hast sie trotzdem gern.*»

Mrs. Murphy und Tucker warfen einander während der Heimfahrt Blicke zu.

Tucker verdrehte die Augen. «*Menschen sind verrückt. Menschen und Ameisen – die töten ihre eigene Gattung.*»

«*Ich hatte auch schon ein paar Gedanken in dieser Richtung*», erwiderte Mrs. Murphy.

«*Hattest du nicht. Sei nicht so zynisch. Das ist nicht vornehm, Mrs. Murphy. Du wirst nie vornehm werden. Du stammst aus Sally Meads Tierheim.*»

«*Halt sofort die Schnauze, Tucker. Laß deine schlechte Laune nicht an mir aus, bloß weil wir nach Hause müssen.*»

Sobald sie im Haus waren, sprang Mrs. Murphy auf einen Sessel, um Susan und Harry abfahren zu sehen.

«Weißt du, was ich drüben bei Pewter rausgekriegt habe?» fragte Tucker.

«Nein.»

«Daß es hinter dem Mischer nach Amphibien roch.»

«Woher will sie das wissen? Sie war nicht dort.»

«Aber Ozzie war da», erwiderte Tucker trocken.

«Wann hast du das 'rausgekriegt?» wollte die Katze wissen.

«Als ich austreten war. Ich dachte, ich geh mal rüber und rede mit Pewter und versuch die Scharte auszuwetzen.» Tucker hatte Spaß daran, Mrs. Murphy Vorhaltungen zu machen. *«Und als Bob Berryman beim Laden anhielt, hat Ozzie mir alles erzählt. Er sagte, es roch nach einer großen Schildkröte.»*

«Das ist doch Unsinn.» Mrs. Murphy spazierte auf der Rückenlehne des Sessels auf und ab. *«Und was hatte Ozzie überhaupt dort zu suchen?»*

«Hat er nicht gesagt. Du weißt, Murph, Schildkröten riechen sehr streng.»

Nicht für Menschen, dachte die Tigerkatze.

«Ozzie sagt, der Sheriff und die anderen sind mehrmals auf die Witterung getreten. Ohne die Nase zu rümpfen. Wie ihnen der Geruch entgehen konnte, ist mir unbegreiflich. Er ist schwer und nussig. Ich würde gerne hingehen und selber mal schnuppern.» Tucker begann auf dem Wohnzimmerteppich auf- und abzuzockeln.

«Vermutlich hat es nichts zu tun mit dieser... Sache.» Mrs. Murphy dachte eine Minute nach. *«Andererseits...»*

«Willst du hin?» Tucker wedelte mit dem Schwanz.

«Gehen wir heute nacht, wenn Harry schläft.» Mrs. Murphy wurde ganz aufgeregt. *«Wenn es eine Spur gibt, nehmen wir sie auf. Jetzt können wir nicht weg. Harry ist zu sehr durcheinander. Wenn sie von Craycrofts zurückkommt und sieht, daß wir weg sind, wird es noch schlimmer.»*

«Du hast recht», pflichtete der Hund bei. *«Warten wir, bis sie schläft.»*

Autos säumten die lange Zufahrt zum imposanten Wohnsitz der Craycrofts.

Josiah und Ned parkten die Wagen der Leute. Josiah öffnete Harrys Wagenschlag. «Hallo, Harry. Schrecklich, schrecklich» war alles, was der sonst so geschwätzige Mann sagen konnte.

Als Harry ins Haus kam, sah sie, daß es genug zu essen gab, um eine lateinamerikanische Guerillatruppe satt zu kriegen, und sie war froh, daß sie statt dessen Blumen für die Tafel mitgebracht hatte. Sie war nicht froh, Fair zu sehen, aber um nichts in der Welt würde sie das zeigen.

Boom Boom saß in einem riesigen, damastbezogenen Schaukelstuhl am Kamin. Obwohl sie erschöpft und abgespannt aussah, war sie schön, durch den Schmerz vielleicht noch mehr.

Harry und Boom Boom, in der Schule zwei Jahre auseinander, hatten sich nie nahegestanden, aber sie waren miteinander ausgekommen – bis zum Ball vom Jagdclub im vergangenen Jahr. Harry verdrängte den Gedanken. Sie hatte den Klatsch gehört, daß Boom Boom sich Fair hatte schnappen wollen und umgekehrt. Waren Männer Kaninchen? Stellte man ihnen Fallen? Harry hatte nie die bildliche Sprache verstehen können, die viele Frauen benutzten, wenn sie über das andere Geschlecht diskutierten. Sie behandelte ihre männlichen Freunde nicht anders als ihre Freundinnen, und Susan behauptete, daß das die Ursache ihrer Eheprobleme war. Harry wollte lieber geschieden sein als eine Lügnerin, und dabei blieb sie.

Boom Boom wandte die Augen von Big Marilyn Sanburne ab, die neben ihr saß und seichtes Mitgefühl bekundete. Ihre Lider flatterten einen Sekundenbruchteil, dann faßte sie sich. Fair war neben sie getreten, und sie streckte ihm die Hand hin.

«Es tut mir so leid, Boom Boom. Ich... ich weiß nicht, was ich sagen soll.» Fair stolperte über seine Worte.

«Du hast ihn sowieso nicht gemocht.» Boom Boom setzte das Zimmer, in dem sich fast ganz Crozet befand, in Erstaunen.

Fair drückte ihr verdattert die Hand, dann ließ er sie los. «Und ob ich ihn mochte. Wir hatten Meinungsverschiedenheiten, gewiß, aber ich mochte ihn.»

Boom Boom ließ es damit bewenden und sagte: «Es war korrekt von dir zu kommen. Danke.» Nicht nett, nicht lieb, sondern korrekt.

Harry wurde eine bessere Behandlung zuteil. Nachdem sie ihr Beileid bekundet hatte, ging sie an die Bar, um sich eine Ingwerlimonade zu holen und von Fair wegzukommen. Was für ein unglücklicher Zufall, daß sie so kurz hintereinander eingetroffen waren. Die Hitze und die schwelende Anspannung trockneten ihren Mund aus. Little Marilyn Sanburne schenkte ihr ein.

«Es ist so furchtbar, daß einem die Worte fehlen.»

Harry dachte mitleidslos, daß es für Little Marilyn wohl aus einer ganzen Reihe von Gründen furchtbar war, unter anderem deshalb, weil die bevorstehende Hochzeit zumindest vorübergehend neben diesem Ereignis verblaßte. Little Marilyn könnte es vielleicht gefallen, endlich einmal im Rampenlicht zu stehen. Ihre Hochzeit war die einzige Gelegenheit, bei der nicht ihre Mutter der Star sein würde; jedenfalls schien sie das zu denken.

«Ja, furchtbar.»

«Mutter ist am Boden zerstört.» Little Marilyn trank einen tiefen Schluck Johnny Walker Black.

Mims makelloses Profil verriet kein äußeres Zeichen von Zerstörung, dachte Harry bei sich. «Das tut mir leid», sagte sie zu Little Marilyn.

Big Jim Sanburne kam keuchend ins Wohnzimmer. Mim trat neben ihn, als er Boom Boom etwas ins Ohr flüsterte und ihre Hand tätschelte.

So schwer es ihm fiel, er mäßigte sein Stimmvolumen. Als er mit Boom Boom fertig war, wälzte er seine Riesengestalt durch den Raum. Ein Zimmer voller Leute zu unterhalten, was Big Jim zur zweiten Natur geworden war, fiel seiner Frau nicht so leicht. Mim erwartete, daß der Pöbel ihr ehrerbietig begegnete. Es ärgerte sie, daß ihr Mann sich mit gewöhnlichen Bürgern abgab. Gewöhnliche Bürger waren jedoch Wähler, und Big Jim wollte gern wiedergewählt werden. Das Bürgermeisteramt war für ihn eine Art Spiel, eine Erholung von den Strapazen der Vermehrung seines beträchtlichen Reichtums. Da Gott sie und Big Jim mit Geld belohnte, war Mim dagegen der Ansicht, daß niedere Lebewesen die Sanburnes als überlegen anerkennen und allein aus diesem Grund wählen sollten.

Vielleicht sprach es sogar für sie, daß sie kapiert hatte, daß in Crozet keine Gleichberechtigung herrschte... aber in welcher Gemeinde war das anders? Für Mim bedeuteten Geld und gesellschaftliche Stellung Macht. Das war alles, worauf es ankam. Jim wollte absurderweise, daß die Leute ihn gern hatten, Leute, die nicht im Gesellschaftsregister standen, Leute, die nicht mal wußten, was das war, Gott bewahre.

Ein verkniffenes Lächeln zerknitterte ihr Gesicht, das eine Außenstehende wie Maude Bly Modena als Mitleid mit Kelly Craycrofts Familie mißdeuten mußte. Eingeweihte wußten, daß Mims größte Portion Mitgefühl für sie selbst reserviert war, für die Prüfung, mit einem zwar superreichen, aber vulgären Menschen verheiratet zu sein.

Harry wußte nicht, was über sie gekommen war. Vielleicht war es das unterdrückte Leid im Hause Craycroft oder der Anblick von Mim, die grimmig ihre Pflicht erfüllte. Wären nicht alle besser dran, wenn sie Gott ihren Zorn zubrüllen und sich die Haare raufen würden? Diese Gefaßtheit erschreckte sie. Jedenfalls starrte sie Little Marilyn direkt in die tiefblauen Augen und sagte: «Marilyn, weiß Stafford, daß du heiratest?»

Little Marilyn stammelte fassungslos: «Nein.»

«Wir sind nicht besonders befreundet, Marilyn. Aber wenn ich auch im Leben nie wieder etwas für dich tue, laß mich dies eine sagen: Lade deinen Bruder zu deiner Hochzeit ein. Du liebst ihn, und er liebt dich.» Harry stellte ihre Ingwerlimonade hin und ging.

Little Marilyn, das Gesicht flammend rot angelaufen, sagte nichts. Dann begab sie sich schleunigst zu Mutter und Vater.

Bob Berrymans Hand ruhte auf dem Türknauf von Maudes Laden. Sie hatte die Lichter ausgeknipst. Niemand konnte sie sehen, das dachten sie jedenfalls.

«Ahnt sie etwas?» flüsterte Maude.

«Nein», sagte Berryman, um sie zu beruhigen. «Keiner ahnt etwas.»

Er schlüpfte leise zur Hintertür hinaus und hielt sich im Schatten. Seinen Lieferwagen hatte er einige Straßen entfernt geparkt.

Pewter, die sich auf einem mitternächtlichen Spaziergang befand, beobachtete seinen Abgang. Sie merkte sich gut, was er tat, und auch, daß Maude ein paar Minuten wartete, bevor sie in ihre Wohnung über dem Laden hinaufging. Die Lichter gingen an, und Pewter warf einen schmachtenden Blick auf die Fledermäuse, die zwischen den hohen Bäumen und Maudes Fenster hin- und herflitzten.

An diesem Abend versuchten Mrs. Murphy und Tucker, Harry von ihrer gedrückten Stimmung abzulenken. Ein Lieblingstrick von ihnen war das Prärie-Indianerspiel. Mrs. Murphy legte sich auf den Rücken, umklammerte Tucker und hing an ihr wie ein Indianer unter einem Pferd. Tucker brüllte: *«Jijiji»*, als ob sie sich fürchtete, dann versuchte sie, ihren Passagier abzuwerfen. Harry lachte immer, wenn sie das machten. Heute abend lächelte sie nur.

Hund und Katze folgten ihr ins Bett, und als sie sicher waren, daß sie fest schlief, stürmten sie zur Hintertür hinaus, in die ein Katzentürchen gesägt war und die auf einen Hundeauslauf hinausging. Mrs. Murphy konnte den Riegel betätigen, und die beiden sprangen über die Wiesen, die nach frisch gemähtem Heu dufteten.

Nicht ein Auto war auf der Straße.

Gut einen halben Kilometer von der Betonfabrik spähte Mrs. Murphy mit glitzernden Augen ins Gebüsch. «*Waschbär voraus.*»

«*Glaubst du, er wird kämpfen?*» Tucker blieb einen Moment stehen.

«*Wenn wir einen Umweg machen müssen, sind wir womöglich nicht bis morgen früh zurück.*»

Tucker rief laut: «*Wir jagen dich nicht. Wir sind auf dem Weg zur Betonfabrik.*»

«*Wer's glaubt, wird selig*», fauchte der Waschbär.

«*Ehrlich, wir tun dir nichts.*» Mrs. Murphy klang überzeugender als Tucker.

«*Vielleicht nicht, vielleicht aber auch doch. Gebt mir einen Vorsprung. Dann glaub ich euch vielleicht.*» Damit verschwand das listige Tier im Gebüsch.

«*Weiter*», sagte Mrs. Murphy.

«*Hoffentlich hält er sein Versprechen. Ich hab heute abend keine Lust auf einen Kampf mit einem von der Sorte.*»

Der Waschbär hielt Wort und sprang sie nicht an, und nach einer Viertelstunde kamen sie zu der Fabrik.

Der Tau hielt die Witterung, die noch auf dem Boden war. Viel hatte sich verflüchtigt. Benzindämpfe und Steinstaub überwogen. Menschengerüche waren überall, ebenso der Geruch von nassem Beton und schalem Blut. Tucker, die Nase auf der Erde, nahm die Witterung auf. Mrs. Murphy untersuchte das Bürogebäude, aber sie kam nicht hinein. Kein Fenster stand offen, und im Fundament gab es keine Hohlräume. Sie murrte.

Ein scharfer Geruch sprang Tucker in die Nase.

«Hier!»

Mrs. Murphy raste hin und hielt ihre Nase auf die Erde. *«Wo führt das hin?»*

«Nirgends.» Tucker konnte sich das nicht erklären. *«Es ist bloß ein Hauch, wie ein kleiner Punkt. Keine Linie. Wie wenn etwas verschüttet worden wäre.»*

«Riecht wirklich nach Schildkröte.» Die Katze kratzte sich hinter den Ohren.

«So ähnlich.»

«So was hab ich noch nie gerochen – du?»

«Nie.»

5

Nicht einmal Mrs. George Hogendobbers leidenschaftlicher Monolog über das Böse auf dieser Welt vermochte Mrs. Murphy und Tucker aufzurütteln. Mrs. Hogendobber war noch nicht mit beiden Füßen durch die Eingangstür, als sie schon erklärt hatte, daß Adam wegen des Apfels in Ungnade gefallen sei, daß der Mensch danach das Bündnis mit Gott gebrochen und eine Flut uns reingewaschen habe, indem sie alle bis auf Noah und seine Familie tötete. Moses konnte seine Schar nicht von der Anbetung des Goldenen Kalbs abhalten, und Isebel stünde an jeder Straßenecke, von Plattencovern gar nicht zu reden. Sie verkündete dies alles nicht unbedingt in einer historisch korrekten Reihenfolge, doch ihre Rede war erkennbar von einem roten Faden durchzogen: Wir sind von Natur aus sündig und unrein. Das führte natürlich zu Kelly Craycrofts Tod. Mrs. H. griff weit aus, um exakt aufzudecken, wie die hebräische Geschichte, so wie sie im

Alten Testament niedergeschrieben war, im Untergang eines Straßenbauunternehmers kulminierte.

Harry dachte sich, wenn Mrs. Hogendobber mit ihrer lückenhaften Logik leben konnte, dann konnte sie es auch.

Während Mrs. Hogendobber ihre Postwurfsendungen in den Papierkorb warf, ließ sie sich weitschweifig über Holofernes und Judith aus. Bevor sie bei deren schauerlichem biblischem Ende anlangte, hielt sie inne – was an sich schon eine ausgesprochene Seltenheit war –, trat an den Schalter und spähte hinüber. «Wo sind die Tiere?»

«Völlig weggetreten. Diese Faulpelze», antwortete Harry. «Sie waren heute morgen so träge, daß ich sie wahrhaftig zur Arbeit gefahren habe.»

«Sie verwöhnen diese Kreaturen, Harry, und Sie brauchen einen neuen Wagen.»

«Ich bekenne mich in allen Punkten der Anklage schuldig.»

Josiah kam herein, als Harry das Wort «schuldig» aussprach.

«Ich habe gleich gewußt, daß du es warst.» Er deutete auf Harry. Das sanfte Pink seines Ralph Lauren-Polohemds unterstrich seine Sonnenbräune.

«Über solche Dinge macht man keine Witze.» Mrs. Hogendobbers Nasenlöcher flatterten.

«Na hören Sie mal, Mrs. Hogendobber, ich mache doch keine Witze, nicht über den Craycroft-Mord. Sie sind überempfindlich. Das sind wir alle. Es war ein furchtbarer Schock.»

«Und ob und ob. Setzet euren Glauben nicht in weltliche Dinge, heißt es, Mr. DeWitt.»

Josiah strahlte sie an. «Das tu ich leider, Madam. In einer Welt der Unbeständigkeit greife ich zu der besten Unbeständigkeit, die ich finden kann.»

Wie ein Wirbel stieg die Röte in Mrs. Hogendobbers hübsch konservierte Wangen. «Sie sind geistreich, umschwärmt und ungemein gerissen. Mit Leuten wie Ihnen nimmt es ein schlimmes Ende.»

«Vielleicht, aber denken Sie daran, wie gut ich mich bis dahin amüsieren werde. Sie sehen wirklich nicht so aus, als ob Sie sich jemals amüsieren würden.»

«Ich lasse mich nicht beleidigen.» Mrs. Hogendobbers Gesicht glühte puterrot.

«Ach, kommen Sie, Mrs. Hogendobber, Sie wandeln auch nicht auf dem Wasser», erwiderte Josiah kühl.

«Genau! Ich kann nicht schwimmen.» Ihr Gesicht färbte sich dunkler. Es war eine scharfe Kränkung für sie; es würde ihr niemals einfallen, sich mit Jesus zu vergleichen. Sie drehte sich zu Harry um. «Guten Tag, Harry.» Mit gezwungener Würde verließ Mrs. Hogendobber das Postamt.

«Guten Tag, Mrs. Hogendobber.» Harry wandte sich an den schallend lachenden Josiah. «Sie hat nicht den geringsten Sinn für Humor, und du setzt ihr zu hart zu. Sie ist völlig außer sich. Was dir als Kleinigkeit erscheint, ist für sie von größter Bedeutung.»

«Ach, Quatsch, Harry, sie langweilt dich genauso wie mich.»

Harry war nicht auf Streit aus. Sie kannte Mrs. Hogendobbers Fehler nur zu gut, und die Frau langweilte sie wirklich zu Tode, aber Mrs. Hogendobber war ein grundguter Mensch. Das konnte man nicht von jedermann behaupten.

«Josiah, ihre Werte sind geistiger Art und deine nicht. Sie ist anmaßend und engstirnig in puncto Religion, aber wenn ich krank wäre und sie um drei Uhr morgens anriefe, würde sie kommen.»

«Tja –» auch sein Gesicht war röter geworden – «ich hoffe, du weißt, daß ich auch rüberkommen würde. Du brauchst mich nur zu bitten. Ich schätze dich sehr, Harry.»

«Danke, Josiah.» Harry fragte sich, ob er sie auch nur im geringsten schätzte.

«Habe ich dir schon erzählt, daß ich bei der Beerdigung an Mrs. Sanburnes Seite schreiten werde? Es ist nicht Newport, aber es ist genauso wichtig.»

Josiah begleitete Mim häufig. Sie hatten ihre Reibereien, aber Mim war keine Frau, die an einem gesellschaftlichen Ereignis teilnahm, ohne am Arm eines männlichen Begleiters zu hängen, und Big Jim würde am Tag von Kellys Begräbnis in Richmond sein. Josiah begleitete Mim liebend gern; anders als Jim legte er großen Wert auf gesellschaftliches Prestige, und wie Mim benötigte er viele sichtbare Beweise für dieses Prestige. Sie jetteten zu Parties nach New York und Palm Beach, wo immer sich die Reichen versammelten. Mim und Josiah hatten nichts gegen ein Wochenende in London oder Wien, wenn die Gästeliste stimmte. Was Big Jim an seiner Frau langweilte, begeisterte Josiah.

«Mir graut vor der Beerdigung.» Harry meinte es ernst.

«Harry, versuch's mit Ajax.»

«Was?»

Josiah zeigte auf ihre Hände, die vom Säubern der Stempel vor zwei Tagen immer noch verfärbt waren.

Harry hielt ihre Hände in die Höhe. Sie hatte es ganz vergessen. Gestern schien Jahre zurückzuliegen. «Oh.»

«Wenn Ajax nichts hilft, versuch's mit Schwefelsäure.»

«Dann hab ich überhaupt keine Hände mehr.»

«Ich zieh dich bloß auf.»

«Ich weiß, aber ich habe Sinn für Humor.»

«Verflixt, das kann man wohl sagen.»

Die Spätnachmittagssonne fiel schräg auf den indischen Flieder hinter dem Postamt. Mrs. Murphy blieb stehen, um die dunkellila Blüten zu bewundern, die im dunstigen Licht schimmerten. Harry verschloß die Tür, und Pewter steckte ihre Nase um die Ecke von Markets Laden. Man konnte Courtney hören, die sie von drinnen rief.

«Wo geht ihr hin?» wollte die große Katze wissen.

«*Zu Maude*», gab Tucker schnippisch zur Antwort.

Pewter, die darauf brannte, jemandem, und sei es einem Hund, anzuvertrauen, daß sie Bob Berryman aus Maudes Laden hatte schleichen sehen, schlug mit dem Schwanz. Mrs. Murphy war ein Luder. Warum ausgerechnet ihr die heißen – oder zumindest warmen – Neuigkeiten zukommen lassen? Sie beschloß, eine Andeutung fallenzulassen wie ein duftendes Katzenminzeblatt. «*Maude sagt nicht alles, was sie weiß.*»

Mrs. Murphys Kopf schnellte herum. «*Was meinst du damit?*»

«*Ach... nichts.*» Pewters köstlicher Augenblick des Auf-die-Folter-Spannens wurde durch Courtney Shifletts Erscheinen abrupt beendet.

«Da bist du ja. Komm jetzt rein.» Sie nahm die Katze hoch und trug sie in den klimatisierten Laden.

Harry winkte Courtney zu und setzte ihren Weg zu Maude Bly Modenas Laden fort. Sie überlegte, ob sie durch die Hintertür gehen sollte, beschloß aber, den vorderen Eingang zu nehmen. Das gab ihr Gelegenheit zu sehen, ob etwas Neues im Schaufenster war. Hübsche Körbe, die von Blumen überquollen, lagen in der alten Förderlore. Im Fenster standen farbenprächtige Kartons, aus denen kleine Beutel mit Samen und Getreidekörnern herausragten. Maudes Philosophie war, daß Verpackungen nicht langweilig sein mußten, und alles was ein Geschenk umhüllte, war ihr Gebiet. Sie hielt auch einen ansehnlichen Vorrat an Glückwunschkarten auf Lager.

Als sie Harry durchs Fenster erblickte, winkte Maude sie herein. Auch Mrs. Murphy und Tucker trotteten in den Laden.

«Harry, was kann ich für dich tun?»

«Hm, ich wollte Lindsay einen Zeitungsausschnitt über Kellys Tod schicken und war schon dabei, ihn auszuschneiden, aber dann hab ich beschlossen, ihr gleich ein richtiges CARE-Paket zu schicken.»

«Wo ist sie?»

«Auf dem Weg nach Italien. Ich hab eine Adresse.»

Mrs. Murphy kuschelte sich in einen Korb mit knisterndem Papier. Tucker steckte ihre Nase in den Korb. Knistergeräusche entzückten die Katze, aber Tucker dachte: *Ein schöner Knochen ist mir allemal lieber.* Sie stupste Mrs. Murphy an.

«Tucker, das ist mein Korb.»

«Ich weiß. Was glaubst du, hat Pewter gemeint?»

«Pah, sie wollte sich bloß wichtig machen. Sie wollte, daß ich um Neuigkeiten bettle. Und ich bin froh, daß ich's nicht getan habe.»

Während die zwei Tiere die Feinheiten von Pewters Persönlichkeit besprachen, vertieften sich Harry und Maude in ein ernsthaftes Gespräch von Frau zu Frau über Scheidung, ein Thema, in dem Maude sich auskannte, da sie eine Scheidung durchgemacht hatte, bevor sie nach Crozet zog.

«...ist eine Achterbahn», seufzte Maude.

«Es wäre viel leichter, wenn ich ihn nicht die ganze Zeit sehen müßte und wenn er ein bißchen Verantwortung übernähme für das, was passiert ist.»

«Erwarte nicht, daß die Krise ihn ändert, Harry. Du bist vielleicht dabei, dich zu verändern. Ich glaube, ich kann das beurteilen, auch wenn wir uns noch nicht seit einer Ewigkeit kennen. Aber deine Entwicklung ist nicht seine Entwicklung. Ich hab jedenfalls mit Männern die Erfahrung gemacht, daß sie alles tun, um eine gefühlsmäßige Entwicklung zu vermeiden, daß sie vermeiden, tief nach innen zu schauen. Worum sonst geht es bei Geliebten, Alkohol und Porsches?» Maude setzte ihre hellrot gerahmte Brille ab und lächelte.

«Also, ich weiß nicht. Das ist alles neu für mich.» Harry setzte sich. Sie war plötzlich müde.

«Scheidung ist ein Ablösungsprozeß, ganz besonders die Ablösung von seiner Fähigkeit, auf dich einzuwirken.»

«Er kann verdammt nachdrücklich auf mich einwirken, wenn er den Scheck nicht schickt.»

Maude verdrehte die Augen. «Dieses Spielchen spielt er mit dir? Vermutlich versucht er, dich mürbe zu machen oder dir Angst einzujagen, damit du dich am Tag des Jüngsten Gerichts mit weniger zufriedengibst. Mein Ex-Mann hat das auch probiert. Ich vermute, das machen sie alle, oder ihre Anwälte überreden sie dazu, und wenn sie dann mal einen Augenblick Zeit haben, darüber nachzudenken, was das für eine Gemeinheit ist – falls sie überhaupt nachdenken –, dann ringen sie die Hände und sagen: ‹Das war nicht meine Idee. Mein Anwalt hat das veranlaßt.› Nur die Ruhe bewahren, Kindchen.»

«Ja.» Das wollte Harry unbedingt. «Nicht um das Thema zu wechseln, aber joggst du immer noch an den Bahngleisen entlang? In dieser Hitze?»

«Klar. Ich versuch's bei Sonnenaufgang. Sonst ist es wirklich viel zu heiß. Heute morgen hab ich Big Jim überholt.»

«Beim Joggen?»

«Nein, ich hab ihn überholt, als ich in die Stadt zurücklief. Er war mit dem Sheriff unterwegs. So schrecklich Kellys Tod war, ich glaube wahrhaftig, daß er Jim eine Art Kitzel verschafft.»

«Ich bezweifle, daß in dieser Stadt viel Aufregendes passiert ist, seit Crozet die Tunnels gegraben hat.»

«Was?» Maudes Augen leuchteten auf.

«Seit Claudius Crozet den letzten Tunnel durch die Blue Ridge Mountains fertiggestellt hat. Die Stadt wurde deswegen tatsächlich nach ihm benannt. Seit Crozet die Tunnels gegraben hat – das ist eine feste Redewendung. Du mußt wissen, daß diejenigen von uns, die hier zur Schule gegangen sind, alles über Claudius Crozet gelernt haben.»

«Oh. Und außerdem alles über Jefferson, Madison und Monroe, nehme ich an. Virginias Glanz liegt anscheinend in der Vergangenheit, mehr als in der Gegenwart.»

«Vermutlich. So, ich nehme diese große Jiffytasche und ein bißchen buntes Papier und zieh Leine, sofern es mir gelingt, Mrs. Murphy aus deinem besten Korb zu locken.»

«Ich würde gern noch ein bißchen plaudern. Wie wär's mit Tee?»

«Nein danke.»

«Little Marilyn war heute hier, total flatterig. Sie brauchte kleine Körbchen für die Jacht-Party ihrer Mutter.» Maude brach in Lachen aus, Harry desgleichen.

Big Marilyns Jacht war ein Pontonboot, das auf dem ansehnlichen See hinter der Villa der Sanburnes schwamm. Sie liebte es, auf dem See zu kreuzen, und besonders gern ärgerte sie ihre Nachbarn am anderen Ufer. Zwischen ihrem Pontonboot und ihrem Bridgeabend mit ihren Freundinnen behielt Mim sozusagen emotionales Oberwasser.

Sie war auch völlig ausgeflippt, als sie das Haus zum zigstenmal umgekrempelt und die Bar neu gestaltet hatte, so daß sie einem Schiff glich. Hinter der Bar befanden sich kleine Bullaugen; Rettungsgürtel und bunte Wimpel zierten die Wände, außerdem Seekarten, Schwimmwesten und sehr große Salzwasserfische. Mim hatte nie auch nur einen Katzenwels, geschweige denn einen Seglerfisch gefangen, aber sie hatte ihre Dekorateure beauftragt, ihr imposante Fische zu besorgen. Was diese auch taten. Als Mrs. Murphy der ausgestopften Trophäen zum erstenmal ansichtig wurde, geriet sie in Verzückung. Die Vorstellung von einem so großen Fisch war zu schön, um wahr zu sein.

Mim hatte auch das Wort TROCKENDOCK über die Bar pinseln lassen. Die großen goldenen Lettern wurden von geschickt installierten Docklaternen angestrahlt. Dazu ein paar verstreute Fischernetze, eine Glocke, eine Boje, und die Bar war komplett. Richtig komplett war sie, als Mim sie bei einem Schwung Martinis mit ihren Bridgefreundinnen einweihte, den einzigen drei Frauen in Albemarle County, die sie entfernt als gesellschaftlich gleichwertig betrachtete. Sie hatte sogar Streichholzbriefchen und kleine Servietten mit der Aufschrift TROCKENDOCK bedrucken lassen, und sie freute sich riesig, daß die Mädels das bemerkten, als sie ihre Martinigläser auf die polierte Bar knallten.

Mim hatte größeren Erfolg darin, die Mädels an die Bar als sie auf ihr Pontonboot zu lotsen, an dessen Seite ebenfalls goldene Lettern prangten: *Mim's Vim.* Mim wußte, daß die bevorstehende große Hochzeit die Trumpfkarte dafür war, ihre Bridgekumpaninnen an Bord zu locken, wo sie sie endlich mit ihren Fähigkeiten als Kapitän beeindrucken konnte. Es befriedigte nicht, etwas zu tun, wenn man nicht dabei gesehen wurde. Wenn die Bridgemädels bei der Hochzeit gute Plätze wollten, würden sie an Bord von *Mim's Vim* gehen. Mim konnte es kaum erwarten.

Little Marilyn hätte sehr gut noch ein wenig auf dieses Ereignis warten können, aber als gehorsame Sklavin ihrer Mutter erschien sie in Maudes Laden, um Körbchen zu kaufen, die mit nautischen Partygeschenken für die Mädels gefüllt werden sollten.

«Hast du je gesehen, wie Mim ihre Jacht gesteuert hat?» Harry lachte schallend.

«Diese Kapitänsmütze, das ist zuviel.» Maude hielt sich beim bloßen Gedanken daran den Bauch.

«Ja, aber es ist das einzige Mal, daß sie ihr Diadem absetzt.»

«Diadem?»

Harry kicherte. «Klar, die Königin von Crozet.»

«Du bist gemein.» Maude wischte sich die vor Lachen tränenden Augen.

«Wenn du mit diesen Schwachköpfen aufgewachsen wärst, wärst du auch gemein. Meine Mutter pflegte zu sagen: ‹Der Teufel, den du kennst, ist besser als der Teufel, den du nicht kennst.› Da ich Mim kenne, weiß ich, was ich zu erwarten habe.»

Maude senkte die Stimme. «Wer weiß. Inzwischen frage ich mich, ob überhaupt einer von uns weiß, was er zu erwarten hat.»

6

Der Bericht des Coroners lag aufgeschlagen auf Rick Shaws Schreibtisch. Das Eigentümliche an Kellys Leiche waren eine Reihe Narben auf der Arterie, die zum Herzen führte. Sie wiesen auf winzige Herzanfälle hin. Kelly, fitundvierzig, war nicht zu jung für Herzanfälle, aber diese mußten so minimal gewesen sein, daß er sie nicht bemerkt hatte.

Rick las die Seite noch einmal. Der völlig zertrümmerte Schädel gab wenig her. Sofern eine Kugelverletzung vorhanden gewesen war, gab es keine Spur mehr davon. Die Männer, die sich die Mischmaschine vorgenommen hatten, hatten keine Kugeln gefunden.

Ein großes Stück Magen war intakt. Abgesehen von einem Big Mac ergab es nichts.

In den Haarproben war eine Spur Zyanid. Gut, wenn ihn das getötet hatte, warum hatte der Mörder die Leiche dann so verstümmelt? Die Entdeckung einer solchen Todesursache warf nur noch mehr Fragen auf.

Rick schlug die Mappe zu. Dies war kein Unfalltod, aber er wollte ihn nicht als Mord melden – noch nicht. Sein inneres Gefühl sagte ihm, daß, wer immer Kelly getötet hatte, gerissen war – gerissen und ungemein kaltblütig.

Cynthia Cooper klopfte an.

«Herein.»

«Was meinen Sie?»

«Ich decke meine Karten vorerst nicht auf.» Rick schlug mit der Hand auf den Bericht. Er langte nach einer Zigarette, besann sich aber. Aufzuhören war die Hölle. «Haben Sie was rausgekriegt?»

«Alle sind überprüft worden. Marie Williams war am Montagabend genau da, wo sie gesagt hat, und Boom Boom auch, sofern wir ihrem Personal glauben können. Boom Boom sagt, sie habe gedacht, ihr Mann sei geschäftlich auswärts, und habe auf seinen Anruf gewartet. Kann sein, kann auch nicht sein. Aber war sie allein? Fair Haristeen sagt, er habe spät am Abend operiert, solo. Alle anderen scheinen ein hieb- und stichfestes Alibi zu haben.»

«Die Beerdigung ist morgen.»

«Der Untersuchungsrichter hat sich mächtig beeilt.»

«Ein einflußreicher Mann. Wenn die Familie die Leiche bis morgen bestattet haben will, beschafft er die Gewebeproben eben so schnell. Die Craycrofts reizt man nicht.»

«Jemand hat es getan.»

7

Boom Boom bewahrte Haltung während des Gottesdienstes in der an der Straßenkreuzung gelegenen episkopalischen St. Paulskirche. Ein erlesener Schleier bedeckte ihre ebenso erlesenen Gesichtszüge.

Harry, Susan und Ned setzten sich diskret in eine mittlere Bank. Fair saß auf der anderen Seite der Kirche in der

Mitte. Josiah und Mim, beide in elegantes Schwarz gekleidet, saßen vor der Kanzel. Bob Berryman und seine Frau Linda hatten ebenfalls in einer mittleren Bankreihe Platz genommen. Der alte Larry Johnson, der als Kirchendiener fungierte, ersparte Maude Bly Modena einen gesellschaftlichen Fauxpas, indem er sie daran hinderte, durch den Mittelgang nach vorne zu marschieren. Er packte sie entschlossen am Arm und führte sie zu einer rückwärtigen Bank. Maude, seit fünf Jahren Einwohnerin von Crozet, stand eine vordere Bank nicht zu, aber da Maude ein Yankee war, bekam sie solche Feinheiten oft nicht mit. Market und Courtney Shiflett saßen hinten, desgleichen Clai Cordle und Diana Farrell vom Rettungsdienst.

Die Kirche war voller Blumen, die die Hoffnung auf die Wiedergeburt durch Christus symbolisierten. Wer konnte, spendete auch etwas für eine Stiftung für Herzkranke. Rick hatte Boom Boom von den winzigen Narben auf der Arterie erzählen müssen, und sie hatte beschlossen zu glauben, ihr Mann habe einen Herzanfall erlitten, als er die Maschine inspizierte, und sei hineingefallen. Wie dabei der Mischer hatte eingeschaltet werden können, war für sie nicht von Belang, jedenfalls nicht heute. Sie war am Rand ihres Fassungsvermögens. Was sie tun würde, wenn sie das Geschehen erfaßte, das konnten sich alle denken. Lieber aus dem Hals bluten als Boom Boom Craycroft in die Quere kommen.

8

Das Leben mußte weitergehen.

Josiah erschien mit einem Herrn aus Atlanta im Postamt, der hergeflogen war, um ein echtes bauchiges Louis Quinze-Schränkchen zu kaufen. Josiah nahm seine Kunden gerne mit ins Postamt und anschließend in Shiflett's Market. Market lächelte und Harry lächelte. Die Kunden machten ein großes Getue um Katze und Hund im Postamt, und danach fuhr Josiah mit ihnen zu sich nach Hause; dabei pries er die Wonnen des Lebens in der Kleinstadt, wo jeder ein Original sei. Warum irgend jemand glauben sollte, daß menschliche Gefühle in einer Kleinstadt weniger kompliziert waren als in einer Großstadt, verstand Harry nicht, aber die weltgewandten Städter schienen es zu schlucken. Diesem Burschen aus Atlanta stand das Wort «Trottel» förmlich auf die Stirn geschrieben.

Rob kam um elf wieder. Er hatte einen Sack hinten im Postwagen vergessen, und wenn sie nichts sagte, würde er auch nichts sagen.

Harry setzte sich hin, um die Post zu sortieren und die Postkarten zu lesen. Courtney Shiflett erhielt eine Karte von einer ihrer Freundinnen im Ferienlager, die bei der Unterschrift statt des Tüpfelchens ein grinsendes Gesicht über das «i» von «Lisa» gesetzt hatte. Lindsay Astrove befand sich am Genfer See. Auf der Postkarte stand, wiederum ganz kurz, daß die Schweiz, in der es von Amerikanern wimmele, ohne diese viel schöner wäre.

Die Post war heute arm an Postkarten.

Mim Sanburne kam hereinmarschiert. Mrs. Murphy, die auf dem Schalter mit einem Gummiband spielte, hielt inne. Als Harry Mims Miene sah, hielt sie mit Postsortieren ebenfalls inne.

«Harry, ich habe ein Hühnchen mit Ihnen zu rupfen, und ich dachte, das Begräbnis sei nicht der rechte Ort dafür.

Sie haben kein Recht, Little Marilyn vorzuschreiben, wen sie zu ihrer Hochzeit einzuladen hat. Das geht Sie überhaupt nichts an!»

Mim mußte gedacht haben, Harry würde sich verbeugen und «Jawohl, Herrin» sagen. Nichts dergleichen geschah.

Harry wappnete sich. «Nach dem ersten Zusatzartikel zu unserer Verfassung kann ich alles zu allen sagen. Ich hatte Ihrer Tochter etwas zu sagen und habe es gesagt.»

«Sie haben sie ganz durcheinandergebracht!»

«Nein, ich habe *Sie* durcheinandergebracht. Wenn sie durcheinander ist, soll sie herkommen und es mir selber sagen.»

Big Marilyn, baß erstaunt, daß Harry nicht unterwürfig war, wechselte das Thema. «Ich weiß zufällig, daß Sie Postkarten lesen. Das ist ein Vergehen, wie Sie wissen, und wenn das so weitergeht, melde ich es Ihrem Vorgesetzten im Hauptpostamt. Habe ich mich klar ausgedrückt?»

«Vollkommen.» Harry preßte die Lippen zusammen.

Mim schwebte hinaus, zufrieden, weil sie Harry eines ausgewischt hatte. Die Zufriedenheit würde nicht lange anhalten, weil das Gespenst ihres Sohnes zurückkehren und sie verfolgen würde. Wenn Harry so unverfroren war, mit Little Marilyn darüber zu reden, dann redeten auch viele andere darüber.

Harry stülpte den Postsack um. Eine einzelne Postkarte rutschte heraus. Sie las sie trotzig: «Schade, daß Du nicht hier bist», in Computerschrift geschrieben. Sie drehte sie um und erblickte eine verschwommene, beziehungsreiche Fotografie von dem prachtvollen Engel auf einem Friedhof in Asheville, North Carolina. Sie drehte sie wieder um und las das Kleingedruckte. Dies war der Engel, der Thomas Wolfe zu seinem Roman *Schau heimwärts, Engel* inspiriert hatte.

Sie steckte die Karte in Maude Bly Modenas Fach und vergaß sie.

9

Nachdenklich lenkte Pharamond Haristeen seinen Lieferwagen von Charlottesville zurück. Der Besuch bei Boom Boom hatte ihn aus der Fassung gebracht. Er konnte nicht ergründen, ob sie wirklich trauerte, weil Kelly tot war. Diese Ehe hatte schon seit Jahren keinen rechten Schwung mehr gehabt.

Man konnte sich nicht wappnen gegen Boom Booms Schönheit. Man konnte sich auch gegen ihre eisigen Ausbrüche nicht wappnen. Warum war eine Frau wie Boom Boom nicht klug und verständig wie Harry? Warum konnte eine Frau wie Harry nicht betörend sein wie Boom Boom?

Nach Fairs Meinung war Harry klug und verständig, außer wenn es um die Scheidung ging. Sie hatte ihn rausgeworfen. Warum sollte er Unterhalt zahlen, bevor eine endgültige Vereinbarung getroffen war?

Es war ein schwerer Schock für Fair gewesen, daß Harry ihm den Laufpaß gegeben hatte. Seine Eitelkeit litt mehr als sein Herz, aber Fair nutzte die Gelegenheit, den Beleidigten zu spielen. Die älteren Witwen in Crozet ergriffen nur zu gern Partei für ihn, wie die alleinstehenden Frauen überhaupt. Er lief mit trübseliger Miene herum, und prompt ergoß sich eine Flut von Essenseinladungen. Zum erstenmal in seinem Leben stand Fair im Mittelpunkt der Aufmerksamkeit. Das sagte ihm durchaus zu.

Im tiefsten Innern wußte er, daß seine Ehe nicht funktioniert hatte. Hätte er sich die Mühe gemacht, in sich zu gehen, so hätte er erkannt, daß er an ihrem Scheitern zu fünfzig Prozent mitschuldig war. Fair hatte indes nie die Absicht gehabt, in sich zu gehen, was seiner Ehe zum Verhängnis wurde und zweifellos auch zukünftigen Beziehungen zum Verhängnis werden würde.

Fair handelte nach dem Prinzip «warum etwas reparieren, wenn es nicht kaputt ist», aber emotionale Beziehungen waren keine Maschinen. Emotionale Beziehungen eigneten sich nicht für wissenschaftliche Analysen, eine besorgniserregende Einsicht für seinen wissenschaftlich geschulten Verstand. Frauen eigneten sich nicht für wissenschaftliche Analysen.

Frauen machten verdammt viel Ärger, und Fair beschloß, den Rest seiner Tage allein zu verbringen. Die Tatsache, daß er ein gesunder Mann von vierunddreißig Jahren war, tat seinem Beschluß keinen Abbruch.

Auf der Route 240 in östlicher Richtung überholte er Rob Collier. Sie winkten einander zu.

Als hätte der Anblick von Boom Boom auf der Beerdigung ihres Mannes nicht genügt, Fair die Fassung zu rauben, hatte Rick Shaw ihn dann auch noch in der Praxis mit Fragen überfallen. Stand er unter Verdacht? Daß zwei Freunde gelegentlich eine gespannte Beziehung haben, bedeutete noch lange nicht, daß der eine den anderen umbringen wollte. Das hatte er Rick gesagt, worauf der Sheriff erwiderte: «Menschen haben sich schon aus nichtigeren Anlässen umgebracht.» Wenn das so war, dann war die Welt vollkommen wahnsinnig. Selbst wenn sie es nicht war, kam sie ihm heute so vor.

Fair hielt hinter dem Postamt. Als die kleine Tucker seinen Wagen hörte, stellte sie sich auf die Hinterbeine, die Nase ans Glas gedrückt. Er ging zuerst zu Market Shifletts Laden, um sich eine Coca-Cola zu holen. Die sengende Hitze dörrte seine Kehle aus, und auch das Kastrieren von Hengstfohlen trug irgendwie zu seinem Unbehagen bei.

«Hallo, Fair.» Courtneys frisches Gesicht strahlte.

«Na, wie geht's?»

«Gut. Und dir?»

«Heiß ist mir. Kann ich 'ne Cola haben?»

Sie griff in den alten roten Kasten, einen Getränkekühlschrank von der Art, wie sie zur Zeit des Zweiten Weltkriegs in Gebrauch gewesen waren, und nahm eine kalte Flasche heraus. «Hier, außer du willst 'ne größere.»

«Ich nehm die und kauf noch 'ne Sechserpackung, weil ich andauernd Harrys wegtrinke. Wo ist dein Dad?»

«Der Sheriff ist vorbeigekommen, und Dad ist mit ihm weggegangen.»

Fair feixte. «Neue Besen kehren gut.»

«Wie bitte?» Courtney begriff nicht.

«Neuer Sheriff, neues Irgendwas. Wenn einer einen Job übernimmt, quillt er über von Enthusiasmus. Dies ist Ricks erster richtiger Mordfall, seit er zum Sheriff gewählt wurde, deshalb reißt er sich den... Ich meine, er setzt alles daran, den Mörder zu finden.»

«Ich will hoffen, daß er ihn findet.»

«Ich auch. Sag mal, stimmt es, daß du in Dan Tucker verknallt bist?» Fair kniff die Augen zusammen. Wie er sich an dieses Alter erinnerte!

Courtney erwiderte ganz ernst: «Ich würde Dan Tucker nicht wollen, und wenn er der einzige Mann auf Erden wäre.»

«So? Dann muß er ja gräßlich sein.» Fair nahm seine Colas und ging. Pewter flitzte mit ihm aus dem Laden.

Tucker rannte im Kreis, als Fair ins Postamt trat, dicht gefolgt von Pewter. Maude Bly Modena kramte in ihrem Postfach. Harry war hinten.

«Hallo, Maudie.»

«Hallo, Fair.» Für Maude war Fair ein göttlich aussehender Mann. Das war er für die meisten Frauen.

«Harry!»

«Ja?» Die Stimme sickerte durch die Hintertür.

«Ich hab dir ein paar Flaschen Cola mitgebracht.»

«Dreihundertdreiunddreißig–» die Tür ging auf – «denn so viele schuldest du mir.» Harry freute seine Geste mehr, als sie sich anmerken ließ.

Fair schob die Sechserpackung über den Schalter.

Pewter brüllte: *«Mrs. Murphy, wo bist du?»*

Tucker ging hinüber und tauschte einen Nasenkuß mit Pewter, die Hunde sehr gern hatte.

«Ich zähle Gummibänder. Was willst du?» entgegnete Mrs. Murphy.

Harry nahm hastig die Colaflaschen vom Schalter. «Mrs. Murphy, was hast du gemacht?»

«Ich hab nichts gemacht», protestierte die Katze.

Harry wandte sich an Fair: «Du bist Tierarzt. Erklär du mir das.» Sie zeigte auf die auf den Boden geworfenen Gummibänder.

Maude beugte sich über den Schalter. «Ist das nicht süß? Die gehen an alles dran. Meine Mutter hatte mal eine gescheckte Katze, die hat mit Klopapier gespielt. Sie hat sich das Ende der Rolle geschnappt und ist damit durchs Haus gerannt.»

«Das ist noch gar nichts.» Pewter gab noch eins drauf: *«Cazenovia, die Katze von der St. Paulskirche, ißt Hostien.»*

«Pewter will auf den Schalter.» Fair dachte, daß das Maunzen das besagen sollte. Er hob sie auf den Schalter, wo sie sich auf den Rücken rollte und die Augen verdrehte.

Die Menschen fanden das allerliebst und machten ein großes Getue um sie. Mrs. Murphy kochte vor Abscheu; sie sprang auf den Schalter und fauchte Pewter ins Gesicht.

«Eifersucht klingt in jeder Sprache gleich.» Lachend fuhr Fair fort, Pewter zu streicheln, die nicht geneigt war, ihre günstige Position aufzugeben.

Tucker beschwerte sich auf dem Fußboden. *«Ich kann hier unten nichts sehen.»*

Mrs. Murphy trat an die Schalterkante. *«Was nützen dir deine kurzen Stummelbeine, Tee Tucker?»*

«Ich kann alles ausgraben, sogar einen Dachs.» Tucker grinste.

«Hier gibt's keine Dachse.» Pewter wälzte sich jetzt von einer Seite auf die andere und schnurrte so laut, daß

selbst Taube ihre stimmlichen Vibrationen hätten empfangen können. Das entzückte die Menschen noch mehr.

«Treib's nicht zu bunt, Pewter», warnte Tucker. *«Bloß weil du dir was drauf einbildest, was gewußt zu haben, bevor wir es wußten, heißt das noch lange nicht, daß du hier reinkommen und dich über mich lustig machen kannst.»*

«Das ist die zutraulichste Katze, die ich je gesehen habe.» Maude kitzelte Pewter am Kinn.

«Sie ist auch die fetteste Katze, die du je gesehen hast», murrte Mrs. Murphy.

«Sei nicht brummig», warnte Harry die Tigerkatze.

«Sei nicht brummig.» Pewter äffte die menschliche Stimme nach.

Mrs. Murphy spazierte auf dem Schalter auf und ab. Ein Postbehälter auf Rollen stand zwei Meter vom Schalter entfernt. Sie konzentrierte sich und sprang im hohen Bogen vom Schalter, genau in die Mitte des Postbehälters, der daraufhin über den Fußboden rollte.

Maude quietschte vor Entzücken, und Fair klatschte in die Hände wie ein kleiner Junge.

«Das macht sie andauernd. Guckt mal.» Harry trat hinter den langsamer werdenden Karren und schob Mrs. Murphy im Postamt umher, wobei sie Puff-Puff-Geräusche machte. Mrs. Murphys Kopf schnellte über die Seite, die Augen groß und kugelrund, der Schwanz schlug hin und her.

«Das ist lustig!» erklärte die Katze.

Pewter, die immer noch von Maude gestreichelt wurde, war sauer über Mrs. Murphys dreistes Benehmen. Sie legte den Kopf auf den Schalter und schloß die Augen. Mochte Mrs. Murphy noch so frech sein, Pewter benahm sich jedenfalls wie eine Dame.

Maude blätterte ihre Post durch, während sie Pewters Ohren kraulte. «Wie gemein!»

«Wieder eine Rechnung? Oder einer von diesen Spendenaufrufen in Umschlägen, die wie die alten Telegramme der Western Union aussehen? Die find ich wirklich gemein.» Harry fuhr fort, Mrs. Murphy herumzuschieben.

«Nein.» Maude schob Fair die Postkarte hin. Er las sie und zuckte die Achseln. «Ich finde Leute gemein, die Postkarten oder Briefe verschicken und nicht mit ihrem ganzen Namen unterschreiben. Ich kenne zum Beispiel vierzehn Carols, und wenn ich von einer einen Brief kriege und kein Absender auf dem Umschlag steht, tappe ich im dunkeln. Völlig im dunkeln. Jede Carol, die ich kenne, hat zweikommazwei Kinder, fährt einen Kombi und verschickt Weihnachtskarten mit einem Bild von der Familie. Auf der Karte steht gewöhnlich ‹Frohes Fest› in Computerschrift, und außen herum winden sich kleine Stechpalmenranken mit roten Beeren. Das Absurde ist, daß ihre Familien alle gleich aussehen. Vielleicht ist es ein und dieselbe Carol, die mit vierzehn Männern verheiratet ist.» Maude lachte.

Harry lachte mit ihr und tat, als sehe sie die Postkarte zum erstenmal, während sie Mrs. Murphy weiter in dem Postbehälter hin und her karrte. Die Katze ließ sich auf den Rücken plumpsen, um ihren Schwanz zu fangen. Mrs. Murphy zog eine richtige Schau ab; jetzt tat sie, was sie Pewter vorwarf: sie versuchte mit allen Mitteln, die Aufmerksamkeit der Menschen zu erlangen.

Harry sagte: «Vielleicht hatten sie's eilig.»

«Wen kennst du, der in North Carolina Ferien machen würde?» Fair stellte eine logische Frage.

«Ob überhaupt jemand freiwillig nach North Carolina fährt?» Bei «freiwillig» senkte Maude die Stimme.

«Nein», sagte Harry.

«Ach, North Carolina ist gar nicht übel.» Fair trank seine Cola aus. «Bloß, daß sie da mit einem Fuß im neunzehnten Jahrhundert stehen und mit dem anderen im einundzwanzigsten, und dazwischen ist nichts.»

«Man muß ihnen zugute halten, daß sie es geschafft haben, saubere Industrien anzulocken.» Maude dachte darüber nach. «Der Staat Virginia hatte dieselbe Chance. Ihr habt es vermasselt, vor etwa zehn Jahren, wißt ihr das?»

«Wissen wir», sagten Fair und Harry im Chor.

«Ich habe von Claudius Crozets Kampf mit dem Staat Virginia um die Finanzierung der Eisenbahnen gelesen. Er hat die ganze Entwicklung Ende der 1820er Jahre vorausgesehen, bevor sich in puncto Bahnreisen irgendwas tat. Er sagte, die Virginier sollten alles, was sie hätten, in diese neue Art des Reisens investieren. Statt dessen haben sie seine Ideen niedergeknüppelt und ihn mit einer Gehaltskürzung belohnt. Da ist er natürlich gegangen, und wißt ihr was? Der Staat hat nichts unternommen, bis 1850! Inzwischen war der Staat New York, der sich ganz auf das Eisenbahnwesen verlegt hatte, das kommerzielle Zentrum der Ostküste geworden. Wenn man bedenkt, an welcher Stelle der Ostküste Virginia liegt, hätte unser Staat der mächtigere werden sollen.»

«Das habe ich nicht gewußt.» Harry liebte Geschichte.

«Wenn es um fortschrittliche Projekte geht, ob kommerziell oder intellektuell, könnt ihr euch darauf verlassen, daß die Legislative von Virginia sie ablehnt.» Maude schüttelte den Kopf. «Es ist, als würden sie mit Absicht jede Chance verpassen. Lauter Waschlappen.»

«Ja, das ist wahr», pflichtete Fair ihr bei. «Aber andererseits haben wir nicht die Probleme, die man an fortschrittlichen Orten kriegt. Wir haben eine niedrige Kriminalitätsrate, ausgenommen in Richmond. Wir haben Vollbeschäftigung in unserem Staat, und wir führen ein gutes Leben. Wir werden nicht schnell reich, aber wir behalten, was wir erreicht haben. Das ist vielleicht gar nicht so übel. Du bist jedenfalls hierher gezogen, oder?»

Maude überlegte. «Eins zu null für dich. Aber manchmal, Fair, macht es mich fertig, daß dieser Staat so rückständig ist. Wenn North Carolina uns austrickst und den Überfluß genießt, was soll man davon halten?»

«Woher hast du das über die Eisenbahnen?»

«Aus der Bibliothek. Es gibt dort ein Buch, eigentlich eine lange Monographie, über Crozets Leben. Da ich nicht den Vorzug habe, in Crozet aufgewachsen zu sein, dachte ich, ich hole das am besten irgendwie auf. Schade, daß die Züge hier nicht mehr halten.»

«Gelegentlich hält einer. Wenn du den Präsidenten der Chesapeake-Ohio anrufst und – als Fahrgast – einen Extrahalt forderst, müssen sie gleich neben dem Postamt beim alten Bahnhof für dich halten.»

«Hat das jemand in letzter Zeit mal getan?» Maude fand es unglaublich.

«Mim Sanburne letztes Jahr. Sie haben gehalten.» Fair lächelte.

«Ich denke, ich werd's versuchen», sagte Maude. «Jetzt muß ich aber wieder in meinen Laden. Erhalte dein Geschäft, und dein Geschäft erhält dich. Bye.»

Pewter rekelte sich auf dem Schalter, während Harry die Colaflaschen hinten in dem kleinen Kühlschrank verstaute. Mrs. Murphy blieb in dem Postbehälter und hoffte auf eine neue Fahrt.

«Soll das ein Versöhnungsangebot sein?» Harry schloß die Kühlschranktür.

«Ich weiß nicht.» Und Fair wußte es wirklich nicht. Es war ihm im Laufe der Jahre zur Gewohnheit geworden, Harry Cola zu bringen. «Hör mal, Harry, können wir die Scheidung nicht auf anständige Weise hinter uns bringen?»

«Alles ist anständig, bis Geld ins Spiel kommt.»

«Du hast Ned Tucker engagiert. Sobald Anwälte ins Spiel kommen, ist alles Scheiße.»

«1658 erließ die gesetzgebende Versammlung von Virginia ein Gesetz, das alle Rechtsanwälte aus der Kolonie verbannte.» Harry verschränkte die Arme.

«Die einzige kluge Entscheidung, die sie je getroffen hat.» Fair lehnte sich an den Schalter.

«Sie wurde 1680 rückgängig gemacht.» Harry holte tief

Luft. «Fair, eine Scheidung ist ein gerichtlicher Prozeß. Ich mußte mir einen Anwalt nehmen. Ned ist ein alter Freund von mir.»

«He, er war auch mein Freund. Hättest du dich nicht an eine neutrale Partei wenden können?»

«Wir sind hier in Crozet. Hier gibt's keine neutralen Parteien.»

«Deswegen habe ich mir einen Anwalt in Richmond genommen.»

«Du kannst dir die Preise in Richmond leisten.»

«Fang nicht wieder mit Geld an, verdammt noch mal.» Fair klang gequält. «Eine Scheidung ist die einzige menschliche Tragödie, die sich aufs Geld reduziert.»

«Es ist keine Tragödie. Es ist ein Prozeß.» In diesem Punkt war Harry dauernd von dem Zwang getrieben, ihm zu widersprechen oder ihn zu korrigieren. Ihr war das halbwegs bewußt, aber sie konnte sich nicht bremsen.

«Damit kann ich zehn Jahre meines Lebens in den Schornstein schreiben.»

«Nicht ganz zehn.»

«Verdammt, Harry, der Punkt ist, daß das ganze keine leichte Sache ist – und es war nicht meine Idee.»

«Ach, spiel nicht die beleidigte Leberwurst. Du warst in dieser Ehe nicht glücklicher als ich!»

«Aber ich dachte, alles wäre bestens.»

«Solange du gefüttert und gefickt wurdest, dachtest du, alles wäre bestens!» Harry senkte die Stimme. «Unser Haus war für dich ein Hotel. Mein Gott, wenn du mal den Staubsauger in die Hand genommen hast, haben die Engel im Himmel gesungen.»

«Wir hatten kein Geld für ein Hausmädchen», brummte er.

«Also war ich das Mädchen. Wieso ist deine Zeit kostbarer als meine? Herrgott, ich hab sogar deine Klamotten gekauft, deine Unterhosen.» Aus irgendeinem Grund war dies für Harry bedeutsam.

Fair schwieg einen Moment, um nicht die Beherrschung zu verlieren, und sagte dann: «Ich verdiene mehr. Wenn ich auf Abruf bereit sein mußte, dann mußte es eben sein.»

«Ach, weißt du, eigentlich ist mir das inzwischen ziemlich egal.» Harry ließ die Arme sinken und machte einen Schritt auf ihn zu. «Was ich wissen will, warst du... hast du... gehst du mit Boom Boom Craycroft ins Bett?»

«Nein!» Fair wirkte verletzt. «Das hab ich dir schon mal gesagt. Ich war auf der Party betrunken. Ich – okay, ich hab mich weiß Gott nicht wie ein Gentleman benommen... aber das ist ein Jahr her.»

«Ich weiß. Ich war dabei, erinnerst du dich? Ich frage, was jetzt ist, Fair.»

Er blinzelte, dann festigte sich sein Blick. «Nein.»

Während die Menschen einander beschimpften, sagte Tucker, die es satt hatte, auf dem Fußboden von dem Katzentreiben ausgeschlossen zu sein: *«Pewter, wir waren bei Kelly Craycrofts Betonfabrik.»*

Pewter war plötzlich hellwach. Sie setzte sich auf. *«Weshalb?»*

«Wir wollten selber schnüffeln.»

«Wie kann Mrs. Murphy was riechen? Sie trägt die Nase immer so hoch.»

«Halt die Schnauze.» Mrs. Murphy steckte den Kopf aus dem Postbehälter.

«So was Ungehobeltes.» Pewter zog die Schnurrhaare zurück.

«Ich hab Tucker gemeint, aber du kannst ruhig auch die Schnauze halten. So schlage ich zwei Fliegen mit einer Klappe.»

«Warum hast du gesagt, ich soll die Schnauze halten? Ich hab nichts getan.» Tucker war gekränkt.

«Das sag ich dir später», erwiderte die Tigerkatze.

«Es ist kein Geheimnis. Ozzie hat es vermutlich unterdessen in drei Bezirken ausgeplappert – in unserem, in Orange und in Nelson. Vielleicht weiß es ganz Virginia, weil Bob Ber-

ryman seine Viehtransporte überallhin liefert und Ozzie ihn begleitet», jaulte Tucker.

«Tu, was du nicht lassen kannst.» Mrs. Murphy wußte, daß Tucker reden würde.

«Sagt, was hat Ozzie geplappert, und warum seid ihr zu der Betonfabrik gegangen?» Pewters Pupillen wurden groß.

«Ozzie hat gesagt, da wäre ein komischer Geruch. Und so war es.» Tucker gefiel die Wendung des Gesprächs.

Pewter spottete: *«Natürlich war da ein komischer Geruch, Tucker. Aus einem Mann wurde Hackfleisch gemacht, und an dem Tag waren drückende sechsunddreißig Grad. Das können sogar Menschen riechen.»*

«Das war es nicht.» Mrs. Murphy kroch aus dem Postbehälter, enttäuscht, weil Harry das Interesse an dem Spiel verloren und ihre ganze Aufmerksamkeit Fair zugewandt hatte.

«Rettungsdienstgerüche», tippte Pewter aufs Geratewohl.

«Es roch nach Schildkröte.»

«Was?» Die Schnurrhaare der dicken Katze schnellten wieder vor.

Mrs. Murphy sprang auf den Schalter und setzte sich neben Pewter. Wenn Tucker schon quatschte, konnte sie sich ebensogut beteiligen. *«Ja. Als wir ankamen, war die meiste Witterung verflogen, aber dieser leichte Amphibiengeruch war noch da.»*

Pewter zog die Nase kraus. *«Ich hörte Ozzie was von einer Schildkröte sagen, aber ich habe nicht richtig hingehört. Es war so viel los.»* Sie seufzte.

«Habt ihr schon mal Fischbällchen gerochen?» Pewters Gedanken kehrten zum Futter zurück, ihrem Lieblingsthema. *«Die riechen vielleicht gut. Mrs. Murphy, hat Harry keine Leckerbissen mehr?»*

«Doch.»

«Meinst du, sie gibt mir was?»

«Ich geb dir was, wenn du versprichst, daß du uns alles erzählst, was du über Kelly Craycroft hörst. Absolut alles.

Und ich verspreche, daß ich mich nicht über dich lustig mache.»

«*Versprochen.*» Die dicke Katze schwabbelte feierlich.

Mrs. Murphy sprang vom Schalter und lief zum Schreibtisch. Die untere Schublade stand einen Spalt offen. Sie quetschte ihre Pfote hinein und angelte ein Stückchen gedörrtes Rindfleisch heraus. Sie warf es Pewter zu, die es augenblicklich vertilgte.

10

Bob Berryman lachte während des Films mehrmals laut auf. Er war allein. Außer Bob kannten Harry und Susan keinen Menschen im Kino. Charlottesville, gedrängt voll mit lauter neuen Leuten, war eine neue Stadt für sie geworden. Man konnte nicht mehr in die Stadt fahren in der Erwartung, Freunde zu treffen. Nicht daß die neuen Leute nicht nett waren – nein, das waren sie durchaus –, aber es war schon verdrießlich, sich an dem Ort, wo man geboren und aufgewachsen war, plötzlich wie ein Fremder vorzukommen.

Die neuen Einwohner strömten in solchen Scharen in den Bezirk, daß ihnen die Aufnahme in die etablierten Clubs und die Übernahme der etablierten Gepflogenheiten nicht schnell genug ging. Folglich schufen die neuen Leute ihre eigenen Clubs und Gepflogenheiten. Früher hatten die vier wichtigen gesellschaftlichen Zentren – der Jagdclub, der Country Club, die Kirchen der Schwarzen und die Universität – der Gemeinde Stabilität gegeben wie die vier Ecken eines Quadrats. Jetzt zog es die jungen Schwarzen fort von den Kirchen, der Country Club hatte eine sechsjährige Warteliste für neue Mitglieder, und an der Universität studierten fast nur noch junge Leute von außerhalb. Und was den Jagdclub anging, so konnten die meisten neuen Leute nicht reiten.

Auch das Straßennetz war den neuen Belastungen nicht mehr gewachsen. Der Staat Virginia schacherte nun darum, einen großen Teil der Landschaft mit Umgehungsstraßen zuzupflastern. Die Bewohner, alte wie neue, opponierten erbittert gegen die Zerstörung ihrer Umwelt. Den Leuten vom Verkehrsamt wäre inzwischen in einem Raum voller Skorpione wohler gewesen, denn die Sache wurde brenzlig. Die naheliegende Lösung, die zentrale Durchgangsstraße, die Route 29, auszubauen oder eine Direktverbindung oberhalb der bestehenden Straße zu schaffen, kam für die maßgeblichen Instanzen in Richmond nicht in Frage. Sie riefen «zu teuer» und ignorierten dabei die horrenden Summen, die sie bereits vergeudet hatten, indem sie ein Forschungsunternehmen engagierten, um für sie die Drecksarbeit zu verrichten. Sie dachten, die Bevölkerung würde ihren Zorn gegen das Forschungsunternehmen richten, und das Verkehrsamt könnte sich hinter diesem Schutzschild verstecken. Die republikanische Partei ergriff sofort die Gelegenheit, die regierenden Demokraten in eine prekäre Lage zu bringen und verwandelte die Umgehungsstraße in ein politisch heißes Eisen. Das Verkehrsamt blieb hartnäckig. Den Demokraten, deren Macht schwand, wurde mulmig zumute. Die Angelegenheit entwickelte sich zu einem interessanten Drama, in welchem politische Karrieren begannen und endeten.

Harry war der Ansicht, jede veröffentlichte Zahl müsse man im Geist noch verdoppeln. Aus einem absurden Grund konnte die Regierung nicht mit Geld umgehen. Das bekam Harry im Postamt zu spüren. Die Bestimmungen, die eigentlich zu ihrer Erleichterung erlassen wurden, machten alles nur noch schlimmer, so daß sie ihr Postamt schließlich so betrieb, wie es für die Gemeinde am besten paßte, und nicht, wie es irgendeinem fernen Sowieso paßte, der in Washington, D.C., auf seinem fetten Arsch saß. Dasselbe galt für die Leute von der Staatsregierung in Virginia. Sie würden nicht auf den Straßen fahren, die sie bauten; ihnen brach nicht das Herz, weil herrliches Ackerland vernichtet und die Wasserscheide gefährdet wurde. Sie zogen eine hübsche Linie auf der Landkarte und erzählten dem Gouverneur etwas von Verkehrsfluß. Alle Regierungsangestellten rechtfertigten ihr Vorhandensein, indem sie die Prozedur so stark wie möglich komplizierten und dann die Komplikationen lösten.

Unterdessen erzählte man den Bürgern von Albemarle County, sie müßten den Raub ihres Landes zugunsten der südlicheren Bezirke akzeptieren, Bezirke, die erhebliche Beträge zur Wahlkampfführung gewisser Politiker beigesteuert hatten. Nicht einer erwog die Idee, die Leute selber Geld aufbringen zu lassen, um die zentrale Durchgangsstraße auszubauen. Wie hoch auch die zusätzlichen Kosten im Vergleich zu einer Umgehungsstraße sein würden, Albemarle war bereit, sie zu zahlen. Doch eine derartige Selbstverwaltung – allein schon der Gedanke daran war allzu revolutionär.

Harry, in dem Glauben erzogen, die Regierung sei ihr Freund, hatte durch Erfahrung gelernt, die Regierung für ihren Feind zu halten. Sie relativierte ihre Einstellung nur städtischen Beamten gegenüber, die sie kannte und mit denen sie persönlich reden konnte.

Etwas sprach für die Neulinge: Sie waren politisch aktiv. Gut, dachte Harry. Sie werden es brauchen.

All diese Dinge hatte sie mit Susan in der Blue Ridge-Brauerei bequatscht. Eiskaltes Bier an einem schwülen Abend schmeckte köstlich.

«Und?»

«Was und, Susan?»

«Du sitzt seit zehn Minuten da und hast keinen Ton gesagt.»

«Oh, Verzeihung. Mein Zeitgefühl muß mir abhanden gekommen sein.»

«Anscheinend.» Susan lächelte. «Komm schon, was ist los? Wieder Streit mit Fair?»

«Weißt du, ich kann nicht entscheiden, wer das größere Arschloch ist, er oder ich. Ich weiß bloß, wir können nicht im selben Zimmer sein, ohne zu streiten. Selbst wenn wir in freundschaftlichem Ton anfangen... es endet immer mit gegenseitigen Vorwürfen...»

Susan wartete. Harrys Satz blieb unvollendet. «Gegenseitige Vorwürfe weswegen?»

«Ich hab ihn gefragt, ob er mit Boom Boom schläft.»

«Was?» Susans Unterlippe klappte herunter.

«Du hast richtig gehört.»

«Und?»

«Er hat nein gesagt. Oh, und dann ging es weiter. Jeden Fehler, den ich gemacht habe, seit wir uns kennen, hat er mir ins Gesicht geworfen. Gott, ich bin's so leid, ihn, die Situation –» sie machte eine Pause – «mich selbst. Da draußen ist eine ganze Welt, und alles, woran ich denken kann, ist diese dämliche Scheidung.» Wieder eine Pause. «Und Kellys Ermordung.»

«Zum Glück gibt es da keine Verbindung.» Susan trank einen tiefen Zug.

«Hoffentlich nicht.»

«Bestimmt nicht.» Susan verwarf den Gedanken sofort. «Das glaubst du doch auch nicht. Er war vielleicht nicht der Mann, den du gebraucht hast, aber er ist kein Mörder.»

«Ich weiß.» Harry schob das Glas weg. «Aber ich kenne ihn nicht mehr – und ich traue ihm nicht.»

«Ist dir je aufgefallen, daß Freunde einen lieben, weil man ist, wie man ist? Liebhaber versuchen, einen zu verändern, wie sie einen haben wollen.» Susan trank Harrys Bier aus.

Harry lachte. «Mom hat immer gesagt, eine Frau heiratet einen Mann, weil sie hofft, ihn ändern zu können, und ein Mann heiratet eine Frau, weil er hofft, daß sie sich nie ändern wird.»

«Deine Mutter war umwerfend.» Susan erinnerte sich an Graces scharfen Witz. «Aber ich glaube, daß auch Männer versuchen, ihre Partnerinnen zu ändern, wenn auch auf andere Art. Es ist so verwirrend. Je älter ich werde, desto weniger verstehe ich von menschlichen Beziehungen. Ich dachte, es wäre umgekehrt. Ich dachte, ich würde klüger.»

«Ja. Jetzt bin ich voller Mißtrauen.»

«Ach, Harry, so schlimm sind die Männer gar nicht.»

«Nein, nein – ich mißtraue mir selbst. Was habe ich getan, während ich mit Pharamond Haristeen verheiratet war? Habe ich mich so weit von mir selbst entfernt?»

Zu Hause lief Mrs. Murphy unruhig auf und ab.

In ihrem Korb hob Tucker den Kopf. *«Setz dich hin.»*

«Halte ich dich wach?»

«Nein», knurrte der Hund. *«Ich kann nicht schlafen, wenn Mommy weg ist. Ich hab gesehen, daß andere Leute ihre Hunde mit ins Kino nehmen. Muffin Barnes steckt ihren in die Handtasche.»*

«Muffin Barnes' Hund ist ein Chihuahua.»

«Ach ja?» Tucker kletterte steifbeinig aus dem Korb. *«Willste spielen?»*

«Ball?»

«Nein. Wie wär's mit Fangen? Wir können rumtoben, wenn sie nicht da ist. Wir sollten wirklich toben. Wie kann sie es wagen, wegzugehen und uns hierzulassen? Das soll sie büßen.»

«Jaa!» Mrs. Murphys Augen leuchteten.

Als Harry eine Stunde später die Lichter im Wohnzimmer anknipste, rief sie aus: «O mein Gott!»

Der Feigenbaum war umgekippt, Erde war über den Fußboden verstreut, und die Wände waren mit schmutzigen Katzenpfotenabdrücken gesprenkelt. Mrs. Murphy hatte ausgiebig in der feuchten Erde getanzt, bevor sie mit allen vier Pfoten die Wände ansprang.

Harry suchte erbost nach ihren Lieblingen. Tucker versteckte sich in der hintersten Ecke unter dem Bett, und Mrs. Murphy lag ganz flach auf dem obersten Bord in der Speisekammer.

Als Harry die Unordnung beseitigt hatte, war sie zu müde, um die beiden zu schelten. Sie verstand, zu ihrer Ehre muß das gesagt werden, daß dies die Strafe für ihr Fortgehen war. Sie verstand es, doch es widerstrebte ihr, sich einzugestehen, daß die Tiere sie viel besser erzogen, als sie die Tiere erzog.

11

Die Aussicht auf das Wochenende machte Harrys Schritte leichter, als sie die Railroad Avenue entlangging. Die Straße glänzte vom Gewitter der letzten Nacht, das nicht vermocht hatte, die hohe Temperatur zu senken. Mrs. Murphy und Tucker, denen vergeben war, tollten voraus.

In dem Augenblick, als Pewter ihrer ansichtig wurde, stürmte sie die Straße hinunter, um sie zu begrüßen.

«Ich wußte gar nicht, daß sie so schnell laufen kann.» Harry stieß einen lauten Pfiff aus.

Wenn Pewter rannte, wabbelte der Fettwulst unter ihrem Bauch hin und her. Einen halben Häuserblock von ihren Freundinnen entfernt, schrie sie schon: *«Ich hab vor dem Laden auf euch gewartet!»*

Keuchend rutschte Pewter Tucker vor die Füße und kam zum Stehen.

Harry nahm an, die Katze sei total erschöpft, und bückte sich, um sie hochzunehmen. «Armes Dickerchen.»

«Laß mich.» Pewter entwand sich ihr.

«Was gibt's?» Mrs. Murphy rieb sich an Harrys Beinen, um sie zu trösten.

«Maude Bly Modena.» Die hellgrünen Augen glitzerten. *«Tot!»*

«Wie?» Mrs. Murphy wollte sofort Einzelheiten.

«Vom Zug überfahren.»

«Du meinst, in ihrem Auto?» Tucker wartete ungeduldig, daß Pewter wieder zu Atem kam, während sie den Weg zum Postamt fortsetzten.

«Nein!» Pewter hielt mit ihnen Schritt. *«Schlimmer als das.»*

«Pewter, ich habe dich noch nie so geschwätzig erlebt.» Harry strahlte.

Pewter erwiderte: *«Wenn du achtgeben würdest, könntest du was erfahren.»* Sie wandte sich an Mrs. Murphy. *«Die halten sich für so schlau, dabei denken sie bloß an sich selbst. Menschen hören nur Menschen zu, und die meiste Zeit tun sie nicht mal das.»*

«Ja.» Mrs. Murphy hätte gerne gesagt: *«Nun erzähl schon weiter»*, aber sie hielt sich wohlweislich zurück.

«Wie gesagt, es war schlimmer als das. Sie war auf die Schienen gefesselt, wo genau, weiß ich nicht, und als der Sechsuhrzug heute morgen durchkam, konnte der Lokomotivführer nicht rechtzeitig bremsen. Sie wurde in drei Teile zerstückelt.»

«Wie hast du's erfahren?» Tucker blinzelte bei dem Gedanken an den grausigen Anblick.

«Unglücklicherweise hat Courtney es als erste gehört. Market hat sie gleich morgens geschickt, um für die Fahrer von den Farmen aufzumachen, die um fünf Uhr früh anrücken. Der Rettungsdienst ist vorbeigerast – Rick Shaw auch. Officer Cooper, im zweiten Dienstwagen, kam reingelaufen, Kaffee holen. So haben wir's erfahren. Courtney hat Market angeru-

fen, und er ist sofort zum Laden gekommen. Da draußen läuft ein Wahnsinniger rum, der Leute umbringt.»

«*Du meinst, so was wie ein Massenmörder?*» Tucker war plötzlich sehr um Harrys Sicherheit besorgt.

Mrs. Murphy murmelte: «*Ich mochte Maude gern.*»

«*Ich auch.*» Tucker ließ den Kopf hängen. «*Warum töten die Menschen sich gegenseitig?*»

Pewter lachte ein rauhes Lachen. «*Daß sich bloß keiner an Courtney und Market ranmacht. Dem kratz ich die Augen aus.*»

Harry fiel auf, daß die drei Tiere miteinander beschäftigt waren.

«*Wer immer es war, er hat 'ne Menge zu verbergen*», dachte Mrs. Murphy laut.

«*Ja, er muß verbergen, daß er geistesgestört ist, und er wird wieder töten, bei Vollmond, wette ich*», sagte Pewter.

«*Nein, das meine ich nicht.*» Mrs. Murphys Augen verengten sich zu Schlitzen.

Tucker kannte Mrs. Murphy, seit sie ein sechs Wochen altes Hündchen gewesen war. Sie wußte, wie Mrs. Murphy dachte. «*Dieser Mensch ist hinter was her – oder hat was zu verdecken. Es muß nicht jemand sein, der Spaß am Töten hat.*»

«*Findet ihr es nicht sonderbar, daß er oder sie die Toten herumliegen läßt? Versucht ein Mörder nicht, die Leiche zu vergraben?*» Pewter fand, daß dazu eigentlich die Geier da seien, aber Menschen waren eben anders.

«*Das ist mir an Kellys Leiche aufgefallen.*» Mrs. Murphy übersah eine Raupe, so stark konzentrierte sie sich. «*Der Mörder zeigt die Leichen...*» Ihre Stimme verlor sich, weil Market Shiflett aus seinem Laden trat und Harry zuwinkte.

«Harry, Harry!»

Harry vernahm die Angst in seiner Stimme und rannte zum Laden. «Was ist?»

«Es ist schrecklich, einfach schrecklich.»

Harry legte ihren Arm um ihn. «Fehlt dir was? Soll ich den Doktor holen?» Sie meinte Hayden McIntire.

Market wehrte kopfschüttelnd ab. «Mir fehlt nichts, Harry. Es ist wieder ein Mord geschehen – Maude Bly Modena.»

«Was?» Die Farbe wich aus Harrys Gesicht.

«Ich laß mein Mädchen nicht mehr aus dem Haus. Da draußen geht ein Monster um!»

«Wie ist das passiert, Market?» Erschüttert legte Harry ihre Hand ans Schaufenster, um sich zu stützen.

«Die Ärmste war auf die Bahngleise gefesselt, wie in einem Stummfilm. Der Mann hat sie gesehen – der Bremser vom Frühzug, nehm ich an –, aber zu spät, zu spät. Ach, die Ärmste.» Seine Unterlippe zitterte.

«Wer weiß sonst noch davon?» Harrys Gedanken bewegten sich mit Lichtgeschwindigkeit.

«Warum fragst du?» Market wunderte sich über die Frage.

«Ich bin nicht sicher, Market, ich... weibliche Intuition.»

«Weißt du etwas?» Er hob die Stimme.

«Nein, verdammt, ich weiß gar nichts, aber ich werde es herausfinden. Das muß aufhören!»

«Also –» Market rieb sich das Kinn – «Courtney weiß es, Rick Shaw und Officer Cooper, und natürlich Clai und Diana vom Rettungsdienst. Die Leute im Zug wissen es, einschließlich der Fahrgäste. Der Zug hat gehalten. Eine Menge Leute wissen es.»

«Ja, ja.» Ihre Stimme verlor sich.

«Woran denkst du?»

«Ich wünschte, daß es nicht schon so viele Leute wüßten. Sonst hätte man vielleicht noch auf einen Hinweis stoßen können.»

«Tja.» Drinnen klingelte das Telefon. «Ich muß ran. Laß uns zusammenhalten, Harry.»

«Worauf du dich verlassen kannst.»

Market öffnete die Tür, und Pewter flitzte hinein, wobei sie sich über die Schulter verabschiedete.

Unglücklich schloß Harry die Tür zum Postamt auf. Mrs. Murphy und Tucker blieben zurück.

«*Kommt rein.*»

Mrs. Murphy sah Tucker an. «*Denkst du, was ich denke?*»

Tucker erwiderte: «*Ja, aber wir wissen nicht wo.*»

«*Verdammt!*» Mrs. Murphy sträubte aufgebracht ihre Schwanzhaare und stolzierte ins Postamt.

Tucker folgte ihr, während Harry zum Telefon griff und zu wählen begann. «*Es könnte meilenweit von hier sein.*»

«*Ich weiß!*» maulte Mrs. Murphy. «*Und wir verlieren die Witterung – falls eine da ist.*»

«*Sie hat voriges Mal ein bißchen gehalten. An dem Tag war es genauso heiß wie heute.*»

Mrs. Murphy lehnte sich an die Corgihündin. «*Hoffentlich. Liebste Freundin, wir müssen alles daransetzen, um der Sache auf den Grund zu kommen. Harry ist klug, aber sie hat einen schlechten Riecher. Ihre Ohren sind auch nicht besonders. Menschen können sich nicht sehr schnell bewegen. Wir müssen rauskriegen, wer es ist, damit wir Harry beschützen können.*»

«*Lieber sterbe ich, bevor ich zulasse, daß jemand Harry was antut!*» Tucker bellte laut.

«Susan, es ist wieder ein Mord geschehen.»

«Ich komme gleich rüber», erwiderte Susan.

Harry schickte sich an, Fairs Nummer in der Praxis zu wählen, aber dann legte sie auf. Es war eine automatische Reaktion, ihn anzurufen.

«Rick Shaw ist gerade gekommen, er wollte zu Ned», sagte Susan, als Harry die Vordertür aufschloß. Es war halb acht.

«Was will er von Ned?»

«Er möchte, daß er eine Bürgerwacht organisiert. Harry, es ist einfach unglaublich. Wir sind hier in Crozet, Virginia, meine Güte, nicht in New York.»

«Unglaublich oder nicht, es ist wahr. Hat Rick was von Maude gesagt?»

«Was meinst du?»

«Ich meine, hat sie noch gelebt, als sie überfahren wurde?» Harrys ganzer Körper zuckte bei dem Gedanken, und eine Woge der Übelkeit überflutete sie.

«Daran habe ich auch gedacht. Ich habe ihn gefragt. Er meinte, sie wüßten es nicht, aber sie nähmen es nicht an. Der Untersuchungsrichter könnte genau sagen, wann sie starb.»

«Wenn Rick das gesagt hat, bedeutet es, daß sie schon tot war. Ich meine, man müßte schön blöd sein, wenn man es nach einer bestimmten Zeitspanne nicht sagen könnte. Hat er sonst noch was gesagt?»

«Nur daß es draußen in der Nähe vom Greenwood-Tunnel passiert ist, hinten beim ersten Gleisabschnitt.»

Mehr zu sich selbst sagte Harry: «Was hat sie so weit da draußen gemacht?»

«Das weiß Gott allein.» Susan schniefte. «Was, wenn dieses – diese Kreatur auf unsere Kinder losgeht?»

«Soweit wird es nicht kommen, da bin ich ganz sicher.»

«Woher willst du das wissen?» Ein zorniger Tonfall schlich sich in Susans Stimme.

«Verzeih. Natürlich verstehe ich, daß du dir Sorgen um die Kinder machst, und du solltest sie abends im Haus behalten. Es ist nur, daß – ich weiß nicht. Ein Gefühl.»

«Da draußen läuft ein Wahnsinniger frei herum! Sag mir, was Kelly Craycroft und Maude Bly Modena gemeinsam hatten! Sag mir das!»

«Wenn wir das rauskriegen, erwischen wir vielleicht den Mörder.» Harrys Stimme nahm einen energischen Ton an. Sie war eine geborene Anführerin, obgleich sie es nie zugab und Gruppen sogar aus dem Weg ging.

Susan wußte, daß Harry einen Entschluß gefaßt hatte. «Du hast keine Erfahrung in solchen Sachen.»

«Du auch nicht. Hilfst du mir?»

«Was muß ich tun?»

«Die Polizei stellt Routinefragen. Das ist gut so, weil sie eine Menge erfahren. Wir müssen andere Fragen stellen – nicht nur: ‹Wo sind Sie an dem betreffenden Abend gewesen?›, sondern: ‹Wie standen Sie zu Kellys Ferrari, und wie standen Sie zu Maudes großem Erfolg mit ihrem Geschäft?› Emotionen. Vielleicht bringen uns Emotionen der Lösung näher.»

«Du kannst auf mich zählen.»

«Als erstes nehme ich mir Mrs. Hogendobber und Little Marilyn vor. Wie wäre es, wenn du Boom Boom und Mim besuchst? Nein, warte. Laß mich Boom Boom übernehmen. Ich habe meine Gründe. Du sprichst mit Little Marilyn.»

«Okay.»

Rob kam schwungvoll durch den Vordereingang. Er ließ die Postsäcke fallen wie Blei, als Harry ihm die Neuigkeit mitteilte. Er konnte absolut nicht glauben, daß so etwas passierte, aber wer konnte das schon?

Tucker und Mrs. Murphy hörten genau zu, als Harry den Tatort erwähnte.

«Da kommen wir nicht allein hin, wenn wir nicht einen ganzen Tag unterwegs sein wollen.»

«Ausgeschlossen.» Tucker kratzte an ihrem Halsband. Die metallene Tollwutmarke klimperte.

«Wie kommen wir da raus? Harry muß uns im Wagen hinbringen.»

«Halb Crozet wird hinfahren. Menschen haben eine morbide Art von Neugierde», bemerkte Tucker.

«Sobald sie in den Wagen steigt, wann immer das ist, legen wir am besten einen Anfall hin.»

«Verstanden.»

Mrs. Hogendobber wurde von Market Shiflett aufgehalten, als sie die Treppe zum Postamt hinaufstieg. Sie stieß einen gellenden Schrei aus, als sie die Neuigkeit hörte.

Josiah, der gerade die Straße überquerte, zögerte einen

Sekundenbruchteil, dann kam er herüber, um zu sehen, was Schlimmes passiert war.

«Das ist das Werk des Teufels!» Mrs. Hogendobber stützte sich mit der Hand an der Mauer ab.

«Es ist entsetzlich.» Josiah bemühte sich um einen tröstenden Ton, aber er hatte Mrs. Hogendobber noch nie leiden können. «Kommen Sie, Mrs. H., ich helfe Ihnen hinein.» Er stieß die Tür zum Postamt auf.

«Wann haben Sie es gehört?» Mrs. Hogendobbers Stimme klang ruhig.

«Heute morgen im Radio.» Josiah fächelte Mrs. H., die jetzt neben der Freistempelmaschine saß, mit seiner Zeitung Luft zu. «Soll ich Sie nach Hause bringen?» erbot er sich.

«Nein. Ich bin wegen meiner Post gekommen, und ich hole sie mir.» Resolut stand Mrs. Hogendobber auf und schritt zu ihrem Postfach.

Harry und Josiah folgten ihr, während Fair kreischend vorfuhr und den Motor abwürgte, bevor er den Zündschlüssel herumdrehen konnte, weil sein Fuß von der Kupplung rutschte.

«Sie hätten gleich durchs Fenster kommen können», meinte Mrs. Hogendobber tadelnd.

Fair schloß die Tür hinter sich. «Ich dachte, den Steuerzahlern zuliebe verzichte ich darauf.»

«Dabei könnte dieser alte Bau eine Sanierung vertragen.» Josiah drehte den Schlüssel in seinem Postfach herum.

«Wissen Sie schon, die süße Maude Bly Modena? Ermordet! Kaltblütig.» Mrs. Hogendobber atmete wieder schwer.

«Na, na, regen Sie sich nicht übermäßig auf», warnte Josiah sie.

«Vielleicht sollte ich das wirklich nicht.» Mrs. Hogendobber nahm sich zusammen. «Soviel Böses im Land. Aber ich hätte nie gedacht, daß es uns heimsuchen würde.» Sie faßte sich an die Stirn, als versuche sie sich zu erinnern. «Das letzte Verbrechen, das hier passiert ist – abgesehen von all den Unfällen wegen Trunkenheit am Steuer –, also, das dürften die Diebstähle im Farmington Country Club gewesen sein. Erinnern Sie sich?»

«Das war 1978.» Harry erinnerte sich an den Vorfall. «Eine routinierte Diebesbande brach in die Häuser dort ein und nahm das Silber und die Antiquitäten mit.»

Mrs. Hogendobber verstand nicht, warum Harry, Flair und Josiah kurz auflachten.

«Der Diebstahl war nicht komisch, Mrs. H.», erklärte Harry. «Aber außer daß sie ausgeraubt wurden, haben obendrein alle erfahren, wer wirklich wertvolle Sachen hatte und wer nicht. Ich meine, zum Schaden kam auch noch die Kränkung hinzu.»

Mrs. Hogendobber konnte nichts Komisches daran finden und räusperte sich mißbilligend. «Nun, dies ist zuviel für einen Morgen. Ich sage adieu.»

«Soll ich Sie nicht doch lieber nach Hause bringen?» erbot sich Josiah noch einmal.

«Nein... danke.» Und damit verschwand sie.

«Hat man das Zeug nicht in einer Scheune in Falling Water, West Virginia, gefunden?» fragte Fair.

«Ja, und es war ein dummes Versteck.» Josiah schloß sein Postfach.

«Wieso?» fragte Harry.

«So kostbare Stücke in eine Scheune zu stellen. Nagetiere hätten die Möbel anknabbern oder ihre Häuflein darauf machen können. Die Elemente hätten walten und die Hölzer sich zusammenziehen können. Ausgesprochen dämlich. Die Diebe konnten gute Sachen von schlechten unterscheiden, aber sie hatten keine Ahnung, wie man sie pflegt.»

«Vielleicht haben sie sie zusammengelegt oder in Kisten verstaut.» Fair verstand nicht viel von Antiquitäten.

«Nein, ich erinnere mich an die Fernsehberichte. Sie

haben das Innere der Scheune gezeigt.» Josiah schüttelte den Kopf. «Egal, das sind kleine Fische verglichen mit... dem hier.» Er ging zum Schalter hinüber, gegen den sich Fair gelehnt hatte. «Was denkst du?»

«Ich weiß nicht.»

«Und du, Harry?» Josiahs Gesicht zeigte Besorgnis.

«Ich denke, wer immer es war, es war einer von uns. Einer, den wir kennen und dem wir trauen.»

Josiah trat unwillkürlich zurück. «Wieso denkst du das?»

«Was sollte es sonst für ein Mörder sein? Jemand der regelmäßig nach Charlottesville einfliegt, um ein paar Leute umzubringen? Es muß jemand aus der Gegend sein.»

«Aber nicht jemand aus Crozet.» Josiah schien von der Idee regelrecht beleidigt.

«Warum nicht? Es ist nicht so abwegig, wenn man's bedenkt.» Fair fuhr sich mit den Fingern durch sein dichtes Haar. «Etwas geht schief zwischen Freunden oder bei einem Liebespaar; bei der oder dem Gekränkten brennt die Sicherung durch. Das kann hier passieren. Es ist hier passiert.»

Josiah ging langsam zur Tür und legte die Hand auf den abgegriffenen Türknauf. «Ich mag nicht daran denken. Vielleicht hört es jetzt auf.»

Er ging hinaus und umrundete vorsichtshalber das Postamt bis zu Mrs. Hogendobbers Haus, um sicherzugehen, daß sie gut heimgekommen war.

«Was kann ich für dich tun?» fragte Harry Fair mit gleichmütiger Stimme.

«Oh, nichts. Ich hab's auf dem Weg zur Arbeit gehört und dachte, ich schau mal rein und sehe nach, wie's dir geht. Du hattest Maude gern.»

Gerührt senkte Harry die Augen. «Danke, Fair. Ich hatte Maude wirklich gern.»

«Wir alle.»

«Das ist es ja. Das ist es, was ich herausfinden muß. Wir

alle hatten Maude gern. Die meisten von uns mochten Kelly Craycroft. Oberflächlich sieht alles normal aus. Darunter ist etwas entsetzlich verkehrt.»

«Finde das Motiv, und du findest den Mörder», sagte Fair.

«Es sei denn, er oder sie findet dich zuerst.»

12

Harry zögerte, bevor sie an Boom Boom Craycrofts dunkelblaue Haustür klopfte. Sie hatte die Katze und den Hund mitgenommen, weil sich die Tiere wie die Derwische aufgeführt hatten, als sie zur Mittagspause ging. Zuerst der Feigenbaum, dann dies. Das mußte die Hitze sein. Sie blickte über die Schulter. Mrs. Murphy und Tucker saßen kreuzbrav auf dem Vordersitz des Kombi. Die weit offenen Fenster ließen Luft herein, aber es war zu heiß im Wagen. Sie kehrte um und öffnete die Wagentür.

«Bleibt schön hier.»

In dem Moment, als Harry durch die Haustür der Craycroft-Villa verschwand, kam Boom Booms schottischer Terrier hinter dem Haus hervorgeschossen. *«Wer ist da? Wer ist da, und daß ihr ja einen guten Grund habt, hier zu sein!»*

«Wir sind's, Reggie», sagte Tucker.

«Ach so.» Reggie wedelte mit dem Schwanz. Er tauschte auch einen Nasenkuß mit Mrs. Murphy, obwohl sie eine Katze war. Reggie hatte Manieren.

«Wie geht's?»

«Den Umständen entsprechend.»

«Schlecht, wie?» Tucker war mitfühlend.

«Sie ist einfach verbittert. Sie lächelt nie. Ich wünschte, ich könnte was für sie tun. Ich vermisse ihn auch. Kelly war immer so lustig.»

«Hast du eine Ahnung, was passiert ist? Hat er dich irgendwo mit hingenommen, wovon die Menschen nichts wissen?» fragte Mrs. Murphy.

«Nein. Ich bin ja eigentlich ein Haushund. Ich habe die Betonfabrik ein paarmal gesehen, aber das ist auch alles.»

«Wirkte er in letzter Zeit bedrückt?»

«Nein, er war mopsfidel, wie ein Hund mit 'nem Knochen. Immer wenn er Geld verdiente, war er glücklich, und er hat eine Menge verdient. Ist für die wirklich wie Knochen, schätze ich. Er war nicht viel zu Hause, aber wenn, dann war er fröhlich.»

Drinnen erfuhr Harry von Boom Boom auch nicht viel.

«Ein Alptraum.» Boom Boom ließ ihr Zigarettenetui aus Platin aufschnappen. «Und jetzt Maude. Weiß jemand, ob sie Verwandte hat?»

«Nein. Susan Tucker hat sich erboten, die Angehörigen zu verständigen, aber Rick Shaw sagte ihr, daß Maude keine Geschwister hatte und ihre Eltern tot sind.»

«Wer wird Anspruch auf die Leiche erheben?» Boom Boom, die soeben eine Beerdigung hinter sich hatte, kannte sich mit den Formalitäten aus.

«Das weiß ich nicht, aber ich werde Susan darauf ansprechen.»

«Ich bin seinen letzten Tag im Geist tausendmal durchgegangen, Harry. Ich bin die Woche davor durchgegangen und die Woche davor und kann mich auf nichts besinnen. Kein Hinweis, keine Andeutung, nichts. Er hat mich vom Geschäft ferngehalten, aber ich hatte sowieso wenig Interesse daran. Für Beton, Fundamente und Straßenbetten konnte ich mich nie erwärmen.» Boom Boom zündete ihre schwarze Nat Sherman an. «Wenn er einen Geschäftspartner verärgert hat, hätte ich nichts davon erfahren.»

«Kelly könnte jemanden gereizt haben. Er war sehr ehrgeizig.» Harry nahm einen Kristallaschenbecher mit silbernem Rand in die Hand und befingerte die vollkommenen Proportionen.

«Er hat gern gesiegt, das steht fest, aber ich glaube nicht, daß er unfair war. Mir gegenüber war er's jedenfalls nicht. Sieh mal, Harry, wir kannten uns, seit wir Kinder waren. Du weißt, in den letzten Jahren waren Kelly und ich mehr wie Bruder und Schwester als Mann und Frau, aber er war mir ein guter Freund. Er war... gut.» Ihre Stimme versagte.

«Es tut mir so leid. Ich wünschte, ich könnte etwas sagen oder tun.» Harry berührte ihre Hand.

«Es war lieb von dir, mich zu besuchen. Ich habe nie gewußt, wie viele Freunde ich – er – hatte. Die Leute waren wunderbar – und ich mache es anderen wirklich schwer, wunderbar zu mir zu sein... manchmal.»

Harry dachte bei sich, daß einer alles andere als wunderbar gewesen war. Wer war es? Wer? Warum?

Boom Boom meinte nachdenklich: «Kelly würde staunen, wenn er sähe, wie viele Leute ihn geliebt haben.»

«Vielleicht weiß er es. Das möchte ich gerne denken.»

«Ja, das möchte ich auch gerne denken.»

Harry stellte den Aschenbecher wieder hin. Sie machte eine Pause. «Hat die Polizei alles durchgesehen? Sein Büro?»

«Sogar sein Büro hier zu Hause. Das einzige, was am Tag seines Todes auf seinem Schreibtisch lag, war die Post vom selben Morgen.»

«Darf ich einen Blick ins Büro werfen? Ich möchte nicht unverschämt sein, aber ich meine, wenn wir irgendwas tun könnten, um Rick Shaw zu helfen, sollten wir es tun. Wenn ich herumstöbere, finde ich vielleicht einen Hinweis. Auch ein blindes Huhn findet manchmal ein Korn.»

«Du hast im Postamt zu viele Kriminalromane gelesen.» Boom Boom stand auf. Harry ebenfalls.

«Dieses Jahr waren's Spionagethriller.»

«Und dafür bist du aufs College gegangen?» Boom Boom fand eigentlich, Harry müßte mehr aus ihrem Leben machen, aber wer war sie, sie zu verurteilen? Boom Boom war die reiche Müßiggängerin schlechthin.

Die Walnußtäfelung schimmerte im hellen Nachmittagslicht. Exakt in der Mitte einer fleckenlosen, in rotes Leder eingefaßten Schreibunterlage lag Kellys Post.

«Darf ich?» Harry griff noch nicht nach der Post.

«Bitte.»

Harry nahm sie und blätterte die Briefe mitsamt der Postkarte durch, der schönen Postkarte von Oscar Wildes Grabstein. Sie legte die Post so wieder hin, wie sie sie vorgefunden hatte. Im Augenblick machte sie sich eher Gedanken wegen eines gewissen ausweichenden Verhaltens, das Boom Boom ihr gegenüber an den Tag legte. Sie verstand sich ganz gut mit Boom Boom, aber heute stimmte etwas nicht zwischen ihnen.

Erst später, als sie sich von Boom Boom verabschiedet hatte und an dem kleinen Wohnwagenpark an der Route 240 vorbeiratterte, fiel ihr ein, daß auch Maude eine Postkarte mit einem schönen Grabstein erhalten hatte. Mit demselben Wortlaut: «Schade, daß Du nicht hier bist.» Mein Gott, jemand gab ihnen zu verstehen, daß er wünschte, sie wären tot. Ein makabrer Scherz. Sie trat das Gaspedal durch.

«He, nimm Gas weg», sagte Mrs. Murphy. *«Ich fahr nicht gerne schnell.»*

Harry schlingerte in Susans gepflegte Zufahrt, trat auf die Bremse und sprang aus dem Wagen. Katze und Hund hüpften gleichfalls auf den Rasen.

Susan steckte den Kopf aus dem Fenster im Obergeschoß. «Du bringst dich noch um, wenn du den alten Karren so traktierst.»

«Ich hab was gefunden.»

Susan raste die Treppe hinunter und riß die Haustür auf.

Harry berichtete Susan, was sie entdeckt hatte, ließ sie Geheimhaltung schwören, dann riefen sie Rick Shaw an. Er war nicht da, daher nahm Officer Cooper die Information entgegen.

Harry legte den Hörer auf. «Sie wirkte nicht sehr beeindruckt.»

«Sie gehen so vielen Hinweisen nach. Woher soll sie wissen, daß gerade dieser ein wichtiger ist?» Susan band ihre Turnschuhe zu. «Hoffen wir, daß keine weitere Karte mehr auftaucht.»

«Verdammt, ich hab vergessen nachzusehen.»

«Wonach?»

«Nach dem Poststempel auf Kellys Karte. Kam sie aus Paris?»

«Laß uns in Maudes Laden gehen und uns die Karte vornehmen, die sie gekriegt hat.»

Selbst Maudes geschlossenes Geschäft lockte noch Passanten an. Die Blumenkästen quollen über von rosa und lila Petunien. Der Bürgersteig war saubergefegt.

Susan probierte die Tür. «Abgeschlossen.»

Harry ging hinten herum und stemmte ein Fenster auf. In dem Moment, als sie es offen hatte, schoß Mrs. Murphy auf die Fensterbank und sprang anmutig in den Laden. Harry folgte, Susan reichte ihr Tucker und folgte dann selbst.

Im Hinterzimmer empfing sie eine Flut von Verpakkungsmaterial.

«Ich wußte nicht, daß es auf der Welt so viele Styroporchips gibt», bemerkte Susan.

Harry begab sich schnurstracks nach vorn zu Maudes Rollpult.

«Und wenn dich da jemand sieht?»

«Dann soll er mich wegen Einbruch anzeigen.» Harry schnappte sich die Post, die Maude in einer Schachtel auf dem Pult aufbewahrte. «Ich hab sie!» Rasch drehte sie die Postkarte um. «Soweit also die Theorie.»

«Was steht drauf?»

«Komm her und lies. Niemand wird uns verhaften.»

Susan trat neben sie. «Schade, daß Du nicht hier bist.» Dann sah sie den Poststempel. «Oh.» Asheville, North Carolina stand da.

Harry zog die mittlere Schublade auf. Ein großes Hauptbuch, Bleistifte, Radiergummis und ein Lineal klapperten. Sie griff nach dem Hauptbuch. Manchmal erzählten auch Zahlenreihen eine Geschichte.

Schritte auf dem Bürgersteig ließen sie erstarren. Sie schloß die Schublade.

«Laß uns verschwinden», flüsterte Susan.

Als Harry ins Postamt zurückkehrte und Dr. Johnson ablöste, rief sie Boom Boom an und bat sie, sich die Postkarte anzusehen. Der Stempel lautete PARIS, RÉPUBLIQUE FRANÇAISE.

Verblüfft legte Harry den Hörer auf. Die Poststempel verwirrten sie. Trotzdem würde sie nicht aufgeben. Wer immer der Mörder war, er oder sie hatte Sinn für Humor, vielleicht gar einen Sinn für das Absurde. Auch der Zustand der Leichen war makaber und degoutant gewesen.

Sie zerbrach sich den Kopf darüber, wer in Crozet einen ausgeprägten Sinn für Humor hatte. Alle, ausgenommen Mrs. Hogendobber.

Die Hülle der Sterblichkeit zog sich enger zusammen. Wer könnte der nächste sein? War sie in Gefahr? Wenn sie nur die Verbindung zwischen Kelly und Maude entdecken könnte, dann wären vielleicht ihre Freunde außer Gefahr. Aber wenn sie diese Verbindung entdeckte, dann war sie selbst in Gefahr.

13

Harry war erstaunt darüber, wie viele Leute sich bei den Gleisen tummelten. Es war nicht einfach, dorthin zu gelangen. Man mußte zur Route 691 hinausfahren und dann nach rechts auf die 690 abbiegen. Bob Berryman, Josiah, Market und Dr. McIntire starrten bedrückt auf die Schienen.

Als Mrs. Murphy und Tucker in die Büsche sprinteten, achtete Harry kaum darauf.

Harry trat zu den Männern. Sie blickte nach unten und sah überall Blutspritzer. Fliegen schwirrten auf der Erde und labten sich an dem, was nicht versickert war. Selbst der Teergeruch der Schwellen konnte den schweren, süßlichen Blutgeruch nicht überdecken.

Josiah verzog das Gesicht. «Ich hatte keine Ahnung, daß es so schlimm sein könnte.»

«Wenn man bedenkt, wieviel Liter Blut der menschliche Körper enthält –» Hayden sprach, wie es einem Mediziner anstand.

Berryman, der mächtig schwitzte, schnitt ihm das Wort ab. «Ich will's nicht wissen.»

Er verzog sich zu seinem allradgetriebenen Jeep. Drinnen jaulte Ozzie, wütend, weil er nicht herauskonnte. Berryman brauste derart los, daß er im Davonfahren Erdklumpen hochschleuderte.

«Ich wollte ihn nicht schockieren», entschuldigte sich Hayden.

«Machen Sie sich deswegen keine Sorgen.» Market zwickte sich in die Nase. «Verdammt, sind wir Voyeure oder so was?»

«Natürlich nicht!» fuhr Josiah ihn an. «Vielleicht finden wir was, das die Polizei übersehen hat. Wieviel Vertrauen hast du zu Rick Shaw? Der bewegt beim Lesen die Lippen.»

«So schlecht ist er nicht», widersprach Harry.

«Aber besonders gut ist er auch nicht.» Hayden unterstützte Josiah.

Harry ließ ihren Blick über die Schienen gleiten. Katze und Hund stöberten im hohen Unkraut herum und stürmten dann ungefähr hundert Meter westlich der Stelle, an der sie stand, auf die Schienen. Wenigstens sie sind fröhlich, dachte sie.

«Eines wissen wir», stellte Harry fest.

«Was?» Market zwickte sich wieder in die Nase.

«Sie ist zu Fuß hierhin gegangen.»

«Woher willst du das wissen?» Josiah sah ihr aufmerksam ins Gesicht.

«Weil das Gras nirgendwo niedergedrückt ist. Wenn sie hierhergeschleppt worden wäre, müßte eine Spur da sein, obwohl es geregnet hat. Eine Leiche hat ein ziemliches Gewicht.» Der Geruch stieg Harry in die Nase, und sie trat von den Schienen zurück.

«Vielleicht wurde sie getragen.» Josiah trat zu ihr.

«Müßte ein starker Mann gewesen sein.» Auch Hayden entfernte sich von den Schienen. «Wir wissen nicht, ob der Mörder männlich oder weiblich ist, obwohl statistisch gesehen über neunzig Prozent der Morde hierzulande von Männern begangen werden.»

Josiah entgegnete: «Das ist nicht ganz richtig. Die Frauen sind nur zu schlau, sich erwischen zu lassen.»

Market, der sich als letzter abwandte, obwohl der Gestank ihm den Magen umdrehte, bezweifelte das. «Maude war fast einsachtzig groß. Die Straße liegt ein Stück weit zurück. Der stärkste von uns war Kelly. Der zweitstärkste ist Fair. Niemand sonst hätte sie tragen können, außer Jim Sanburne, und der hat einen kaputten Rücken.»

«Ein Wagen mit Allradantrieb hätte hier raufkommen können.» Josiah beobachtete die Tiere, die näher kamen.

«Cooper sagt, es gibt keine Reifenspuren», warf Market ein.

«Also ist sie zu Fuß gegangen. Na und?» Josiah schob die Hände in die Taschen.

«Wo war Fair gestern nacht?» fragte Hayden nicht ohne Argwohn.

«Fragen Sie ihn», versetzte Harry wie aus der Pistole geschossen.

«Sie ist mitten in der Nacht zu Fuß hierhergegangen?» dachte Market laut. «Warum?»

«Sie joggte gern und lief meistens an den Schienen entlang», klärte Harry die Männer auf.

«Muß 'ne verdammt gute Joggerin gewesen sein, um den ganzen Weg bis Greenwood zu laufen», sagte Market.

«Mitten in der Nacht?» Hayden rieb sich das Kinn.

«Um der Hitze davonzurennen», warf Josiah ein. «He, wieso stellt sich Berryman eigentlich so an?»

«In der Schule hat er sich nicht so angestellt», erinnerte sich Market. «Einmal hab ich gesehen, wie der Trainer ihm während eines Footballspiels mit einer Nadel ins Knie gestochen hat. Er hatte sich bei einem mißglückten Fang das Knie verrenkt. Jedenfalls, Kooter Ashcomb –»

«An den erinnere ich mich!» Harry lächelte.

Kooter war ein alter Mann gewesen, als Harry die Crozet High School besuchte.

«Tja, also, Kooter stach ihm eine Spritze ins Knie und gab ihm eine Injektion. Dann hat er das Spiel zu Ende gespielt.»

«Haben wir gewonnen?» wollte Harry wissen.

«Na klar.» Market verschränkte die Arme. Die Erinnerung an seine Zeit als Verteidiger war Market weit lieber als die Gegenwart.

«Zurück zu Maude.» Eine Schweißspur rann seitlich an Harrys Gesicht hinunter. «Ist sie allein hergekommen? Ist sie hergekommen, um sich mit jemand zu treffen? Ist sie mit jemand zusammen gekommen?»

«Ich hatte keine Ahnung, daß du so logisch denkst, Harry», bemerkte Josiah.

«Die Fragen liegen auf der Hand, und ich bin sicher, daß Rick Shaw und Co. sie auch gestellt haben.» Harry wischte sich den Schweiß ab.

«Ich wünschte, wir könnten ein paar Spuren finden.» Hayden, der kein Jäger war, hätte nicht einmal gewußt, wie er danach suchen sollte.

In der Ferne erschien der Ausläufer einer großen Gewitterwolke über den Blue Ridge Mountains.

«Es gibt keine Spuren, wenn man auf die Gleisbettung tritt.» Harry fühlte sich miserabel. Die Unmittelbarkeit von Maudes Ermordung, das Blut vor ihr am Boden, drückte ihr auf den Kopf. Sie spürte ein Pochen in den Schläfen.

«Hier ist nichts –» Josiah senkte die Stimme – «außer dem hier.» Er zeigte auf die befleckte Stelle.

«Aber da ist was! Da ist was!» bellte Tucker.

Mrs. Murphy und Tucker schwärmten über den Schauplatz des Mordes. Harry mißverstand das und glaubte, sie würden von dem Blut angezogen.

«Weg da!» schrie sie.

«Sei nicht böse auf sie, Harry. Es sind bloß Tiere», sagte Market.

«Da ist was! Hier ist derselbe Geruch!» bellte Tucker.

Harry lief hin und nahm den Hund beim Halsband. «Du kommst jetzt sofort mit mir!»

Mrs. Murphy rannte neben Harry her. *«Laß sie! Komm zurück. Komm zurück und schnupper!»*

Harry konnte nicht zurückgehen, und das war gut so, denn hätte sie sich auf alle viere niedergelassen, um die Witterung aufzunehmen, dann hätte sie auch ein paar Büschel von Maudes blutgetränkten Haaren gesehen, die den Leuten von der Spurensicherung entgangen waren. Das hätte ihr den Rest gegeben.

Tucker und Mrs. Murphy hatten die Gegend rund um den Tatort gründlich inspiziert. Erst als sie den Schauplatz selbst untersuchten, nahmen sie den schwachen Amphibiengeruch wahr. Keine Spur, keine zusammenhängende Linie. Wieder konzentrierte er sich auf eine Stelle, obwohl es diesmal mehr war als ein Punkt. Es waren mehrere Punkte, die sich rasch verflüchtigten.

Aber niemand wollte auf sie hören, und sie fuhren nach Hause, in Ungnade gefallen bei Harry, die das Schlimmste von ihren besten Freundinnen dachte.

Am selben Abend brach das Gewitter über Crozet herein. Big Marilyn Sanburne war außer sich, weil der Strom ausfiel und sie ein Soufflé im Ofen hatte. Jim, soeben von seiner Geschäftsreise zurück, sagte, zum Teufel damit. Sie könnten Brote essen. Er war außerdem vom ständigen Klingeln des Telefons genervt. Als Bürgermeister von Mordsweiler, wie ein Reporter sich ausdrückte, wurde von Jim erwartet, daß er etwas sagte. Das tat er. Er sagte den Journalisten, sie sollten sich «verpissen», und Mim kreischte: «Ich hasse dieses Wort!» Sie war drauf und dran, zu einer ihrer Freundinnen zu fahren, aber der Sturm war zu heftig. Statt dessen stürmte sie in ihr Zimmer und knallte die Tür zu.

Bob Berryman fuhr ziellos umher. Ein riesiger Baum, von dem heftigen Wind entwurzelt, krachte über die Straße. Bob wich ihm aus. Mit zitternden Händen wendete er den Wagen und fuhr noch ein Stück. Ozzie saß neben ihm und fragte sich, was los war.

14

Boom Boom Craycroft dachte von allen das Schlimmste. So sehr sie sich mühte, ihre Emotionen für sich zu behalten, sie schwappten dauernd über, und da sie ihren Kummer nicht ausdrücken wollte, drückte sie Wut aus. Momentan war sie wütend auf Susan Tucker und verabschiedete sich vorübergehend von ihren guten Manieren.

«Es ist mir verdammt schnuppe, was du denkst. Und es ist mir egal, ob derjenige, der Maude umgebracht hat, auch Kelly umgebracht hat. Ich will den, der Kelly ermordet hat, und ich werde ihn kriegen.»

Susan ließ den Kopf hängen. Für einen Vorübergehenden hätte es so ausgesehen, als ginge sie den Golfball mit ihrem Fünfereisen an, eine ungewöhnliche Wahl für den Abschlag vom Tee. «Boom Boom, beruhige dich. Du warst es, die Golf spielen wollte. Du hast gesagt, es macht dich wahnsinnig, zu Hause rumzusitzen.»

Boom Boom schwang ihren Schläger und grub einen Klumpen Farmingtoner Golfclub-Rasen aus. Wenn der Caddie Master das gesehen hätte, hätte er einen Schlaganfall gekriegt. Susan legte das Rasenstück wortlos zurück, dann landete sie einen herrlichen Abschlag vom Tee.

«Hättest du 'n Holz genommen, wärst du jetzt im Grün», beriet Boom Boom sie. «Ich weiß nicht, warum ich überhaupt mit dir Golf spiele. Du machst die verrücktesten Sachen auf dem Golfplatz.»

«Ich schlag dich trotzdem.»

«Heute nicht.» Boom Boom steckte das Tee in die Erde, legte den Ball darauf und schlug ohne Probeschwung ab. Der Ball flog in einem schönen Bogen hoch und drehte dann nach links, um im Rough zu verschwinden.

«Scheiße!» Boom Boom warf ihren Schläger auf die Erde. Da sie das noch nicht befriedigte, trampelte sie auf ihm herum. «Scheiße! Kacke! Verdammt!»

Susan hielt während der haltlosen Toberei den Atem an. Es endete damit, daß Boom Boom ihre kostspielige lederne Golftasche umstieß. Bälle und Handschuhe fielen aus den offenen Reißverschlüssen. Von ihrem Wutausbruch erschöpft, setzte sich Boom Boom auf die Erde.

«Herzchen, es ist zum Kotzen.» Susan setzte sich zu ihr und legte einen Arm um sie. «Möchtest du nach Hause?»

«Nein. Da ist es noch gräßlicher als hier.» Boom Boom zitterte beim Einatmen. «Spielen wir. Ich fühl mich besser, wenn ich in Bewegung bin. Tut mir leid, daß ich dich angebrüllt habe. Ich fühlte mich einfach ins Verhör genommen. Bei Rick Shaw hat es mir nicht soviel ausgemacht, aber diese lächerlichen Reporter gehören ausgepeitscht. Ich hab ihnen die Tür vor der Nase zugeknallt. Ich wollte es einfach nicht auch noch von dir hören.»

«Es tut mir wirklich leid. Harry und ich denken, wenn wir Freundinnen untereinander herumschnüffeln, finden wir vielleicht was. Es ist eine furchtbare Strapaze für dich, und ich war keine Hilfe.»

«Doch, warst du. Ich hab geschrien und gebrüllt und meine Tasche auf die Erde geschmissen. Jetzt fühl ich mich leichter.» Sie stand flink auf und drehte ihre Tasche wieder richtig herum.

Susan hob die Bälle auf. «Hier.» Sie bemerkte den Markennamen. «Wann hast du die gekauft?»

«Vorige Woche. Die müßten vergoldet sein, die teuren Scheißdinger. Guck, da steht mein Monogramm drauf.» Sie zeigte auf das rote B.B.C., das sorgfältig in die glänzend weiße Oberfläche eingeritzt war.

«Wie hast du das gemacht?»

«Das war ich nicht. Das war Josiah. Er hat Werkzeug für alles. Der Mann geht mir auf die Nerven, kauft all diesen Mist, hübscht ihn ein bißchen auf und verkauft ihn dann irgendeinem Parvenü für ein Vermögen.»

«Aber er ist amüsant.» Susan griff nach ihrem Ball.

Boom Boom wartete, bis Susan mitten im Rückschwung

war. «Josiah sagt, Mims Börse klemmt. Ich hab Möse verstanden. Paßt beides, nicht?» Sie lachte.

Natürlich verpatzte Susan ihren Schlag. «Verdammt.»

Der Ball klatschte ins Wasser, und eine Fontäne spritzte hoch.

Das heiterte Boom Boom für kurze Zeit auf. Sie fand ihren Ball, umrundete ihn, als sei er eine Schlange, und bekam ihn schließlich aus dem Rough heraus. Kein schlechter Schlag.

«Wenn dir irgendwas einfällt, sagst du's mir?»

«Ja.» Boom Boom hob ihre Tasche auf. Sie benutzte keinen Golfwagen, weil das in ihren Augen gegen den Sinn des Golfspielens verstieß. Am Wochenende nahm sie einen, weil der Club sie dazu zwang, aber sie beklagte sich ausgiebig darüber. Sie hatte es fertiggebracht, an der Bar im Clubhaus auf ein fettes Vorstandsmitglied zu zeigen und zu erklären, wenn er aus dem Golfwagen stiege und zu Fuß ginge, würde er vielleicht nicht mehr aussehen wie der Michelinmann.

Susan guckte ins Wasser. Die vorübergleitenden Enten guckten zurück. Susan hatte eigens zu diesem Zweck einen Ballkescher dabei, und mit einigem Geschick befreite sie ihren Ball aus der Tiefe.

«Ich sollte mir auch so einen zulegen.»

«Zumal du soviel Geld für Golfbälle ausgibst.» Susan schob den Kescher wieder zusammen und verstaute ihn in ihrer Tasche. Dann ließ sie ihren Ball fallen.

«Wieso denkst du, daß es ein und dieselbe Person getan hat?» Boom Boom hatte sich genügend beruhigt, um auf Susans ursprüngliche Frage zurückzukommen.

«Zwei grausame – ganz besonders grausame – Morde, und das innerhalb einer Woche.»

«Das ist nicht stichhaltig. Der zweite Mord könnte eine Nachahmung sein. Die Titelseiten der Zeitungen, die Abendnachrichten und Gott weiß was noch waren voll von Einzelheiten über Kellys Ermordung. Es gehört nicht viel

Grips dazu, um festzustellen, daß die Zeit günstig war, um eine alte Rechnung zu begleichen, und dann gute Nacht, Maude Bly Modena.»

«Daran hab ich noch nicht gedacht.»

«Ich hab noch an was anderes gedacht.»

«Was?»

«Susan, was, wenn die Polizei uns nicht alles sagt? Wenn sie mit irgendwas hinterm Berg hält?»

«Auch daran hab ich noch nicht gedacht.» Susan schauderte.

15

Rick Shaw beugte sich über einen weiteren Bericht des Untersuchungsrichters. Normalerweise versank das Büro am Wochenende in einen Zustand der Erstarrung, abgesehen von den Fällen wegen Trunkenheit am Steuer. Nicht so an diesem Wochenende. Die Leute waren angespannt. Er war angespannt, und die verfluchte Zeitung hatte ihm einen Reporter an die Fersen geheftet. Der Vogel nistete auf dem Parkplatz, seit er ihn aus dem Büro geworfen hatte.

Es gab keine Anzeichen für sexuellen Mißbrauch des Opfers. Maude war zwei Stunden tot gewesen, bevor der Zug sie überfuhr; auch das berichtete der Untersuchungsrichter. Es gab aber auch keine Schußwunden, keine Schwellungen am Hals und keinerlei Quetschungen. Auch diesmal fand sich eine winzige Spur Zyanid in den Haaren. Wer auch immer diese Menschen mit Zyanid umbrachte, verstand eine Menge von Chemie. Er oder sie ging keineswegs verschwenderisch mit dem Zeug um. Der Mörder bezog das Körpergewicht des Opfers in seine Berechnungen ein. Rick schüttelte den Kopf und klappte den Bericht zu, dann schlurfte er zu Officer Coopers Schreibtisch, wo er aus einem offenen Päckchen eine Zigarette schnorrte. Ein verbotenes Vergnügen, das bald von Schuldbewußtsein abgelöst werden würde, aber nicht bevor die Zigarette geraucht war.

Ein tiefer Zug beruhigte ihn. Er durfte nicht vergessen, auf dem Nachhauseweg Pfefferminz zu kaufen, damit seine Frau seinen Atem nicht roch. Er studierte eine Karte des Bezirks an der Wand. Die Fundorte der zwei Leichen lagen im selben Landstrich, nur wenige Kilometer auseinander. Der Mörder war höchstwahrscheinlich aus der Gegend, aber nicht unbedingt ein Einwohner von Crozet. Albemarle County umfaßte fast zweitausend Quadratkilometer, und jedermann konnte mühelos nach Crozet hinein- und wieder hinausfahren. Natürlich kannte man sich untereinander. Ein Fremder wäre aufgefallen. Keine Meldung dieser Art. Selbst jemand aus Charlottesville oder ein Freund von außerhalb wäre beobachtet worden.

Die Posthalterin und Market Shiflett bildeten den Mittelpunkt des öffentlichen Lebens. Officer Cooper hatte erwähnt, daß die Posthalterin eine Idee mit irgendwelchen Postkarten hätte. Die Menschen dachten gewöhnlich, was sie täten, sei von Belang, und Mary Minor Haristeen war keine Ausnahme. Der Sheriff überprüfte die Postkarten binnen einer Stunde nach Harrys Telefonat. Die Poststempel waren aus verschiedenen Orten.

Trotzdem beschloß er, Harry anzurufen. Nach einigen Höflichkeiten dankte er ihr für ihre Wachsamkeit und sagte ihr, er habe die Postkarten überprüft, und sie schienen ihm in Ordnung.

«Könnte ich sie haben – für kurze Zeit?» bat Harry ihn.

Er überlegte. «Wozu?»

«Ich möchte sie mit den Stempelfarben bei mir im Amt vergleichen – bloß für alle Fälle.»

«In Ordnung, wenn Sie versprechen, sie nicht zu beschädigen.»

«Bestimmt nicht.»

Nach Rick Shaws Telefonat rief Harry Rob an, und er erklärte sich bereit, die erste Postkarte aus Frankreich, die ihm im Hauptpostamt in die Hände fiel, «auszuleihen». Sie gelobte, sie ihm am nächsten Tag zurückzugeben.

Dann fiel ihr ein, daß sie Mrs. Hogendobber befragen mußte. Sie rief Mrs. H. an, die erstaunt war, von ihr zu hören, sich aber mit einer gemeinsamen Teestunde einverstanden erklärte.

16

Mrs. Hogendobber servierte einen verdächtig grünen Tee. Kleine weiche Schokoladenkekse, aus denen labberig gewordene Eiweißmasse herausrann, ruhten auf einem Teller aus altmodischem Porzellan. Mrs. Hogendobber schnappte sich einen und verschlang ihn mit einem Biß.

Harry mußte an eine menschliche Ausgabe von Pewter denken. Sie unterdrückte ein Kichern und nahm einen tropfenden Schokoladenkeks, um nicht undankbar für das üppige Mahl zu erscheinen – na, Mahlzeit.

«Ich vermeide seit einiger Zeit Koffein. Hat mich reizbar gemacht.» Mrs. H. spreizte den kleinen Finger ab, wenn sie ihre Tasse hielt. «Ich habe meinen Haushalt von Limonade, Kaffee, sogar schwarzem Tee befreit.»

Offensichtlich hatte sie ihn nicht von raffiniertem Zukker befreit.

«Ich wünschte, ich hätte Ihre Willenskraft», sagte Harry.

«Nur nicht aufgeben, Mädchen, nur nicht aufgeben!» Der nächste Keks verschwand zwischen den pinkgeschminkten Lippen.

Mrs. Hogendobbers adrettes Schindelhaus lag an der St. George Avenue, die annähernd parallel zur Railroad Avenue verlief. Eine zur Straße hin gelegene geschwungene Veranda mit einer Schaukel diente der hochgewachsenen Dame als Beobachtungsposten. Ein unter rosa Teerosen ächzendes Spalier zu beiden Seiten der Veranda erlaubte ihr, alles zu sehen, ohne gesehen zu werden. Gott der Herr sagte nichts übers Spionieren, und so spionierte Mrs. Hogendobber mit Leidenschaft. Sie zog es vor, es in Gedanken als gesunde Neugier auf ihre Mitmenschen zu bezeichnen.

«Ich bin so froh, daß Sie bereit waren, mich zu empfangen», begann Harry.

«Warum auch nicht?»

«Hm, tja, warum eigentlich nicht?» Harry lächelte, und das erinnerte Mrs. Hogendobber an Harry als süße Siebzehnjährige.

«Ich bin gekommen, um, hm, ein bißchen herumzustochern, nach Hinweisen auf die Morde. Vielleicht aufschlußreiche Einzelheiten, Gedanken – Sie sind eine so gute Beobachterin.»

«Man muß morgens früh aufstehen, um mir zu entgehen.» Mrs. H. nahm das Kompliment bereitwillig entgegen, und tatsächlich entging ihr nicht viel. «Mein verstorbener Mann, Gott hab ihn selig, pflegte zu sagen: ‹Miranda, du bist mit Augen am Hinterkopf geboren.› Ich konnte seine Wünsche ahnen, bevor er sie äußerte, und er dachte, ich hätte seherische Kräfte, doch davon keine Spur. Ich war eine gute Ehefrau. Ich war aufmerksam. Die Kleinigkeiten sind es, die eine Ehe ausmachen, meine Liebe. Ich hoffe, Sie haben Ihre Ehe überprüft und werden Ihr Handeln überdenken. Ich bezweifle, daß es bessere Männer gibt als Fair – nur andere. Auf ihre einmalige Art machen sie alle Ärger.» Sie schenkte sich Tee nach und öffnete den Mund, aber kein Laut kam heraus. «Wo war ich stehengeblieben?»

«... machen sie alle Ärger.» Harry hatte die Sache von sich aus noch nicht so gesehen.

«Wenn Sie diese Turnschuhe ausziehen und sich ein paar hübsche Kleider statt der Jeans kaufen würden, würde er, denke ich, zu Verstand kommen.»

«In der Liebe geht es meistens darum, den Verstand zu verlieren und nicht darum, zu Verstand zu kommen.»

Mrs. H. bedachte das. «Ja... ja.»

Ehe sie sich auf ein anderes Thema stürzen konnte, fragte Harry: «Was hielten Sie von Maude Bly Modena?»

«Ich glaube, sie war Katholikin. Sie sah so italienisch aus. Der Laden verriet, wie gerissen sie war. Gesellschaftlich habe ich nicht mit ihr verkehrt. Mein gesellschaftliches Leben spielt sich im Umkreis der Kirche ab, und, wie gesagt, ich glaube, Maude war katholisch.» Mrs. Hogendobber räusperte sich bei «katholisch». «Mir war sie, genau wie Ihnen, erst seit fünf Jahren bekannt. Keine lange Zeit, aber es genügt, um ein Gefühl für einen Menschen zu bekommen, denke ich. Sie hatte Josiah anscheinend sehr gern.»

«Was *hatten* Sie denn für ein Gefühl?»

Der Busen wogte. Sie brannte darauf, sich über das Thema auslassen zu dürfen. «Ich hatte das Gefühl, daß sie etwas verbarg – die ganze Zeit.»

«Und was?»

«Wenn ich das nur wüßte. Sie hat im Laden niemanden betrogen. Ich habe nie gehört, daß sie zuwenig herausgab oder zuviel berechnete, aber etwas, oh, etwas stimmte nicht ganz. Sie sprach sehr wenig über ihre Herkunft.» Anders als Mrs. Hogendobber, die bei jeder Gelegenheit die Straße der Erinnerung entlang galoppierte.

«Mir hat sie auch nicht viel erzählt. Ich hielt sie für verschwiegen. Schließlich war sie ein Yankee.»

«Keine von uns, meine Liebe, keine von uns. Ihre Manieren waren entsprechend. Es fehlte ihr natürlich an Kultiviertheit – so sind sie alle. Aber dafür haben wir Mim, die reichlich überkultiviert ist, wenn Sie mich fragen.»

«Ich hatte sie gern. Ich hatte mich sogar an ihren Akzent gewöhnt.» Unbehagen beschlich Harrys Herz. Die arme Maude war nicht da, um sich zu verteidigen, und sie bedauerte, nach ihr gefragt zu haben.

«Ich konnte nicht viel verstehen von dem, was sie sagte. Ich habe mich auf den Tonfall verlassen, auf Gebärden und dergleichen. Ich wette, sie kam aus einer Mafiafamilie.»

«Wieso?»

«Nun ja, sie war katholisch und Italienerin.»

«Das heißt noch nicht, daß sie aus einer Mafiafamilie kam.»

«Nein, aber Sie können das Gegenteil nicht beweisen.»

Auf der Heimfahrt fing Harry zu lachen an. Alles war so schrecklich und so schrecklich komisch. Mußte ein Mensch sterben, bevor man die Wahrheit über ihn erfuhr? Solange eine Person am Leben war, bestand die Chance, daß ihr alles, was über sie gesagt wurde, zu Ohren kam. Deswegen wogen Harry und die meisten Leute in Crozet ihre Worte ab. Man dachte zweimal, bevor man sprach, insbesondere wenn man beabsichtigte zu sagen, was man dachte.

Was Harry sonst noch von Mrs. Hogendobber erfahren hatte, waren Insassen und Nummernschild jedes Autos, das in den letzten vierundzwanzig Stunden durch die St. George Avenue gefahren war. Die Bürgerwacht war für Mrs. Hogendobber die Gelegenheit, für ihren natürlichen Hang zum Schnüffeln belohnt zu werden.

17

Ned Tucker träumte davon, sonntags morgens einmal auszuschlafen, aber um halb sieben ertönte der Wecker. Er öffnete die Augen, stellte das lästige Geräusch ab und setzte sich auf. Auf der Digitaluhr blinkte die Zeit türkisblau. Ned kam in den Sinn, daß eine ganze Generation amerikanischer Kinder eine herkömmliche Uhr nicht mehr würde lesen können. Aber sie konnten ja auch nicht addieren und subtrahieren. Taschenrechner nahmen ihnen die Mühe ab.

Harry sagte immer, Digitaluhren gingen ihr auf den Wecker. Uhren ohne Zeiger erinnerten sie an Amputierte. Keine Hände. Ned lächelte bei dem Gedanken an Harry. Susan drehte sich um, und er lächelte noch mehr. Seine Frau konnte bei einem Erdbeben, einem Gewitter, bei was auch immer durchschlafen. Er würde sie noch eine Dreiviertelstunde schlafen lassen und die Kinder versorgen. Die väterlichen Verrichtungen waren ihm ein Trost. Was ihn bekümmerte, war das Beispiel, das er gab. Er wollte nicht als Sklave seiner Arbeit wirken, aber zu träge wollte er auch nicht erscheinen. Er wollte nicht zu streng sein, aber auch nicht zu lasch. Er wollte seinen Sohn nicht anders behandeln als seine Tochter, doch er wußte, daß er es tat. Es war so viel einfacher, eine Tochter zu lieben – aber dasselbe behauptete Susan von ihrem Sohn.

Eine Dusche und eine Rasur hoben Neds Stimmung: eine Tasse Kaffee brachte ihn auf Touren. In zwanzig Minuten würde er Brookie und Dan wecken müssen, damit sie sich für die Kirche fertig machten. Er beschloß, die kostbare stille Zeit, die ihm verblieb, zu nutzen, um die Rechnungen durchzusehen. Alles war teurer, als es hätte sein sollen, und es versetzte ihm jedesmal einen Stich, wenn er die Schecks ausschrieb. Zuerst kontrollierte er den Kontoauszug. Eine Abhebung von fünfhundert Dollar am letzten Montag vertrieb die letzte Schlaftrunkenheit. Er hatte am letzten Montag keinen solchen Betrag abgehoben, und Susan auch nicht. Jeder Betrag über zweihundert Dollar mußte zwischen ihnen abgesprochen werden. Er hätte den Auszug am liebsten zerknüllt, aber er legte ihn sorgsam beiseite. Er konnte sich ohnehin erst morgen mit der Bank in Verbindung setzen.

Um sieben klingelte das Telefon. Ned hob ab. «Hallo.»

«Ned, du bist immer so früh auf wie ich, darum hoffe ich, du findest es nicht unverschämt, daß ich anrufe.» Josiah DeWitts sanfte Stimme klang ernst.

«Was kann ich für dich tun?» erkundigte sich Ned.

«Du bist – du warst doch Maudies Anwalt, hab ich recht?»

«Ja.» Ned hatte nicht an Maude gedacht, seit er aufgestanden war. Die Erinnerung rief das Unbehagen, die nagenden Verdächtigungen zurück.

«Da sie keine lebenden Verwandten hat, möchte ich gern Anspruch auf den Leichnam –» er seufzte – «oder was davon übrig ist, erheben und ihr ein anständiges Begräbnis geben. Es wäre nicht recht, sie auf einem Töpferacker zu verscharren.»

Da Josiah ein ausgemachter Geizhals war, staunte Ned. «Ich denke, das läßt sich machen, Josiah», sagte er, dann fügte er hinzu: «Aber wenn du gestattest, veranstalte ich eine Sammlung für die Beerdigung. Wir sollten alle unseren Teil dazu beitragen.»

«Dafür wäre ich sehr dankbar.» Josiah klang erleichtert. «Kennst du jemanden, der eine Parzelle hat und uns aushelfen könnte?»

«Ich frag Herbie Jones. Er müßte es wissen.» Herbie Jones war der Küster der lutheranischen Kirche in Crozet.

«Wissen wir überhaupt, welche Konfession Maude hatte?» fragte Josiah.

«Nein, aber Herbie ist da immer sehr großzügig. Ich glaube, es würde ihm auch nichts ausmachen, wenn sie ein

Moslem gewesen wäre. Soll ich mich auch nach einem Gottesdienst erkundigen?»

«Ja, ich denke schon. Und noch eines, Ned: Ich würde gern ihr Geschäft weiterführen und den Laden kaufen, wenn das machbar ist. Ich weiß nicht, wieviel Papierkram das erfordert, aber Maude hat ein gutes Geschäft aufgebaut. Sie hat sich sehr hineingekniet. Ich übernehme es ihr zu Ehren, und auch wegen des Profits. Ihr Geist würde mich des Nachts verfolgen, wenn ich keinen Profit mache.»

«Sie hat ihr Vermögen der Multiple-Sklerose-Stiftung vermacht, deshalb werden wir mit denen verhandeln müssen.»

«Tatsächlich?» Josiah verzehrte sich vor Neugier, aber er hütete sich zu fragen.

«Sie hatte einen Bruder, der an M.S. gestorben ist.»

«Du weißt mehr über Maude als wir übrigen.» Josiah schien neidisch.

«Durchaus nicht. Aber ich werde tun, was ich kann. Es wäre schön, den Laden zu erhalten, und ich kann mir nicht vorstellen, daß die Multiple-Sklerose-Stiftung das Personal oder den Wunsch hat, in Crozet Verpackungsmaterial zu verkaufen. Ich werde mein Bestes tun.»

«Danke.»

«Nein, Josiah, ich habe dir zu danken. Ich wünschte, Maude könnte erfahren, was für gute Freunde sie hatte.» Und er dachte bei sich, guter Freund oder nicht, Josiah war wirklich fix, wenn er eine Möglichkeit sah, noch mehr Geld zu verdienen.

18

In der Ferne rief beharrlich eine Eule. Mrs. Murphy und Tucker tappten im Mondlicht zu Maude Bly Modenas Laden. Tucker, rastlos, bewegte sich lebhaft, mit wedelndem Schwanz. Sie würden, lange bevor Harry aufwachte, zurück sein, deshalb gönnte Tucker sich unterwegs hier und da ein kurzes Schnuppern und Schnüffeln.

Als sie sich dem Haus näherten, blieb Mrs. Murphy plötzlich stehen. Auch Tucker verharrte auf der Stelle.

«*Da drin ist jemand*», flüsterte Mrs. Murphy. «*Ich springe auf den Blumenkasten. Vielleicht kann ich sehen, wer es ist. Setz du dich vor die Eingangstür. Wenn er rausläuft, kannst du ihm ein Bein stellen.*»

Tucker hüpfte flink die Stufen hinauf und legte sich flach vor die Tür. Die einzigen Geräusche waren das Klick-Klack ihrer Pfoten und das Klimpern ihrer Tollwutmarke.

Mrs. Murphy schlich auf Zehenspitzen an dem Blumenkasten entlang. Sie drückte das Gesicht an die Fensterscheibe. Sie konnte nicht deutlich sehen, denn wer immer da drinnen war, hatte sich unter das Pult verkrochen.

Mrs. Murphy sprang vorsichtig auf die Erde. «*Pssst, komm.*»

Während sie ums Haus nach hinten gingen, erklärte Mrs. Murphy, warum sie nichts hatte sehen können.

«*Ich kann nichts riechen, wenn Fenster und Tür zu sind, aber an der Hintertür oder an einem hinteren Fenster können wir die Witterung aufnehmen.*»

Tucker, die Nase am Boden, brauchte keine Ermunterung. Sie nahm an der Hintertür die Spur auf. «*Ich hab ihn.*»

Bevor Mrs. Murphy die Nase senken konnte, um die Witterung zu identifizieren, ging die Hintertür auf. Tucker duckte sich und stellte dem herauskommenden Mann ein Bein, während Mrs. Murphy ihm mit ausgefahrenen Krallen auf den Rücken sprang. Er unterdrückte einen Schrei und ließ seine Briefe fallen, die sich in der Abendbrise zerstreuten.

Er zappelte herum, konnte aber Mrs. Murphy nicht erwischen, die viel flinker war als er. Tucker schlug ihre Reißzähne in seine Fessel.

Er heulte auf. Ein paar Häuser weiter ging in einem Schlafzimmer im Obergeschoß das Licht an. Der Mann sammelte die Briefe auf, während Mrs. Murphy lossprang und einen Baum hinaufjagte. Tucker flitzte um die Hausecke, und beide beobachteten, wie Bob Berryman humpelnd durch die Hintergasse rannte. Kurz darauf hörten sie seinen Wagen im Kavalierstart auf die St. George Avenue brausen.

Mrs. Murphy stieg vom Baum. Hinaufklettern mochte sie viel lieber als herunterkommen. Tucker wartete unten.

«*Bob Berryman!*» Tucker konnte es nicht fassen.

«*Gehen wir rein.*» Mrs. Murphy trabte zur Hintertür, die Bob in der Hast, mit der er seinen Angreifern entflohen war, offengelassen hatte.

Mit gesenktem Kopf folgte Tucker der Spur. Berryman war durch die Hintertür eingetreten. Er hatte den Lagerraum durchquert und sich geradewegs an und unter das Pult begeben. Er war nirgendwo anders stehengeblieben. Tucker, intensiv mit der Witterung befaßt, stieß sich an der Rückseite des Pults den Kopf.

Mrs. Murphy, dicht hinter ihr, lachte. «*Paß auf, wo du hinläufst.*»

«*Deine Augen sind besser als meine*», knurrte Tucker. «*Aber ich hab eine goldene Nase, Katze, merk dir das.*»

«*Schön, Goldnase, was hat er unter dem Pult gesucht?*» Mrs. Murphy kuschelte sich neben Tucker.

«*Seine Hände sind über die Seiten, den Deckel und die Rückseite geglitten.*» Tucker folgte der Spur.

Mrs. Murphy starrte mit großen Pupillen auf das Pult. *«Ein Geheimfach.»*

«Ja, aber wie kriegen wir es auf?»

«Ich weiß es nicht, aber er ist ein ungeschickter Mensch. Es kann nicht so kompliziert sein.» Mrs. Murphy stellte sich auf die Hinterbeine und beklopfte sachte die Seiten des Pults.

Ein lauter Knall jagte ihnen einen Mordsschrecken ein. Sie schossen unter dem Pult hervor. Mrs. Murphys Schwanz sah aus wie eine Flaschenbürste. Tuckers Nakkenhaare sträubten sich. Aber kein weiterer Laut drang an ihre empfindlichen Ohren.

Mrs. Murphy, dicht am Boden, die Schnurrhaare vorgestreckt, schlich langsam, immer eine Pfote nach der anderen, zum Hinterzimmer. Tucker, neben ihr, kroch ebenfalls so leise sie konnte, und das war ziemlich leise. Als sie den Lagerraum erreichten, sahen sie, daß die Tür zugefallen war.

«O nein!» rief Tucker aus. *«Kommst du an den Türknauf ran?»*

Mrs. Murphy streckte sich zu voller Länge. Sie konnte mit den Pfoten gerade bis an den Keramikknauf hinaufreichen, ihn aber nicht ganz herumdrehen. Sie probierte bis zur Erschöpfung.

Schließlich sagte Tucker: *«Gib's auf. Wir müssen die Nacht über hier drin bleiben. Sobald Leute auf den Beinen sind, schlag ich Alarm.»*

«Harry kriegt die Krise.»

«Ich weiß, aber wir können nichts machen. Wir sind bei ihr ohnehin schon in Ungnade gefallen nach allem, was wir uns auf den Schienen geleistet haben. Mann o Mann, wir können uns auf was gefaßt machen.»

«Nein, sie wird nicht wütend sein.»

«Hoffentlich nicht.»

Mrs. Murphy lehnte sich an die Tür und verschnaufte. *«Sie liebt uns. Wir sind alles, was sie hat. Ich mag gar nicht*

dran denken, daß Harry nach uns sucht. Es war eine schreckliche Woche für sie.»

«Ja.»

«Wenn wir schon hier festsitzen, können wir uns ebensogut an die Arbeit machen.»

«Ich bin dabei.»

19

Pewter, die sich an der Fleischtruhe herumtrieb, hörte Tucker als erste heulen. Das Geräusch war weit entfernt, aber sie war sicher, daß es Tucker war. Eine riesige Mortadella lockte sie. Courtney hob das köstliche Fleisch aus der Truhe. Morgens hatte sie Brotstreichdienst. Bis sieben Uhr hatten die Fahrer, die von den umliegenden Farmen kamen, den Vorrat vertilgt, den sie am Sonntagabend gemacht hatte.

«Gib mir was! Gib mir was! Gib mir was!» Pewter angelte sich mit einer Kralle ein Stück Wurst.

«Laß das.» Courtney schlug ihr auf die Pfote.

«Ich hab Hunger!» Pewter langte wieder hinauf, und Courtney schnitt ihr einen Brocken ab. Pewter zu bestechen war leichter als sie zu erziehen.

Die Katze packte das wohlriechende Fleisch und eilte zur Hintertür. Ihr Hunger überwog ihre Neugier, aber sie dachte bei sich, sie könnte gleichzeitig fressen und lauschen. Ein neuerliches langgezogenes Heulen überzeugte sie, daß der unglückliche Hund tatsächlich Tucker war. Sie kehrte zu Courtney zurück, wo sie die Mortadella erneut ernsthaft in Versuchung führte, doch sie nahm ihre ganze Willenskraft zusammen, rieb sich an Courtneys Beinen und eilte dann wieder zur Hintertür. Sie mußte diese Prozedur in immer derselben Reihenfolge dreimal wiederholen, ehe Courtney ihr die Hintertür öffnete. Pewter wußte, daß Menschen durch Wiederholung lernten, doch selbst dann konnte man nie sicher sein, daß sie tun würden, worum man sie bat. Sie ließen sich so leicht ablenken.

Als sie aus dem Laden war, setzte Pewter sich hin und wartete auf ein weiteres Heulen. Sobald sie es vernahm, sprang sie durch die Hinterhöfe und kam an der rückwärtigen Gasse heraus. Ein erneutes Heulen führte sie geradewegs zur Hintertür von Maude Bly Modenas Laden.

«*Tucker!*» rief Pewter. «*Was machst du da drin?*»

«*Hol mich raus. Ich erzähl dir alles später*», bat Tucker.

Mrs. Murphy fragte hinter der Tür: «*Sind Menschen in der Nähe?*»

«*In Autos. Wir brauchen einen Fußgänger.*»

«*Pewter, wenn du zum Geschäft zurückläufst, meinst du, du kriegst Courtney oder Market dazu, daß sie dir folgen?*» fragte Mrs. Murphy.

«*Mir folgen? Ich krieg sie kaum dazu, mir die Tür auf und zu zu machen.*»

«*Und wenn du dir Mrs. Hogendobber auf dem Weg zur Post schnappst? Sie wohnt um die Ecke.*» Tucker wollte raus.

«*Sie kann Katzen nicht leiden. Sie würde nicht auf mich hören.*»

«*Sie wird bestimmt durch diese Gasse kommen. Sie geht immer hier entlang, bei jedem Wetter. Du könntest es probieren*», sagte Mrs. Murphy.

«*Na gut. Aber während ich auf die alte Quasseltante warte... wie nennt Josiah sie doch gleich?*»

«*Eine rücksichtslose Monologistin*», antwortete Mrs. Murphy, verärgert, weil Pewter auf einem Plausch bestand.

«*Schön, während ich warte – warum erzählt ihr mir nicht, was ihr da drin macht?*»

Mrs. Murphy und Tucker schilderten das Abenteuer,

aber erst nachdem sie Pewter Geheimhaltung hatten schwören lassen. Sie durfte unter keinen Umständen etwas zu Bob Berrymans Ozzie darüber sagen.

«Da kommt sie!» rief Pewter ihnen zu. *«Probieren wir's. Los, heul, Tucker.»*

Pewter stürmte auf Mrs. Hogendobber zu. Sie umrundete sie. Sie warf sich auf den Rücken und wälzte sich auf dem Boden. Sie miaute und hüpfte umher. Mrs. Hogendobber beobachtete es amüsiert.

«Los komm, du trübe Tasse, kapier schon», kreischte Pewter. Sie marschierte auf Maudes Laden zu und kehrte dann zu Mrs. Hogendobber zurück.

Tucker stieß ein markerschütterndes Gejaule aus. Mrs. Hogendobber verhielt ihren würdevollen Schritt. Pewter lief um ihre Beine und zurück zu Maudes Laden, wo Tucker neuerliches Gejaule ausstieß. Mrs. Hogendobber steuerte auf den Laden zu.

«Ich hab sie! Ich hab sie!» Pewter raste zur Tür. *«Gebt Laut!»*

Tucker bellte. Mrs. Murphy maunzte. Pewter zog Kreise vor der Tür.

Mrs. Hogendobber blieb stehen. Sie dachte angestrengt nach. Sie legte die Hand auf den Türknauf, dachte noch ein bißchen nach und öffnete die Tür.

«Freie Bahn!» Tucker stürmte aus der Tür und rannte ums Haus zum nächsten besten Baum. Mrs. Murphy, die ihre Blase besser unter Kontrolle hatte, kam heraus und rieb sich anerkennend an Mrs. Hogendobbers Beinen.

«Danke, Mrs. H.», schnurrte Mrs. Murphy.

«Was habt ihr da drinnen gemacht?» erkundigte sich Mrs. Hogendobber mit lauter Stimme.

Tucker kam ums Haus gelaufen und setzte sich neben Pewter. Sie gab der grauen Katze einen Kuß. *«Ich liebe dich, Pewter.»*

«Okay, okay.» Pewter schätzte die Gefühlsaufwallung, war aber nicht besonders scharf auf Schlabberküsse.

«Kommt. Mom müßte schon bei der Arbeit sein.» Mrs. Murphy stellte die Ohren auf.

Die drei kleinen Tiere jagten sich gegenseitig durch die Gasse. Mrs. Hogendobber folgte ihnen, ungeheuer neugierig, wie Mary Minor Haristeens Katze und Hund in Maudes Laden geraten waren.

Harry hatte die Post noch nicht sortiert. Sie hatte Rob nicht geziemend für die Postkarte gedankt, die er ihr zugeschmuggelt hatte. Sie hatte statt dessen die Telefondrähte heißlaufen lassen, indem sie jeden anrief, von dem sie dachte, daß er ihre Tiere gesehen haben könnte.

Den Anblick von Mrs. Murphy und Tucker, die zusammen mit Pewter und Mrs. Hogendobber die Treppe heraufkeuchten, hatte sie nicht erwartet. Als sie die Tür öffnete, hatte sie Tränen in den Augen.

Mrs. Murphy hüpfte auf ihre Arme, und Tucker sprang an ihr hoch. Harry setzte sich auf den Fußboden, um ihre Familie zu umarmen. Sie umarmte auch Pewter. Dieser Überschwang wurde Mrs. Hogendobber nicht zuteil, doch immerhin stand Harry auf und gab ihr die Hand.

«Danke, Mrs. Hogendobber. Ich war krank vor Sorge. Wo haben Sie sie gefunden?»

«In Maude Bly Modenas Laden.»

«Was?» Harry konnte es nicht glauben.

«Wir haben ein Geheimfach entdeckt! Und Bob Berryman hat Briefe geklaut!» Tuckers Aufregung war so gewaltig, daß sie von vorne bis hinten zappelte.

«Tucker hat ihn feste in die Fessel gebissen», ergänzte Mrs. Murphy.

«Im Laden?»

«Ja. Die Tür war zu, und sie konnten nicht raus. Ich ging durch die Gasse – meine morgendliche Leibesübung auf dem Weg zu Ihnen – und hörte den Radau.»

«Du wärst glatt vorbeigewatschelt, wenn ich nicht gewesen wäre», verbesserte Pewter sie.

«Was haben meine Mädels bloß in Maude Bly Modenas

Laden gemacht?» Harry legte ihre Hände an die Schläfen. «Mrs. Hogendobber, hätten Sie etwas dagegen, mit mir noch mal hinzugehen?»

Nichts hätte Mrs. Hogendobber lieber getan. «Gut, wenn Sie es für richtig halten. Vielleicht sollten wir vorher den Sheriff verständigen.»

«Er könnte Mrs. Murphy und Tucker wegen Einbruch verhaften.» In dem Augenblick, als der Scherz ihrem Mund entfahren war, war Harry klar, daß Mrs. Hogendobber ihn nicht kapieren würde. «Ich rufe Market an, damit er so lange hier aufpaßt.»

Market erklärte sich bereit zu kommen und sagte, er werde auch die Post sortieren. Auch er wollte einmal die Post anderer Leute lesen. Es war eine unwiderstehliche Versuchung.

Der indische Flieder blühte in der Gasse. Mit Pollen beladene Hummeln umsummten die beiden Frauen.

«Ich war gleich zur Stelle, als ich Tucker hörte.»

«Ha!» bemerkte Pewter sarkastisch.

Harry folgte Mrs. Hogendobber, die ihre Schritte zur Tür in allen Einzelheiten schilderte.

«... und habe den Türknauf herumgedreht – es war nicht abgeschlossen –, und da kamen sie heraus.»

Und schon rannten sie wieder hinein. *«Kommt schon.»*

«Ich auch.» Pewter folgte ihnen.

«Mädels! Mädels!» rief Harry vergeblich.

Mrs. Hogendobber, begeistert von der Gelegenheit, hier einzudringen, sagte: «Wir müssen sie holen.»

Harry trat als erste ein.

Mrs. Hogendobber, dicht hinter ihr, blieb eine Sekunde vor den riesigen Säcken mit Styroporchips stehen. «Meine Güte.»

Harry, die schon vorn im Laden war, rief: «Wo sind sie?»

Mrs. Murphy steckte den Kopf unter dem Pult hervor. *«Hier.»*

Mrs. Hogendobber, die unterdessen gefolgt war, sah die Katze. «Da.» Sie zeigte hin. Harry ließ sich auf alle viere nieder und kroch unter das Pult. Pewter mußte murrend weichen, weil nicht für alle Platz war.

Mrs. Murphy saß vor dem Geheimfach, das sie in der Nacht geöffnet hatte. Ein kleiner Knopf an der Leiste über der Fuge löste den Mechanismus aus. *«Hier. Guck!»*

Harry keuchte: «Da ist ein Geheimfach!»

«Lassen Sie mal sehen.» Mrs. Hogendobber überwand die Gesetze der Schwerkraft und ließ sich auf Hände und Knie nieder. Tucker rückte ein Stück, damit sie sehen konnte.

«Hier.» Harry drückte sich, so gut sie konnte, an die Seite des Pults und deutete hin.

«Donnerwetter!» Mrs. Hogendobber keuchte aufgeregt. «Was ist da drin?»

Harry langte hinein und reichte einen großen Aktenordner und eine Handvoll Fotokopien heraus. «Hier.»

Mrs. Hogendobber erhob sich von allen vieren und setzte sich mitten auf den Fußboden.

Harry kroch rückwärts heraus und gesellte sich zu ihr. «Im Pult ist noch ein Ordner.» Sie stand auf und öffnete die mittlere Schublade. Er war noch da.

«Ein zweiter Satz Bücher! Ich möchte wissen, wen sie beschummelt hat.»

«Das Finanzamt höchstwahrscheinlich.» Harry setzte sich neben Mrs. Hogendobber, die die Bücher durchsah.

«Ich habe für Mister H. die Bücher geführt, müssen Sie wissen.» Sie legte die zwei Ordner nebeneinander, ihre scharfen Augen glitten an den Zahlenkolonnen herab. Der versteckte Ordner lag auf der linken Seite. «Meine Güte, so viele Waren. Sie war eine bessere Verkäuferin, als wir alle ahnten.» Mrs. Hogendobber wies auf das Buch rechts. «Sehen Sie her, Harry, die Mengen – und die Preise.»

«Ich kann nicht glauben, daß sie fünfzehntausend Dollar für siebzig Säcke Styroporchips gekriegt hat.»

Das gab Mrs. Hogendobber zu denken. «Wirklich unwahrscheinlich.»

Harry nahm ein Blatt von dem großen Stapel Fotokopien. Es waren Briefe von Claudius Crozet an die Blue Ridge Railroad Company. Sie überflog ein paar und stellte fest, daß sie sich mit dem Bau der Tunnels befaßten.

«Was ist das?» Mrs. Hogendobber konnte ihre Augen nicht von den Rechnungsbüchern losreißen.

«Claudius Crozets Briefe an die Blue Ridge Railroad Company.»

«Wovon reden Sie?» Mrs. Hogendobber blickte von den Büchern hoch.

«Ich weiß nicht.»

Harry mußte wieder an die Arbeit. «Mrs. Hogendobber, würden Sie mir einen Gefallen tun? Es ist nichts Unredliches, aber es ist... heikel.»

«Nur zu.»

«Kopieren Sie die Briefe und die Rechnungsbücher. Dann übergeben wir alles Rick Shaw, aber ohne ihm zu sagen, daß wir Kopien haben. Ich möchte die Briefe lesen, und ich glaube, Sie mit Ihrer Erfahrung finden vielleicht etwas in den Rechnungsbüchern, das dem Sheriff entgeht. Wenn er weiß, daß wir das Material überprüfen, versteht er das womöglich als Kritik an seinen Fähigkeiten.»

Ohne zu zögern erklärte Mrs. Hogendobber sich bereit. «Ich rufe Rick an, wenn ich mit der Arbeit fertig bin. Ich erzähle ihm das mit den Tieren. Und daß wir hierhergekommen sind. Und mehr erzähle ich ihm nicht. Wo kann ich fotokopieren, ohne daß es auffällt? Es ist ein Haufen Arbeit.»

«Im Postamt im Hinterzimmer. Ich kann extra Papier kaufen und den Zähler neu einstellen. Niemand wird etwas merken, wenn Sie das Hinterzimmer nicht verlassen. Solange ich Farbe und Papier stelle, betrüge ich den Staat nicht.»

Was Maude Bly Modena ganz bestimmt getan hatte.

20

Ned Tucker wurde von Barbara Apperton in der Citizen's National Bank informiert, daß die Abhebung von seinem Konto korrekt und nach Schalterschluß mittels seiner Kreditkarte vorgenommen worden war. Ned tobte. Barbara sagte, sie wolle eine Kopie von dem Videoband besorgen, da diese Transaktionen aufgezeichnet würden. Auf diese Weise würden sie erfahren, wer die Kreditkarte benutzt hatte. Sie fragte, ob ihm die Kreditkarte abhanden gekommen sei. Ned verneinte. Er sagte, er werde morgen in der Bank vorbeischauen.

Die fehlenden fünfhundert Dollar würden die Familie Tucker nicht ruinieren, aber es war eine sehr unerfreuliche Begleiterscheinung, als Ned die Rechnungen bezahlte.

Besorgt über dieses kleine Rätsel, das zu den großen, grotesken noch hinzukam, trat Susan ins Postamt und mußte mitansehen, wie Rick Shaw Harry in die Mangel nahm.

«Sie können nicht beweisen, wo Sie Freitag nacht oder Samstag in den frühen Morgenstunden waren?» Der Sheriff schob die Daumen in seinen Schulterriemen.

«Nein.» Harry tätschelte Mrs. Murphy, die Rick mit ihren goldenen Augen beobachtete.

Susan trat an den Schalter. Rick ließ nicht locker. «Niemand war an einem der beiden Mordabende bei Ihnen?»

«Nein. Nicht nach elf am Abend von Maudes Ermordung. Ich lebe jetzt allein.»

«Das sieht nicht gut aus mit Ihren Tieren in Maude Bly Modenas Laden. Was haben Sie vor? Was verbergen Sie?»

«Nichts.» Das war nicht ganz wahr, denn unter dem Schalter verborgen lagen, ordentlich in einen dicken Umschlag gesteckt, Claudius Crozets Briefe. Mrs. Hogendobber hatte Kopien von den Rechnungsbüchern zu sich nach Hause geschmuggelt.

«Sie behaupten, Ihre Katze und Ihr Hund seien in den Laden gelangt, ohne daß Sie die Tür aufgemacht hätten?» Ricks Stimme triefte von Ungläubigkeit.

«Ja.»

«Bob Berryman hat uns reingelassen», sagte Mrs. Murphy, aber niemand hörte auf sie.

«Zisch ab, Shaw», knurrte Tucker.

«Sie verlassen die Stadt nicht, ohne mich zu informieren, Mrs. Haristeen.» Rick schlug mit der flachen rechten Hand auf den Schalter.

Susan mischte sich ein. «Rick, Sie können unmöglich glauben, daß Harry eine Mörderin ist. Die einzigen Leute, die beweisen können, wo sie mitten in der Nacht waren, sind die, die verheiratet und ihren Ehepartnern treu sind.»

«Und das schließt viele in Crozet aus», bemerkte Harry sarkastisch.

«Und die, die zusammen sind, können für den jeweils anderen lügen. Vielleicht ist das alles gar nicht die Tat eines einzigen. Vielleicht ist es Teamarbeit.» Susan hievte sich auf den Schalter.

«Diese Möglichkeit ist mir nicht entgangen.»

Harry brachte ihren Mund an Mrs. Murphys Ohr. «Was hast du in Maudes Laden gemacht, du Teufel?»

«Hab ich doch gesagt.» Mrs. Murphy berührte Harrys Nase.

«Sie sagt dir was», bemerkte Susan.

«Daß sie Katzenkekse will, möchte ich wetten.» Harry lächelte.

«Nehmen Sie das nicht auf die leichte Schulter», warnte Rick.

«Tu ich nicht.» Harrys Gesicht verfinsterte sich. «Aber ich weiß nicht, was ich machen soll, genausowenig wie Sie. Wir sind nicht blöde, Rick. Wir wissen, daß der Mörder jemand aus dieser Gegend ist, jemand, den wir kennen und dem wir vertrauen. Kein Mensch schläft mehr ruhig in Crozet.»

«Ich auch nicht.» Ricks Stimme wurde sanfter. Eigentlich mochte er Harry ganz gern. «Hören Sie, ich werde nicht bezahlt, um nett zu sein. Ich werde bezahlt, um Ergebnisse zu erzielen.»

«Das wissen wir.» Susan schlug die Beine vor dem Tresen übereinander. «Wir wünschen Ihnen, daß Ihnen das gelingt, und wir helfen Ihnen auf jede mögliche Weise.»

«Danke.» Rick tätschelte Mrs. Murphy. «Was hast du da drin gemacht, Miezekatze?»

«Hab ich doch gesagt», stöhnte Mrs. Murphy.

Als Rick gegangen war, flüsterte Susan: «Wie sind sie in den Laden gekommen?»

Harry seufzte. «Wenn ich das nur wüßte.»

Am Abend, nach einer Mahlzeit aus Hüttenkäse auf Kopfsalat, bestreut mit Sonnenblumenkernen, holte Harry die Postkarten und das riesige Vergrößerungsglas ihrer Mutter hervor. Sie beleuchtete die Karte an Kelly mit einer hellen Lampe und legte die Karte, die Rob ihr geliehen hatte, daneben. Die Stempelfarben waren verschieden. Der echte Pariser Poststempel hatte eine etwas dunklere Schattierung. Zudem waren die Buchstaben auf dem Entwertungsstempel auf Kellys Karte nicht ganz regelmäßig. Bei den Buchstaben auf Maudes Postkarte war es dasselbe. Das «A» von Asheville war ein ganz kleines bißchen verrutscht. Harry knipste die Lampe aus.

Die Postkarten waren ein Signal. Sie erinnerte sich, wie Maude ihre bekommen hatte. Sie hatte sich nicht benommen wie eine Frau, die mit dem Tod bedroht wird. Sie hatte sich geärgert, weil der Absender oder die Absenderin keinen Namen darunter gesetzt hatte.

Die Dielenbretter knarrten, als Harry auf und ab ging. Was wußte sie? Sie wußte, daß der Mörder in der Nähe war. Sie wußte, daß der Mörder Sinn für Humor hatte und seine Opfer sogar verspottete, indem er gewissermaßen einen Warnschuß abgab. Sie wußte, daß die Verstümmelung der Leichen dazu diente, die Leute irrezuführen. Aber warum, das wußte sie nicht genau. Vielleicht um die wahre Mordmethode zu verschleiern, oder um die Leute davon abzuhalten, woanders nach Spuren zu suchen, aber wozu und wonach? Oder schlimmer noch, vielleicht war die Zurschaustellung der Opfer einfach ein grausamer Witz.

Außerdem wußte sie, daß Claudius Crozet für Maude wichtig gewesen war. Sie war entschlossen, morgen Marie, die Sekretärin der Betonfabrik, anzurufen, um herauszufinden, ob Kelly den berühmten Ingenieur je erwähnt hatte. Sie machte sich eine Tasse starken Kaffee – ein Löffel hätte darin stehen können – und setzte sich an den Küchentisch, um die Briefe zu lesen.

Gegen ein Uhr früh war sie heißhungrig und wünschte, jemand würde eine Methode erfinden, eine Pizza zu faxen. Sie aß noch mehr Hüttenkäse und las weiter. Crozet schrieb detailliert über die Bohrungen für die Tunnels. Sie wurden acht volle Jahre lang rund um die Uhr in drei Acht-Stunden-Schichten vorgetrieben. Der Brooksville-Tunnel erwies sich als äußerst gefährliches Unternehmen. Das scheinbar solide Gestein wurde weich, als sich die Männer tiefer in den Berg hineingruben. Einstürze und Erdrutsche schlugen wie harter Regen auf ihre Köpfe.

Die technischen Probleme verblaßten zuweilen neben den menschlichen. Die Tunnelwühlmäuse waren Männer aus Irland, kamen aber aus zwei verschiedenen Teilen der Grünen Insel. Die Männer aus Cork verachteten die Männer aus Nordirland. In einer bitterkalten Nacht, am 2. Februar 1850, erschütterte ein Aufstand den Bezirk Augusta. Die Miliz wurde gerufen, um die streitenden Parteien zu trennen, und das Gefängnis platzte von blutenden Iren aus allen Nähten. Am nächsten Morgen erklärten beide

Seiten übereinstimmend, daß sie sich bloß mal ein bißchen hatten prügeln wollen, und die Obrigkeit akzeptierte diese Erklärung. Nach ein paar Knochenbrüchen und einer Nacht im Gefängnis kamen die Männer gut miteinander aus.

Der Blue Ridge Railroad Company ging mit beängstigender Regelmäßigkeit das Geld aus. Der Staat Virginia war keine große Hilfe. Der Bauunternehmer John Kelly bezahlte die Männer aus seiner eigenen Tasche und akzeptierte Wechsel vom Staat – ein wahrhaft mutiger Mann.

Als Claudius Crozet schilderte, wie der Postzug am 13. April 1858 durch den zuletzt fertiggestellten Tunnel rollte, war Harry beinahe so aufgeregt, wie er gewesen sein mußte.

Mit brennenden Augen las sie die Briefe zu Ende und schleppte sich ins Bett. Sie spürte, daß die Tunnels etwas zu bedeuten hatten, aber warum? Und welcher? Der Greenwood- und der Brooksville-Tunnel waren nach 1945 versiegelt worden. Sie würde sich dort umsehen müssen. Schließlich sank sie in einen unruhigen Schlaf.

21

Der Vollmond bestrahlte die Wiesen mit silbernem Licht und ließ die Kornblumen dunkellila schimmern. Fledermäuse schossen von den hohen Koniferen zu den Dachtraufen von Harrys Haus und zurück.

Mrs. Murphy saß auf der rückwärtigen Veranda. Im Hintergrund war Tuckers Schnarchen zu hören. Die Katze war unruhig, doch sie wußte, daß sie am Morgen

Tucker die Schuld geben und ihr sagen würde, sie habe sie wach gehalten. Tucker hingegen beschuldigte Mrs. Murphy, sie erfinde die Geschichten über ihre Schnarcherei.

In Wirklichkeit war es Harry, die Mrs. Murphy wachhielt. Sie wünschte, ihre Freundin wäre nicht so neugierig. Neugierde kostete eine Katze selten den Schwanz, aber Menschen brachte sie allemal in Schwierigkeiten. Mrs. Murphy fürchtete, Harry könnte eine Reaktion des Mörders provozieren, wenn sie ihm zu nahe kam. Mrs. Murphy war ungeheuer stolz auf Harry, und wenn irgendein Mensch schlau genug war, die Teile dieses verworrenen Puzzles zusammenzusetzen, dann war es ihre Harry. Aber ein Puzzle zusammensetzen und sich schützen war zweierlei. Weil Harry sich nicht vorstellen konnte, einen anderen Menschen zu töten, konnte sie auch nicht glauben, daß jemand sie würde töten wollen.

Menschen faszinierten Mrs. Murphy. Sie vergeudeten ihre Zeit mit der Verfolgung völlig unwesentlicher Ziele. Nahrung, Kleidung und Obdach genügten ihnen nicht, und wegen ihrer Spielsachen machten sie sich und alle in ihrer Umgebung verrückt, Tiere eingeschlossen. Mrs. Murphy fand Autos, ein Motorspielzeug, absurd. Dafür wurden Pferde geboren. Und überhaupt, wozu die große Eile? Nun, wenn die Menschen Geschwindigkeit wollten, konnte sie das vielleicht noch akzeptieren – es war schließlich ein körperliches Vergnügen. Nicht akzeptieren konnte sie, daß diese Geschöpfe schufteten und schufteten und dann keine Freude hatten an dem, wofür sie schufteten; sie waren zu sehr damit beschäftigt, Dinge zu bezahlen, die sie sich nicht leisten konnten. Bis sie das Spielzeug bezahlt hatten, war es abgenutzt, und sie wollten ein neues. Schlimmer noch, sie waren mit sich selbst nicht zufrieden. Sie waren ständig auf einem Selbstverbesserungstrip. Das erstaunte Mrs. Murphy. Warum konnten die Leute nicht bloß *sein*? Sie mußten immer die besten sein. Arme, kranke Wesen. Kein Wunder, daß sie an Krankheiten starben, die sie selbst verursachten.

Ein Grund, weswegen sie Harry liebte, war der, daß Harry tierähnlicher war als andere Menschen. Sie hielt sich gern im Freien auf. Sie war nicht von dem Drang getrieben, eine Menge Spielsachen zu besitzen. Sie war zufrieden mit dem, was sie hatte. Mrs. Murphy wünschte, Harry müßte nicht jeden Tag ins Postamt gehen, aber es machte Spaß, die anderen Leute zu sehen; wenn sie schon arbeiten mußte, dann war diese Arbeit gar nicht so übel. Die Leute allerdings verachteten Harry, weil sie keinen Ehrgeiz hatte. Mrs. Murphy fand die Leute idiotisch. Harry war besser als irgendeiner von ihnen.

So gut Harry war, sie hatte auch die Schwächen ihrer Gattung. Paarung war etwas Kompliziertes für sie. Scheidung, eine menschliche Erfindung, komplizierte die Simplizität der Biologie noch mehr. Ferner entgingen Harry Mrs. Murphys Mitteilungen. Obgleich Harry die Nacht nicht fürchtete, war sie nachts verwundbar. Vielleicht fühlten sich Menschen in der Dunkelheit als Beute, weil sie so schlechte Augen hatten.

Die Menschen verknüpften Nachttiere mit dem Bösen. Besonders Fledermäuse machten ihnen angst, was Mrs. Murphy albern fand. Die Menschen wußten nicht genug über das Gleichgewicht der Natur, sonst würden sie nicht hingehen und die Tiere töten, die sie störten. Sie töteten Fledermäuse, Kojoten, Füchse – die Nachtjäger. Mit ihren Ängsten und ihrer Unfähigkeit, den Zusammenhang zwischen den Tierarten, sie selbst eingeschlossen, zu begreifen, brachten sie alle in eine traurige Lage. Mrs. Murphy, die halb zahm war und ihre Nähe zu Harry genoß, hatte nicht den Wunsch, die nicht zahmen Tiere getötet zu sehen. Sie verstand, weshalb die wilden Tiere die Menschen haßten. Manchmal haßte sie sie auch, Harry ausgenommen.

Der Schatten einer Bewegung ließ sie aufmerken. Ihre Ohren zuckten. Sie atmete tief ein. Was tat der hier?

Geschmeidig, stattlich, bewegte sich Paddy auf die rückwärtige Veranda zu.

«Hallo, Paddy.»

«Hallo, meine Süße.» Paddys tiefes Schnurren war hypnotisierend. *«Was machst du in dieser schönen, milden Nacht?»*

«Große Gedanken denken und die Wolken beobachten, die den Mond umkreisen. Warst du jagen?»

«Ein bißchen dies, ein bißchen das. Ich bin wegen der Heilkräfte der samtigen Nachtluft draußen. Und was waren deine großen Gedanken?» Seine Schnurrhaare hoben sich glitzernd von seinem schwarzen Gesicht ab.

«Daß die sogenannten bösen Tiere wie Kojoten, Fledermäuse und Schlangen der Erde nützlicher sind als manche Menschen.»

«Ich kann Schlangen nicht ausstehen.»

«Aber sie sind nützlich.»

«Ja. Sie können sich weit von mir entfernt nützlich machen.» Er leckte seine Pfote und putzte sich das Gesicht. *«Warum kommst du nicht raus zum Spielen?»*

Er war verführerisch, wenngleich sie wußte, was für ein Taugenichts er war. Er war noch immer der bestaussehende Kater von Crozet. *«Ich muß auf Harry aufpassen.»*

«Es ist mitten in der Nacht, sie ist in Sicherheit.»

«Hoffentlich, Paddy. Ich mache mir Sorgen wegen dieses Mörders.»

«Ach, Unsinn. Was hat der mit Harry zu tun?»

«Sie steckt ihre Nase in Sachen, die sie nichts angehen. Miss Amateurdetektiv.»

«Weiß der Mörder das?»

«Das ist es ja eben. Wir wissen nicht, wer es ist, nur daß es jemand ist, den wir kennen.»

«Der Sommer ist eine eigenartige Zeit, um jemanden zu töten», überlegte Paddy. *«Im Winter kann ich es verstehen,*

wenn die Nahrung knapp ist – nicht daß ich es billige. Aber im Sommer ist genug für alle da.»

«Sie töten nicht der Nahrung wegen.»

«Wohl wahr.» Menschen langweilten Paddy. *«Siehst du die Glühwürmchen tanzen? Das möchte ich gerne tun: im Mondlicht tanzen, die Sterne ansingen, geradewegs zum Mond hochspringen.»* Er schlug einen Purzelbaum.

«Ich bleib hier.»

«Ach, Mrs. Murphy, du bist viel zu ernst geworden. Ich erinnere mich, wie du Sonnenstrahlen nachgejagt bist. Sogar mir bist du nachgejagt.»

«Bin ich nicht. Du bist mir nachgejagt.» Ihr Fell sträubte sich.

«Ha, alle Mädels sind mir nachgejagt. Ich fand es wundervoll, von einer herrlichen Tigerin gejagt zu werden, deren Name ausgerechnet Mrs. Murphy war. Die Menschen geben uns die albernsten Namen.»

«Paddy, du bist von Katzenminze und Mondschein besoffen.»

«Nicht Muffi oder Schnuffi oder Schneeball oder Flitzi oder meinetwegen Quasseline, sondern Mrs. Murphy.» Er schüttelte den Kopf.

«Ich bin nach Harrys Großmutter mütterlicherseits genannt, das weißt du ganz genau.»

«Ich dachte, sie nennen ihre Kinder nach ihren Großeltern, nicht ihre Katzen. Och, komm doch raus. Wie in guten alten Zeiten.»

«Legst du mich einmal rein, ist es deine Schande, legst du mich zweimal rein, ist es meine Schande», sagte Mrs. Murphy mit Bestimmtheit, aber ohne Groll.

Er seufzte. *«Ich bin treu auf meine Art. Ich bin heute nacht hier, oder?»*

«Und du kannst dich schleichen.»

«Bist ein zähes Mädchen, M. M.» Er war das einzige Tier, das sie M. M. nannte.

«Nein, ein kluges. Aber du kannst mir einen Gefallen tun.»

«Welchen?» Er grinste.

«Wenn du etwas hörst oder siehst oder riechst, das dir verdächtig vorkommt, sag es mir.»

«Mach ich. Und mach dir keine Sorgen mehr. Die Zeit wird der Gerechtigkeit voll und ganz Genüge tun.» Er stellte seinen üppigen Schwanz mit einem Ruck senkrecht und zokkelte davon.

22

Von den dunkelroten Türen der Lutheranischen Kirche von Crozet strahlte die Morgenhitze ab. Vor der Kirche lungerten die schweißgebadeten Kamerateams aus Washington, Richmond und Charlottesville. Das bißchen Friede, das der Stadt geblieben war, wurde von den Nachrichtenteams der Fernsehsender zerstört, deren Produzenten beschlossen hatten, die Story groß rauszubringen. Der zweite Mord mitten im Sommerloch war für sie ein Geschenk Gottes.

In der schlichten Kirche drängten sich die Menschen, unsicher, wer Freund und wer Feind war, wenngleich sie sich nach außen hin alle gleich gaben: freundlich.

Der mit einem schönen weißen Lilienzweig geschmückte Sarg stand vor dem Altargitter. Josiah hatte nichts vergessen. Zwei schlichte Blumenarrangements standen zu beiden Seiten des goldenen Altarkreuzes. Maudes Crozeter Freunde hatten die Kirche mit Blumen geschmückt. Nur wenige hatten sie gut gekannt, aber nur einer hatte ihren Tod gewollt. Die anderen trauerten ehrlich um Maude. Sie war eine Bereicherung für die Stadt gewesen, und sie würde ihnen fehlen.

Die Orgelmusik, Bach, erfüllte die Kirche mit melancholischer Majestät.

Hinten in der Kirche, am Rand einer Bank, saß Rick Shaw. Er war beeindruckt davon, daß Josiah DeWitt und Ned Tucker bei den Einwohnern von Crozet für die Beerdigung gesammelt hatten. Ned weigerte sich preiszugeben, wer wieviel gespendet hatte, aber Rick gab Josiah listig Gelegenheit, ausgiebig darüber zu berichten, was er denn auch tat.

Leute mit bescheidenen Mitteln, wie Mary Minor Haristeen, spendeten so großzügig sie konnten. Mim Sanburne spendete etwas mehr und gab jeden Penny widerwillig. Jim spendete getrennt von ihr – eine Menge. Die größte Überraschung war Bob Berryman, der eintausend Dollar beisteuerte. Bobs Gattin, eine beleibte Frau, die trotzig Miniröcke trug, wurde offenbar über diese Spende in Unkenntnis gelassen, bis Josiahs umfassende Andeutungen auch zu ihr drangen. Linda Berryman, die wie angewachsen an der Seite ihres Mannes klebte, wirkte eher grimmig als traurig.

Nach dem gnädig kurzen Gottesdienst schritt Reverend Jones, dem ein Altardiener vorausging, durch den Mittelgang zum Hauptportal. Er blieb einen Moment stehen. Rick sah ihn zusammenzucken. Der brave Reverend wollte diesen ehrwürdigen Augenblick nicht von den Kamerateams entweiht sehen. Aber die Tür mußte sich öffnen, und Einschaltquoten bedeuteten den Produzenten mehr als menschlicher Anstand. Reverend Jones nickte kurz, und der Altardiener stieß die Türflügel auf.

Mim Sanburne toupierte diskret mit der Hand ihre Haare, als sie sich anschickte, die Kirche zu verlassen. Little Marilyn überprüfte nicht ganz so diskret ihr Makeup und übersah geflissentlich Harry, die direkt hinter ihr ging. Josiah begleitete Mim nicht, da er gleichsam als Maudes nächster Verwandter fungierte und auch Big Jim anwesend war. Market Shiflett stand neben Harry, und

Mim rückte ein Stück von ihnen ab, damit ja niemand (womöglich ein Nachrichtenreporter) dachte, sie sei, o Schauder, in Begleitung eines werktätigen Mannes. Courtney Shiflett ging mit Brooke und Danny Tucker ebenfalls still aus der Tür. Susan und Ned blieben mit Josiah zurück, um sich zu vergewissern, daß bis zur Trauerfeier am Grab nichts mehr zu tun war.

Ein Reporter eilte zu Mim. Sie erstarrte und kehrte ihm den Rücken zu. Er schob Little Marilyn sein Mikrofon vor den Mund. Sie wollte gerade etwas sagen, als ihre Mutter sie am Handgelenk packte und wegzerrte. Mrs. George Hogendobber wedelte mit ihrem großen Kirchenfächer vor dem Gesicht und ergriff die Flucht.

Jim drehte sich zu dem Reporter um. «Ich bin der Bürgermeister dieser Stadt, und ich beantworte alle Fragen, die Sie haben, aber jetzt lassen Sie die Leute in Ruhe.»

Da Jim fast einen Kopf größer war als der Reporter, verzog sich der Zwerg.

Eine andere Journalistin, bemüht, ihre Stimme auf eine bedeutungsschwere Tonlage zu senken, fing Harry ab, die in der langsam schreitenden Masse der Trauernden eingekeilt war.

«Waren Sie eine Freundin der Ermordeten?» fragte das naseweise junge Ding.

Harry ignorierte sie.

«Komm, Mädchen.» Market nahm Harrys Hand.

«Danke, Market.» Harry ließ sich von ihm zu seinem Wagen bugsieren.

Boom Boom Craycroft war Maudes Beerdigung ferngeblieben, was in Ordnung ging. Da sie noch in tiefer Trauer war, erwartete niemand von ihr, daß sie sich irgendwo öffentlich zeigte, außer auf dem Golfplatz, und alle außer Mrs. Hogendobber respektierten ihre Abwesenheit. Boom Boom hätte die Fernsehteams in Stücke gerissen.

Die Trauerfeier verlief gut, bis Reverend Jones Asche auf den Sarg warf. Da fing Bob Berryman zu schluchzen an. Linda war entsetzt. Bob entfernte sich von der Grabstätte, und Linda folgte ihm nicht. Sie saß wie versteinert auf ihrem schäbigen Metallstuhl.

Sobald die letzte feierliche Silbe verklungen und das «Amen» gesagt war, eilte Josiah an Bobs Seite. Harry und alle anderen sahen, wie er den Arm um Bobs Schultern legte und dem erschütterten Mann ernsthaft etwas ins Ohr flüsterte. Plötzlich riß sich Bob von Josiah los und knallte ihm eine. Während der ältere Mann in die Knie ging, schritt Bob betont beherrscht zu seinem Wagen. Er drehte sich um, um nach seiner Frau zu sehen. Sie eilte zum Wagen, stieg ein, und Bob fuhr los, bevor sie die Beifahrertür schließen konnte.

Ned war als erster bei Josiah und stellte fest, daß er blutete. Harry, Susan und Mrs. Hogendobber kamen als nächste bei ihm an, und dann trat Rick Shaw langsam hinzu. Er beobachtete, wie die Leute auf den Ausbruch reagierten.

Die Kameras, die Zoomobjektive in Funktion, surrten in diskreter Entfernung. Jim Sanburne näherte sich ihnen, und die Nachrichtenleute stoben auseinander wie Küchenschaben. Susan zog Papiertaschentücher aus ihrer Tasche, aber das sprudelnde Nasenbluten war damit nicht zu stillen.

Hayden McIntire übernahm das Kommando. «Beugen Sie den Kopf nach hinten.»

Josiah tat, wie geheißen. «Was meinen Sie? Gebrochen?»

«Ich weiß nicht. Kommen Sie mit mir in die Praxis, ich werde tun, was ich kann. Sie werden morgen zwei sehr blaue Augen und eine dicke Nase haben.»

Josiah kam mit Haydens Hilfe schwankend auf die Beine.

Mrs. Hogendobber, die vor Neugierde schier platzte, stieß hervor, was alle dachten: «Was haben Sie zu ihm gesagt?»

«Hm – ich weiß nicht.» Josiah blinzelte. Alles tat ihm weh. «Ich habe ihm gesagt, es sei schrecklich, aber um

Maudes willen solle er sich beherrschen. Bei dem ganzen Fernsehpack entlang der Straße. Was sollten die Leute denken?»

«Das ist alles?» fragte Harry, dabei wußte sie genau, daß das, was Josiah eben gesagt hatte, eine rasch wachsende Saat säen würde. Was war daran so schlimm? Eine garstige kleine emotionale Tür war geöffnet worden, und alle würden sich davor drängen und versuchen hineinzuspähen.

Josiah nickte, und Hayden führte ihn fort.

Rick beobachtete all das schweigend, dann stieg er in seinen Dienstwagen. Er würde Bob Berryman verfolgen lassen. Er rief den Fahrdienstleiter an und gab eine Beschreibung des Wagens und das Kennzeichen durch. Er ordnete an, Bob nicht zu stoppen, es sei denn, er steuere auf den Flughafen zu.

Rob Collier lauschte aufmerksam der Schilderung von Berrymans Ausbruch. Er trödelte ein bißchen mit der Nachmittagsfuhre.

«... ist das Blut auf sein teures Turnbull and Asser-Hemd gesickert. Ich sag dir, Rob, das muß ihn mehr geschmerzt haben als der Schlag.»

Rob zupfte an seinen Wimpern, eine nervöse Angewohnheit. «Da stimmt was nicht.»

«Ganz recht, Sherlock.»

Rob lächelte gutmütig. «Na ja, ich bin nicht so dämlich, wie du denkst. Du bist eine Frau, und ich bin ein Mann. Ich weiß einiges, was du nicht weißt. Ein Mann weint vielleicht, weil er jemanden umgebracht hat und ihn plötzlich das Gewissen plagt.»

Harry beugte sich über den Schalter, wobei sie unabsichtlich Tucker berührte, die darunter döste. Die Corgihündin erwachte mit einem Ächzen.

«Ich weiß nicht recht.»

«Schau, es ist so, die Last, die er trägt, ist zu groß, als

daß er's ganz für sich behalten könnte. Bob Berryman ist nicht der Typ, der rumläuft und in der Öffentlichkeit quasselt.»

«Stimmt.»

Tucker gähnte. Mrs. Murphy schlief mit einem offenen Auge im Postbehälter. Tucker konnte die Ausbuchtung am Boden des Leinwandbehälters sehen. Sie schlich hinüber, und ganz vorsichtig, ganz sachte biß sie hinein.

«A-h-h», Mrs. Murphy kreischte erschrocken. Tucker lachte und zwickte sie wieder.

«Die zwei ziehen 'ne richtige Schau ab, was?» Rob war für einen Moment von seiner Theorie abgelenkt. «So wie ich das sehe, hatte Maude was gegen Berryman in der Hand. Darauf kannste wetten.»

Harry pfiff durch die Zähne. «Ja, irgendwas muß da gewesen sein.»

«Vielleicht haben sie Rauschgift geschmuggelt. Berryman bereist neun Staaten.»

«Ich kann mir Maude nicht als Rauschgiftdealerin vorstellen.»

«He, vor sechzig Jahren war Alkohol verboten. Der Sohn eines der größten Alkoholschmuggler in diesem Land ist Präsident geworden. Geschäft ist Geschäft.»

«Wie paßt Kelly da rein?»

«Er ist dahintergekommen –» Rob zuckte die Achseln – «oder er hat mit ihnen unter einer Decke gesteckt.»

«Als nächstes erzählst du mir noch, Mim Sanburne sei 'ne Kokain-Queen.»

«Alles ist möglich.»

«Laß uns nicht von Mim reden, auch wenn ich davon angefangen habe. Sie steht auf meiner Abschußliste ganz oben. Sie ist wütend auf mich. Oh, Verzeihung – vornehme Damen wie Mim werden nicht wütend, sie sind aufgebracht. Sie ist aufgebracht, weil ich zu Little Marilyn gesagt habe, sie solle ihren Bruder zur Hochzeit einladen.»

Rob pfiff. «Das ist mal ein seltsames Paar.»

«Little Marilyn und Fitz-Gilbert Hamilton? Er hat sich hier bei uns noch nicht blicken lassen. Fühlt sich anscheinend in Richmond sicherer.»

«Nein, nein – Stafford und Brenda Sanburne. Sie ist so ungefähr das hübscheste Ding, das ich je gesehen habe, aber... Also, ich wünsch ihm alles Glück der Welt, aber man kann nicht einfach hingehen und die Regeln verletzen und dann erwarten, daß man dafür nicht büßen muß.»

«Du mit deinen Regeln.» Liebe, wen immer du kannst, dachte Harry. Die Liebe war ein so seltenes Gut auf der Welt, da nahm man sie am besten, wo man sie finden konnte. Es war sinnlos, mit Rob zu streiten, der ein gemäßigter Rassist war, im Gegensatz zu der schlimmen Sorte. Trotzdem, sie richteten alle Schaden an, Tropfen oder Flutwellen.

Rob sah auf seine Uhr. «Ich muß los.»

Er sprang in dem Moment in seinen Postwagen, als Mrs. Murphy aus dem Postbehälter sprang. *«Tucker, ich war müde. Deine Schnarcherei hat mich heute nacht wachgehalten.»*

«Ich schnarche nicht.»

«Tust du wohl. Cchh, cchh.» Mrs. Murphy ahmte ein Schnarchen nach, aber es gelang ihr nicht besonders.

«Was ist mit euch beiden?» Harry ging zum Postbehälter. «Da ist nichts drin.» Mrs. Murphy rieb sich an ihrem Bein. Harry stieg schwungvoll in den Postbehälter, stieß sich mit einem Bein ab und hob dann auch dieses in den Behälter. «Juhuuh!»

Die Tür ging auf, als sie gegen die Wand krachte.

«Was machen Sie da, Mrs. Haristeen?» Rick Shaw unterdrückte ein Lachen.

Harry steckte den Kopf aus dem Behälter. «Die Katze hat so viel Spaß daran, hier drin zu stecken, daß ich dachte, ich versuch's auch mal. Himmel, heutzutage tu ich fast alles für ein bißchen Ablenkung.»

Rick angelte eine Zigarette aus seiner Tasche und

drehte sie zwischen den Fingern. «Ich weiß, was Sie meinen.»

«Ich dachte, Sie hätten aufgehört.»

«Woher wissen Sie das?»

«Ihre Augen folgen jeder angezündeten Zigarette.»

«Sie sind eine gute Beobachterin, Harry.» Rick wußte das bei einem Menschen zu schätzen. «Zeigen Sie mal, was Sie gefunden haben.»

«Ich hätte nicht gedacht, daß Sie auf meinen Anruf so rasch reagieren würden, nach dem Krach bei der Beerdigung heute.» Sie führte ihn ins Hinterzimmer. «Ich bin beeindruckt.»

Sie schloß die Tür und holte die beiden Friedhofspostkarten hervor. Sie reichte ihm das Vergrößerungsglas und legte die echte französische Postkarte auf den Tisch. Er schloß ein Auge und betrachtete die Karten, wobei er die unangezündete Zigarette in der linken Hand hielt.

«Aha», war alles, was er sagte.

«Sehen Sie die leichte Abweichung bei der Stempelfarbe?»

«Ja.»

«Und die ganz kleine Verschiebung des ‹A› in Asheville.»

«Ja.» Rick drehte das Vergrößerungsglas in den Händen. Er gab Harry das Glas zurück. «Wer weiß sonst noch davon?»

«Susan Tucker. Rob weiß, daß ich eine Postkarte ausgeliehen habe, aber er weiß nicht, wozu.»

«Behalten Sie's für sich. Sie und Susan.»

«Machen wir.»

«Und jetzt erzählen Sie mir, was Ihre Katze und Ihr Hund in Maudes Laden gemacht haben.»

«Das weiß ich nicht.»

«Sie haben da drin herumgeschnüffelt, Harry. Lügen Sie mich nicht an.»

«Ich hab nicht geschnüffelt. Irgendwie sind die Tiere da

drin eingeschlossen worden. Ich bin am Morgen aufgewacht und konnte sie nicht finden. Ich bin herumgefahren, ich habe herumtelefoniert. Und wie ich Ihnen schon sagte – Mrs. Hogendobber hat Tucker bellen gehört. Sie hat sie gefunden.»

«Ich glaube Ihnen. Tausende andere würden Ihnen nicht glauben.» Er ließ seine massige Gestalt auf einen Stuhl fallen. «Geben Sie mir 'ne Cola, ja?» Er zündete die Zigarette an, während Harry ihm eine Cola aus dem kleinen Kühlschrank holte. Nach einem tiefen Zug erschien ein Lächeln auf seinen Lippen. «Ist 'ne miese Angewohnheit, aber ein verdammt gutes Gefühl. Als nächstes probiere ich Ihren Postbehälter.» Er atmete ein. «Eigentlich bedaure ich es, daß ich wieder angefangen habe. Aber bei einem Fall wie diesem braucht man entweder Nikotin oder starken Whiskey, und mit Whiskey wäre der Fall die längste Zeit meiner gewesen.»

«Was denken Sie – von den Postkarten, meine ich.»

«Ich denke, da fühlt sich jemand so schlau, daß er oder sie uns auslacht. Ich denke, da ist ein Fuchs, der eine falsche Fährte legt.»

Harry bekam eine Gänsehaut. «Das macht mir angst.»

«Mir auch. Wenn ich nur wüßte, wohinter der Mistkerl her war.»

«Gehen Sie einem bestimmten Verdacht nach?»

«Ja, aber vorher mach ich meine Hausaufgaben.» Rick schlug das rechte Bein über das linke Knie. «Okay, und was ist Ihr Verdacht? Sie brennen darauf, es mir zu erzählen.»

«Die alten Tunnels, die Claudius Crozet gegraben hat, haben was damit zu tun.»

Beim Klang des Namens Crozet setzte Rick sich gerade auf. «Warum sagen Sie das?»

«Weil ein Brief von Crozet, eine Fotokopie, auf Kellys Schreibtisch lag. Können Sie reiten, Rick?»

«Ein bißchen.»

«Lassen Sie uns zum nächsten Tunnel reiten, dem Greenwood-Tunnel.»

«In dieser Hitze, bei all den Stechmücken? Nein, Ma'am. Wir fahren mit meinem Dienstwagen, und das letzte Stück können wir zu Fuß gehen.» Er klopfte ihr auf den Rücken. «Ich weiß nicht, warum ich das mache, aber kommen Sie.»

«Ihr zwei bleibt hier und seid brav.»

«Nein! Nein!» ertönte ein Chor des Mißfallens.

Harry fing schon an, auf Rick einzureden, aber er schnitt ihr das Wort ab. «Kommt nicht in Frage, Harry. Die bleiben hier.»

Die Vegetation eines Dschungels hätte nicht viel dichter sein können als die, durch die Rick und Harry sich kämpften.

«Wir hätten Pferde nehmen sollen», brummte Harry.

«Ich hab keine zwei Stunden Zeit. So geht's schneller. Außerdem können Sie froh sein, daß ich Sie überhaupt mitnehme.»

«Mich mitnehmen? Sie würden gar nichts davon wissen, wenn ich es Ihnen nicht erzählt hätte. He, haben Sie Bob Berryman gefunden?»

Rick schlug auf ein Gestrüpp von Kermesbeeren ein. «Ja. War das so auffällig nach der Beerdigung?»

«Wohin hätten Sie sich sonst so schnell verdrückt?»

«Ich hab ihn bei der Arbeit gefunden. Er verkaufte den Beegles gerade einen bronzefarbenen Viehtransporter.»

«Hatten Sie Krach mit ihm?»

«Nein, er war müde. Schätze, die Aufregung hat ihn erschöpft. Er hat ein Alibi für die Nacht, in der Maude ermordet wurde. Er war zu Hause bei seiner Frau.»

«Sie könnte für ihn lügen.»

«Nehmen Sie in Ihren kühnsten Träumen ernsthaft an, Mary Minor Haristeen, daß Linda für Bob lügen würde?»

«Nein.» Harry blieb stehen, um Atem zu holen. Die

dampfige Hitze sog den Sauerstoff förmlich wieder aus ihr heraus.

Weiter vorne ragte der Umriß des Tunnels auf, der, bedeckt mit Kudzu, Geißblatt und einer Fülle von Unkräutern, die nicht einmal Harry kannte, einen phantastischen Anblick bot. Das alte Bahngleis, das von der neueren Strecke abzweigte, führte zum Tunneleingang.

«Ich habe auf zertretenes Gras und auf Spuren geachtet –» Rick wischte sich den Schweiß von der Stirn – «aber bei diesem dicken Gestrüpp habe ich wenig Hoffnung, es sei denn, die Spuren wären ganz frisch. Es ist leichter, an den Schienen entlangzugehen, aber das dauert doppelt so lange.»

Als sie den Tunnel erreichten, richtete Harry den Blick nach oben. Die eingemeißelte Erinnerungstafel für die Männer, die den Tunnel gebaut hatten, war halb von Geißblatt überwachsen. C. CROZET, CHEFINGENIEUR, war sichtbar. Der Rest war verdeckt, bis auf A.D. 1852.

Harry zeigte nach oben.

Kudzu wächst täglich ungefähr einen Meter und überwuchert alles, was ihm in den Weg kommt.

«Ein Schatz?» meinte Harry.

«Die C & O hat den Tunnel von oben bis unten abgesucht, bevor sie ihn schloß. Und sehen Sie sich den Felsen an. Da kommt keiner durch, um auf Schatzsuche zu gehen.»

Die Tunnelöffnung war mit Schutt und Steinen gefüllt und dann mit Beton versiegelt worden. Die rechte Seite der Öffnung war vollkommen von Kletterpflanzen überwuchert.

Enttäuscht berührte Harry den Felsen, der warm von der Sonne war. Sie zog die Hand zurück.

«Es gibt noch drei Tunnels.»

«Brooksville ist versiegelt, und Little Rock wird noch benutzt. Ich weiß nicht, ob sie den Blue Ridge-Tunnel geschlossen haben, aber der ist so lang und so weit weg –»

«Sie kennen sich mit den Tunnels aus.» Harry lächelte. Sie war nicht die einzige, die nachts aufsaß und las.

«Sie auch. Kommen Sie. Hier ist nichts.»

Als sie zurückstapften, versprach Rick, einen Beamten zu beauftragen, um den Brooksville-, den Little Rock- und den Blue Ridge-Tunnel zu untersuchen. Sie gehörten zu Bezirken, die außerhalb seiner Zuständigkeit lagen, aber das würde er mit seinen Kollegen vor Ort regeln.

«Wie wär's mit einem Anruf bei der C&O?» schlug Harry vor.

«Schon geschehen. Sie haben mir die Berichte von der Schließung der Tunnels 1945 besorgt. Waren sehr hilfsbereit.»

«Und?»

«Bloß eine trockene Aufzählung der Schließungen. Es gibt keinen Schatz, Harry. Ich weiß nicht, wo die Verbindung zwischen den Morden und Crozet ist. Das ist eine Sackgasse, Kindchen.»

Er fuhr sie zum Postamt zurück, wo Tucker die Ecke der Tür angeknabbert und Mrs. Murphy mit großer Vehemenz ihr Katzenklo über den ganzen Fußboden verstreut hatte.

23

Die geschwungenen, sinnlichen, vergoldeten Louis Quinze-Möbel blendeten Harry jedesmal, wenn sie Josiahs Haus betrat. Mit einem guten Blick und Phantasie begabt, hatte Josiah die Wände ganz weiß gestrichen, wodurch die schönen Schreibpulte, die bauchigen Truhen und Stühle bestens zur Geltung kamen. Die perfekt gewienerten Fußböden aus dunklem Walnußholz spiegelten den

Glanz der Möbel wider. Ein bombastisches pastellfarbenes Blumenarrangement beherrschte den Salontisch. Die Blumen und einige französische Gemälde waren die einzigen Farbflecke im Raum.

Ein Farbfleck anderer Art war Josiah selbst, der in einem Ohrensessel thronte und für die Besucher, die gekommen waren, wie es der Anstand gebot, den Gastgeber spielte. Auf einem Satinholztisch neben dem Sessel stand eine runde, kirschrote Schale, die alte Murmeln enthielt. Hin und wieder griff Josiah in die Schale und ließ die Murmeln durch seine Finger gleiten wie Gebetskugeln. Eine andere Schale enthielt alte Drucktypen, wieder eine andere Türknäufe mit ziselierten Einlagen.

Susan eilte zu Harry hinüber, um ihr im Vertrauen die unerfreuliche Geschichte von Danny zu erzählen, der die Kreditkarte seines Vaters benutzt hatte, um sich am Nachtschalter der Bank Geld zu beschaffen. Ned hatte ihm für den Rest des Sommers Hausarrest aufgebrummt. Harry drückte gerade ihr Bedauern aus, als Mrs. Hogendobber mit ihrem berühmten Kartoffelsalat eintraf. Mim, elegant in Leinenhose und einem Zweihundert-Dollar-T-Shirt, schwebte herbei, um Mrs. Hogendobber die schwere Schüssel abzunehmen. Hayden ging gerade hinaus, als Fair hereinkam. Little Marilyn servierte aus einem Gefäß aus massivem Sterlingsilber Getränke. Little Marilyn hielt sich bei derartigen Zusammenkünften auffallend häufig in der Nähe des Alkohols auf. Jedesmal wenn Harry zu ihr hinsah, entdeckte Little Marilyn gerade etwas anderes, das ihre Aufmerksamkeit fesselte. Sie schenkte Harry nicht mal eine Grimasse, geschweige denn ein Lächeln.

«Ich muß Josiah was Nettes sagen.» Harry legte ihren Arm um Susans Taille. «Die Bank wird Danny nicht verraten. Wenn ihr Stillschweigen bewahrt, du und Ned, wird es außer mir niemand erfahren. Ich finde, ein Junge in seinem Alter darf sich ab und zu einen Fehltritt erlauben.»

«Einen Fünfhundert-Dollar-Fehltritt! Und noch was. Sein Vater sagt, er muß bis Halloween jeden Penny zurückzahlen.»

«Halloween?»

«Zuerst sagte Ned, bis zum Ferienende, aber Danny hat geweint und gesagt, er könne von Mitte Juli bis Anfang September mit Rasenmähen nicht genug verdienen.»

«Das muß eine moderne Variante des Geldscheinklauens aus Mutters Portemonnaie sein. Hast du deine Mutter je bestohlen?»

«Gott, nein.» Susan legte unwillkürlich eine Hand auf ihre Brust. «Sie hätte mich windelweich geprügelt. Das würde sie heute noch tun.»

Susans Mutter lebte gesund und munter in Montecito, Kalifornien.

«Meine Eltern hätten mich nicht nur gründlich vermöbelt», sagte Harry. «Sie hätten es allen Bekannten erzählt, um meine Demütigung zu unterstreichen, und das hätte es zehnmal schlimmer gemacht. Hab ich dir je erzählt, daß meine Mutter mich morgens nie aus dem Bett gekriegt hat?»

«Du meinst, als die Schule um halb sieben anfing? Ich wollte auch nie aufstehen. Erinnerst du dich? Wir waren so viele, daß die Schule aus allen Nähten platzte, und daraufhin haben sie in Schichten unterrichtet. Wenn man seine Freunde in der Mittagspause verpaßte, sah man sie den ganzen Tag nicht.»

«Die arme Mom mußte um fünf aufstehen und versuchen, mich hochzukriegen, weil ich in der Sieben-Uhr-Schicht war. Ich hab mich einfach nicht gerührt. Schließlich hat sie mich mit Wasser begossen. Diese Frau scheute vor keinem Mittel zurück, wenn seine Wirksamkeit erst einmal erwiesen war.» Harry lächelte. «Ich vermisse sie. Komisch, heute macht es mir nichts aus, früh aufzustehen. Ich tu's sogar gern. Zu schade, daß Mutter nicht mehr erleben durfte, wie aus mir eine Frühaufsteherin geworden ist.» Sie sammelte sich. «Ich muß Josiah was Aufmunterndes sagen.»

Harry schlenderte zu Josiah hinüber, dem Mrs. Hogendobber inzwischen buchstäblich Samariterdienste leistete, indem sie ihm von Lazarus erzählte. Josiah erwiderte, auch er schöpfe Trost aus dem Gedanken, daß Lazarus von den Toten auferstanden sei, er, Josiah, sei jedoch ein Geschlagener, kein Toter. Sie müsse sich eine bessere Geschichte einfallen lassen. Dann reichte er Harry die Hand.

«Liebe Harry, du wirst mir vergeben, daß ich nicht aufstehe.»

«Josiah, dies ist das erste Mal, daß ich sehe, wie jemandes Augen zu seinem Hemd passen. Kastanienbraun.»

«Ich ziehe die Bezeichnung *Burgunder* vor.» Er lehnte sich zurück.

«Also das sieht Ihnen ähnlich, etwas so Schlimmes auf die leichte Schulter zu nehmen.» Mrs. Hogendobber bemühte sich redlich vorzugeben, daß sie Josiah gewogen sei und ihm alles Gute wünschte. Nicht daß sie ihn nicht leiden konnte, aber sie hatte es im Gefühl, daß er kein richtiger Mann war, und sie wußte, daß er kein praktizierender Christ war.

«So schlimm ist es gar nicht. Der Mann war verwirrt und schwer angeschlagen. Ich weiß nicht, warum Berryman verwirrt ist, aber wenn ich mit Unserer Lieben Frau von der Zellulitis verheiratet wäre, wäre ich vielleicht auch verwirrt.»

Harry lachte. Er war schrecklich, aber er traf ins Schwarze.

«Ich hatte keine Ahnung, daß Linda Berryman sich für den Film interessiert.» Mrs. Hogendobber nahm zaghaft einen Gin Rickey – nicht daß sie eine Säuferin wäre, Gott bewahre, aber es war ein ungewöhnlich strapaziöser Tag gewesen, und die Sonne war über den Jordan.

Fair, der Josiah gegenüber saß, brach in Gelächter aus

und hielt sich dann den Mund zu. Mrs. Hogendobber zu korrigieren lohnte sich nicht.

«Was habe ich da von der liebenswürdigen Mrs. Murphy und der grimmigen Tee Tucker gehört, die auf frischer Tat, ich meine auf frischer Tatze, in Maudes Laden ertappt wurden – den ich übrigens kaufe?» fragte Josiah Harry.

«Ich habe keine Ahnung, wie sie da reingekommen sind.»

«Ich habe sie gefunden, müssen Sie wissen.» Mrs. Hogendobber schilderte bis ins Detail die Vorkommnisse, die zur Entdeckung der Tiere geführt hatten. Sie hielt die Information über das Pult zurück, warf Harry jedoch einen verschwörerischen Blick zu.

Josiah klaubte einen imaginären Fussel von seinem Ärmel. «Wünschst du dir nicht, daß sie sprechen könnten?»

«Nein.» Harry lächelte. «Ich möchte nicht, daß alle meine Geheimnisse kennen.»

«Du hast Geheimnisse?» Fair wandte sich abrupt nach Harry um.

«Hat die nicht jeder?» schoß Harry zurück.

Im Zimmer wurde es einen Moment still, dann kam die Unterhaltung wieder in Schwung.

«Ich nicht», sagte Mrs. Hogendobber in aufrichtigem Ton. Dann fiel ihr ein, daß sie jetzt eins hatte. Der Gedanke gefiel ihr durchaus.

«Ein winziges Geheimnis, Mrs. H., ein flüchtiger Sündenfall, oder wenigstens ein Fall vom Hocker», neckte Josiah sie. «Ich stimme Harry zu – jeder von uns hat Geheimnisse.»

«Ja, und einer hat eine Mordsphantasie.» Susan konnte sprachliche Übertreibungen eigentlich nicht ausstehen, aber hier paßte das Wort.

Harry schied aus der Unterhaltung über Geheimnisse aus, als Mim sich einschaltete. Sie ging zu Little Marilyn hinüber, die einem Gespräch mit ihr jetzt nicht ausweichen konnte.

«Marilyn.»

«Harry.»

«Du sprichst nicht mit mir, und das gefällt mir nicht.»

«Harry», flüsterte Little Marilyn, «nicht vor meiner Mutter. Ich bin nicht wütend auf dich. Sie ist wütend.» Es schien, daß sie wirklich Angst hatte.

Harry senkte ebenfalls die Stimme. «Wann löst du dich endlich von ihrem Rockzipfel und nimmst dein Leben selbst in die Hand? Um Himmels willen, L. M., du bist über dreißig.»

Little Marilyn wurde rot. Sie war nicht an aufrichtige Gespräche gewöhnt, da man bei Mim Themen nur umkreiste. Etwas direkt anzusprechen war taktlos. Aber das Leben im Nirwana der wohlhabenden weißen Amerikaner wurde allmählich schal. «Ach, weißt du –» ihre Stimme war jetzt fast unhörbar – «wenn ich verheiratet bin, kann ich tun und lassen, was ich will.»

«Woher weißt du, daß du nicht einen Boss gegen den anderen tauschst?»

«Nicht bei Fitz-Gilbert. Er ist nicht im entferntesten wie Mutter, deswegen mag ich ihn ja.» Das Bekenntnis entfuhr Marilyn, ehe sie sich darüber klarwerden konnte, was es bedeutete.

«Du kannst auch jetzt tun, was du willst.»

«Warum dieses plötzliche Interesse an mir? Du hast mich früher nie besonders beachtet.» Ein kriegerischer Tonfall schlich sich in ihre Stimme. Wenn sie gegen Mama rebellieren sollte, warum dann nicht an Harry üben?

«Ich habe deinen Bruder sehr gern. Er ist einer der wunderbarsten Menschen, die ich je gekannt habe. Er liebt dich, und du wirst ihm weh tun, wenn du ihn von deiner Hochzeit ausschließt. Und ich denke, wenn du aufhören würdest, mit dieser oberflächlichen verlogenen Schickeria rumzuhängen, könnte ich auch lernen, dich zu mögen. Warum fährst du nicht mal zu den Ställen raus und klebst dir ein bißchen Pferdemist an die Schuhe? Als wir Kinder waren, warst du eine gute Reiterin. Fahr für ein Wochenende nach New York. Tu einfach mal was.»

«Oberflächlich? Verlogen? Du beleidigst meine Freunde.»

«Falsch. Das sind Freunde, die deine Mutter dir ausgesucht hat. Du hast keine Freunde außer deinem Bruder.» Dies entfuhr Harry, weil sie unter der Oberfläche ihres gesitteten Benehmens müde, sorgenvoll und gereizt war.

«Bist du etwa besser dran?» Little Marilyn bekam allmählich Spaß an der Sache. «Ich kriege wenigstens den Mann, den ich mir wünsche. Du verlierst deinen.»

Harry blinzelte. Das war eine neue Little Marilyn. Die alte mochte sie nicht. Die neue war eine echte Überraschung.

«Harry?» Josiahs Stimme schwebte über das Geplapper hinweg. «Harry!» Er rief etwas lauter. Sie drehte sich um. «Das muß eine glänzende Unterhaltung sein. Du hast mich nicht gehört, dabei rufe ich schon die ganze Zeit.»

Little Marilyn ging trotzig als erste zu Josiah. Harry bildete die Nachhut.

«Ihr zwei Mädels habt geplappert wie die Blauhäher», sagte Mim in gereiztem Ton. Da stieß Jim, ihr Mann, mit einem dröhnenden Gruß die Haustür auf, was Mim noch mehr reizte.

Harry beobachtete Little Marilyns untadelige Mutter und dachte, in ihrer Gesellschaft zu sein sei dasselbe, wie tief in eine Zitrone hineinzubeißen.

Fair rettete die Situation, denn Harry war drauf und dran, allen klipp und klar zu sagen, was sie von ihnen hielt. Er spürte, wie durcheinander und mürrisch sie war. Er wußte, daß er seine Frau nicht mehr liebte, aber wenn man fast ein Jahrzehnt mit jemandem zusammengewesen war, seine Eigenarten kannte und sich für ihn verantwortlich gefühlt hatte, konnte man mit den alten Gewohnheiten nur schwer brechen. Und so rettete er Harry in diesem Moment vor sich selbst.

«Was hattest du eigentlich in Rick Shaws Dienstwagen zu suchen?» fragte er.

Wie ein sanfter Bodennebel legte sich allmählich ein Schweigen über den Raum.

«Wir sind zum Greenwood-Tunnel gefahren», sagte Harry leichthin.

«In dieser Hitze?» fragte Josiah ungläubig.

«Vielleicht war das Ricks Methode, sie für das Verhör mürbe zu machen», sagte Susan.

«Ich glaube, die Tunnels haben etwas mit den Morden zu tun.» Harry wußte, daß sie den Mund hätte halten sollen.

«Lächerlich», blaffte Mim. «Sie sind schon über vierzig Jahre geschlossen.»

Jim konterte: «Im Moment ist keine Idee lächerlich.»

«Was ist mit den Geschichten von einem Schatz?» meinte Mrs. Hogendobber. «Schließlich muß etwas Wahres dran sein, sonst wären sie nicht über hundert Jahre kursiert. Vielleicht handelt es sich um einen ganz außergewöhnlichen Schatz.»

«Wie mein göttlicher Sekretär da drüben.» Josiah deutete mit der Hand darauf wie ein lässiger Versteigerer. «Was ich dir sagen wollte, Mim, du brauchst unbedingt diesen Sekretär. Das Satinholz schimmert im Licht der Jahrhunderte.»

«Nun mal langsam, Josiah.» Mim lächelte. «Wir verhängen ein Verkaufsmoratorium, bis deine Augen und Nase geheilt sind.»

«Wenn es einen Schatz gäbe, hätte die C & O ihn gefunden.» Fair machte sich noch einen Drink. «Die Leute lieben Geschichten von aussichtslosen Fällen, Gespenstern und vergrabenen Schätzen.»

«Claudius Crozet war ein Genie. Wenn er einen Schatz hätte verstecken wollen, hätte er es gekonnt», warf Mrs. Hogendobber ein. «Crozet war es, der den Staat Virginia warnte, daß Joseph Carrington Cabells Kanalgesellschaft nicht funktionieren würde. Cabell war in den Jahrzehnten vor dem Sezessionskrieg ein einflußreicher Mann, und er hat Crozet sein ganzes Leben lang schikaniert. Cabell allein hat die Entwicklung der Eisenbahn behindert, von der Crozet glaubte, daß sie die Zukunft verkündete. Und Crozet hatte recht. Die Kanalgesellschaft ist eingegangen; sie hat die Investoren und den Staat Millionen und Abermillionen Dollar gekostet.»

«Mrs. Hogendobber, ich bin schwer beeindruckt. Ich hatte keine Ahnung, daß Sie so gut Bescheid wissen über unseren... Schutzheiligen.» Josiah richtete sich in seinem Sessel auf und sank mit einem unterdrückten Stöhnen zurück.

«Hier.» Fair reichte ihm einen steifen Drink.

«Ich –» Mrs. Hogendobber, die es nicht gewöhnt war zu lügen, verlor den Faden.

Harry half ihr aus der Klemme. «Ich sagte Ihnen ja, Sie sollten lieber auf den Vorsitz des Komitees ‹Wir feiern Crozet› verzichten.»

«Ich?» murmelte Mrs. Hogendobber.

«Mrs. H., Sie haben *zuviel* um die Ohren. Die jüngsten Ereignisse *und* das Komitee... ich komme morgen rüber und helfe Ihnen, ja?»

Mrs. Hogendobber begriff die verschlüsselte Botschaft. Sie nickte zustimmend.

«Also, Harry, was habt ihr beim Greenwood-Tunnel gefunden? Einen Haufen Gulden und Louisdors und goldene russische Samoware?» Josiah lächelte.

«Einen Haufen Kermesbeeren, Geißblatt und Kudzu.»

«Ein feiner Schatz.» Little Marilyn betonte das Wort «Schatz» bewußt affektiert.

«Tja –» Josiah atmete Whiskeydunst aus – «ich rechne es euch hoch an, daß ihr in dieser irrsinnigen Hitze da oben wart. Wir müssen herausfinden, wer dieser... Mensch ist, und keine These ist dabei zu abwegig.» Er prostete Harry zu.

In dieser Nacht bekam Harry, die vergessen hatte, etwas Anständiges zu essen, plötzlich einen Heißhunger. Sie stellte den alten Mixer ihrer Mutter an und schüttete Milch, Vanilleeis, Weizenkeime und Mandeln hinein. Die Mandeln klapperten, als die Messer sie zerkleinerten. Sie trank das Gemisch direkt aus dem Mixbecher.

Tucker kam bellend in die Küche und sprang auf die Hinterbeine. *«Das ist er! Das ist er!»*

«Tucker, geh da runter. Du darfst das Glas ausschlekken, wenn ich fertig bin.»

Mrs. Murphy, die den Radau hörte, erhob sich vom Wohnzimmersofa. *«Was ist los, Tucker?»*

«Da ist dieser Geruch.» Tucker drehte sich so schnell im Kreis, daß ihr schneeweißer Latz nicht mehr klar zu erkennen war. *«Ähnlich wie der Schildkrötengeruch, bloß angenehmer, süßer.»*

Mrs. Murphy sprang auf die Anrichte und beschnupperte die Weizenkeim- und Mandelkrümel. Der Eiscremegeruch war stark. Sie schnüffelte angestrengt und sprang dann von der Anrichte auf Harrys Schulter.

«He, jetzt ist es aber genug. Diese schlechten Manieren habt ihr nicht zu Hause gelernt.» Harry stellte ihren Becher auf die Anrichte, hob Mrs. Murphy von ihrer Schulter und setzte sie sachte auf die Erde.

Tucker gab der Katze einen Nasenkuß. *«Was hab ich dir gesagt?»*

«Ziemlich ähnlich. Die Mandeln riechen nicht direkt nach Schildkröte, aber eine Schildkröte riecht auch nicht direkt wie das, was wir bei der Betonfabrik und auf den Bahngleisen gerochen haben. Was mag das bloß sein?»

Mrs. Murphy und Tucker saßen nebeneinander und starrten zu Harry hinauf, die den letzten Tropfen trank.

«Ach ja, richtig.» Harry nahm Hundekuchen und Katzenkekse aus dem Schrank. Sie gab jedem Tier ein Stück. Die beiden ignorierten das Futter.

«Nicht bloß schlechte Manieren, obendrein auch noch

wählerisch.» Harry wedelte mit dem Katzenkeks vor Mrs. Murphys Nase. «Ein Häppchen für Mommy.»

«Wenn sie mit der Mommy-Nummer anfängt, wird sie als nächstes gurren und surren. Iß lieber auf», riet Tucker.

«Ich versuche den Mandelgeruch in der Nase zu behalten... Oh, hm, wahrscheinlich hast du recht.» Mrs. Murphy nahm den Keks zierlich aus Harrys Fingern.

Tucker, weniger zurückhaltend, verschlang ihren Kuchen mit dem glasurähnlichen Überzug.

«Braves Kätzchen. Braves Hündchen.»

«Ich wünschte, sie würde aufhören, mit uns zu reden wie mit kleinen Kindern», murrte Mrs. Murphy.

24

Der Samstag war ein strahlender Tag, ziemlich ungewöhnlich für den schwülen Julimonat. Die Berge glitzerten hellblau, der Himmel zeigte sich in einem cremigen Rotkehlcheneierblau. Mim Sanburne stolzierte zu dem kleinen Anlegesteg am See, der ebenfalls im klaren Licht schimmerte. Ihr Pontonboot *Mim's Vim*, die Seitenwände geschrubbt, das Deck geschrubbt, schaukelte sachte auf den plätschernden kleinen Wellen. Die Bar lief über von alkoholischen Genüssen. Ein großer Weidenkorb voll leckerer Spezialitäten, wie mit Rahmkäse gefüllte Schotenerbsen, stand neben dem Steuerrad. Alles war glänzend, Mims Ausstaffierung eingeschlossen. Sie trug eine strahlendweiße Matrosenhose, rote Espadrilles, ein quergestreiftes rot-weißes T-Shirt und ihre Kapitänsmütze. Ihr Lippenstift, ein grellroter Fleck, reflektierte das Licht.

Jim Sanburne und Rick Shaw steckten im Haus die Köpfe zusammen. Mim hatte ihren Mann sagen hören, man solle das FBI einschalten, aber Rick wiederholte ständig, der Fall lohne nicht für das FBI.

Little Marilyn folgte einem Diener, der die hübschen Körbchen mit den Partygeschenken trug. Beim Anblick der Körbe kam Mim flüchtig der Gedanke an Maude Bly Modena. Sie verbannte ihn schleunigst wieder aus ihrem Kopf. Ihre Theorie war, daß Maude Kellys Mörder überrascht haben mußte und deswegen umgebracht worden war. Mim wußte aus zahlreichen Fernsehsendungen, daß ein Mörder oft ein zweites Mal morden mußte, um seine Spuren zu verwischen.

Nachdem sie die kleinen Geschenke auf ihrem Boot arrangiert hatte, schlenderte Mim träge zur Terrasse hinauf und ging ums Haus herum nach vorn. Trichterlilien prunkten knallgelb und orangerot. Seltsamerweise blühte ihre Glyzine noch, und der Lavendel stand in voller Pracht. Sie konnte die Ankunft ihrer Freundinnen Port und Elliewood sowie Miranda Hogendobber kaum erwarten. Nicht daß Miranda ihnen gesellschaftlich das Wasser hätte reichen können, aber Mim hatte Harry gestern abend bei Josiah deutlich zu ihr sagen hören, daß sie dem neu gebildeten Komitee «Wir feiern Crozet» vorstehen solle, und Big Marilyn beabsichtigte, einem solchen Komitee ebenfalls anzugehören. Überdies waren die niederen Klassen mächtig geschmeichelt, wenn sie hin und wieder an den kleinen Zusammenkünften der Elite teilhaben durften. Mim war überzeugt, daß Miranda sich überschlagen würde, wenn Mim zu verstehen gab, daß auch sie in den Komiteevorstand einzutreten gedenke. Vorrangiges Ziel des Tages würde es sein, Miranda von der Religion, Port von den Enkelkindern und Elliewood von den Morden fernzuhalten. Keine Mordgespräche heute – die verbat sie sich entschieden.

Während Mim darauf wartete, daß die beiden vornehmen Damen sowie die eine weniger vornehme über die gut drei Kilometer lange Zufahrt vorgefahren kamen, erlaubte sie sich einen geistigen Rückblick auf ihre «Weiße Party». Von Josiah in Silber und Weiß dekoriert, hatte es diejenige von Mims Parties werden sollen, über die in *Town and Country* berichtet wurde. Sie hatte für die Anwesenheit eines Reporters gesorgt. Josiah hatte den Kontakt mit der Presse hergestellt. Sie hätte sich nie dazu herabgelassen, offen Publizität zu suchen.

Jim hatte den Learjet zwischen New York und Kalifornien hin- und herdüsen lassen, um die Leute abzuholen. Nur zweihundert von Mims besten und liebsten Freunden.

Josiah, der sich der Planierkünste von Stuart Tapscott bediente, hatte am Ende des parkartigen Gartens einen zehn Meter langen, ovalen Teich angelegt. Die Tische wurden zwischen den Gartenwegen gedeckt, und die ganz besonderen Gäste wurden rund um den Teich plaziert. Josiah kleidete den Boden des Teichs aus, so daß es ein richtiges Schwimmbecken war. Er strich den Grund kobaltblau, und unter Wasser leuchteten Lampen. Doch von der Beleuchtung abgesehen paßte der Teich gut in die Landschaft. Prachtvolle Seerosen zierten die Wasserfläche, desgleichen gesetzte Schwäne, die mit Medikamenten ruhiggestellt waren. Je weiter der Abend fortschritt, desto mehr ließ die Wirkung des Mittels nach, und die Schwäne durchliefen eine Persönlichkeitsveränderung. Sie schalteten von heiter auf kampflustig um. Tropfend, flügelschlagend und heftig aufeinander einhackend schritten sie aus dem Teich, um ihren Anspruch auf Brandy und Petits fours geltend zu machen. Sie schrien und attackierten die Gäste, von denen einige, die zuviel Brandy konsumiert hatten, in den Teich flohen. Mim selbst wurde von einem der größeren Schwäne belästigt. Sie wurde in letzter Minute von Jim gerettet, der sie einfach hochhob und den Tisch dem gierigen Vogel überließ.

Fotos von dem Debakel erschienen in großer Aufmachung in *Town and Country*. Das Heft, in unbeschwertem

Ton gehalten, erklärte den Abend zwar nicht zur gesellschaftlichen Katastrophe, aber Mim wurmte es dennoch.

Miranda Hogendobber kam überpünktlich in ihrem uralten, aber makellosen Ford Falcon die Zufahrt hinauf, alsbald gefolgt von Elliewood und Port. Nach überschwenglichen Begrüßungen half Little Marilyn ihrer Mutter, die Damen zu verladen. Sie stieß das Pontonboot ab und winkte ihm vom Ufer aus nach. Dann setzte sie sich auf den Steg und ließ die Zehen ins Wasser baumeln.

Die erste Runde Drinks lockerte alle etwas auf. Selbst Miranda erlaubte sich ein wenig Alkohol, da er ein effektives Mittel gegen das Magenleiden war, das sie letzte Nacht heimgesucht hatte. Sie schlug die zweite Runde aus, nahm jedoch bei der dritten wieder ein winziges Schlückchen.

Mim nahm ein frisches Kartenspiel aus der Zellophanhülle, das noch nach Farbe roch. Port und Elliewood spielten gegen Miranda und Mim. Mim mühte sich unausgesetzt um Miranda, was Port und Elliewood amüsierte, die merkten, daß Mim auf irgendwas aus war. Gelegentlich winkte Mim der sonnenbadenden Little Marilyn auf dem Steg zu. Alles war einfach perfekt, denn Mim gewann.

Nach der ersten Kartenrunde bestand Mim darauf, den Motor anzuwerfen und über den See zu flitzen. Hohe Geschwindigkeiten waren eine Schwäche von ihr. Sie versetzte Port in Angst und Schrecken, die sie unentwegt anflehte, langsamer zu fahren, doch Mim, sternhagelvoll, sagte wörtlich zu Port, sie solle das Maul halten und wild und gefährlich leben.

Schließlich hielt sie das Boot für den Mittagsimbiß an. Anfangs fiel keiner von ihnen auf, daß etwas nicht stimmte. Die Wirkung der Drinks und die tiefe Dankbarkeit, Mim nicht mehr am Ruder zu wissen, betäubten ihre Sinne.

Dann fühlte Port etwas ziemlich Nasses. Sie blickte auf den Boden. «Mim, ich habe nasse Füße.»

Alle sahen auf den Boden. Alle hatten nasse Füße.

«Legt eure Füße auf den Tisch.» Mim schenkte ihnen noch eine Runde ein.

«Ich habe das bestimmte Gefühl, daß wir tiefer im Wasser liegen», sagte Mrs. Hogendobber mit ruhiger Stimme.

«Miranda, wir *liegen* tiefer im Wasser», echote Port, das Gesicht unter der Sonnenbräune weiß.

Mim zog ihre triefenden Schuhe aus und lehnte sich zurück, um noch einen zu kippen. Die Gruppe starrte sie an.

«Kannst du schöpfen? Ich meine, Mim, Schätzchen, hast du eine Pumpe an Bord?» fragte Elliewood. Elliewood, die nie fluchte, mußte ihren ganzen Willen zusammennehmen, um «Schätzchen» zu sagen. Am liebsten hätte sie «Idiot» gesagt, «Arschloch» – alles, was Mims Aufmerksamkeit hervorgerufen hätte.

Mittlerweile stand ihnen das Wasser bis zur Wade. Port, außerstande, sich noch länger zu beherrschen, stieß einen herzzerreißenden Schrei aus. «Wir sinken! Hilfe, mein Gott, wir sinken.»

Sie erschreckte die anderen Frauen dermaßen, daß Miranda sich die Ohren zuhielt und Elliewood von ihrem Stuhl fiel. Ihren Drink verschüttete sie dabei jedoch nicht.

«Ich werde ertrinken. Ich will nicht sterben», jammerte Port.

«Halt den Mund! Halt auf der Stelle den Mund. Du blamierst mich.» Mim spie die Worte hervor. «Little Marilyn sitzt auf dem Steg. Ich winke ihr. Es gibt nicht den geringsten Grund zur Beunruhigung.»

Mim winkte ihrer Tochter. Little Marilyn rührte sich nicht.

Elliewood und Miranda winkten ebenfalls.

«Little Marilyn», rief ihre Mutter.

Little Marilyn saß still wie ein Stein.

«Little Marilyn! Little Marilyn!» riefen die anderen drei.

«Ich kann nicht schwimmen! Ich werde ertrinken», plärrte Port.

«Würdest du bitte still sein», gebot Mim. «Du kannst dich am Boot festhalten.»

«Das verdammte Boot sinkt, du Miststück!» schrie Port.

Erbost stieß Mim Port von ihrem Stuhl. Port klatschte ins Wasser, kam aber sofort wieder hoch. Sie holte aus und erwischte Mim in der Gegend der linken Brust.

Elliewood packte Mim, und Miranda packte Port.

«Genug jetzt», befahl Miranda. «Das führt zu nichts.»

«Wer sind Sie, daß Sie befehlen, was ich zu tun habe?» Port wurde rotzig.

«Laß das, Port.» Obwohl sie ziemlich tief in der Patsche saß, wollte Mim sich ihr Spiel nicht aus der Hand nehmen lassen. Sie widmete ihre Aufmerksamkeit wieder Little Marilyn. Sie schrie. Sie brüllte. Sie zog kühn ihr rot-weißes T-Shirt aus und schwenkte es über ihrem Kopf, wobei ihre Stützkorsage für alle sichtbar in der Sonne glänzte.

Little Marilyn, die die ganze Zeit zu ihnen herübergesehen hatte, erhob sich schließlich und ging – rannte nicht, sondern ging – zum Haus.

«Sie läßt uns sterben», schluchzte Port.

«Können Sie schwimmen?» fragte Miranda Elliewood trocken. «Ich nicht.»

«Ich schon», erwiderte Elliewood.

«Ich auch», sagte Mim.

«Du läßt mich hier zurück, das weiß ich. Mim, du bist eine kaltherzige, egozentrische Schlange. Das bist du immer gewesen und das wirst du immer sein. Ich verfluche dich mit meinem ersterbenden Atem.» Port hatte offensichtlich einst geheime Träume gehegt, Schauspielerin zu werden.

«Halt dein verficktes Maul!» schrie Mim.

Der Gebrauch dieses Wortes verdatterte die Mädels mehr als die Tatsache, daß sie sanken.

Mim fuhr fort: «Wenn nicht rechtzeitig Hilfe kommt, und

ich bin sicher, daß sie kommt, bringen wir dich trotzdem ans Ufer, aber du mußt dich hinlegen und den Mund halten. Ich betone: *Mund halten.*»

Port legte den Kopf in die Hände und weinte.

Miranda machte sich mit stiller Entschlossenheit darauf gefaßt, vor ihren Schöpfer zu treten.

Nach wenigen Minuten erschienen Jim, Rick Shaw und Little Marilyn am Ufer. Little Marilyn deutete auf die verzweifelte Truppe. Mim vergaß, daß sie ihr Hemd ausgezogen hatte. Miranda vergaß es nicht. Sie stellte sich vor Mim.

Jim schleppte ein Kanu aus dem Bootshaus, und Rick sprang in seinen Dienstwagen. Er brauste zu den Nachbarn am anderen Seeufer. Eigentlich wollten ihn diese ihr kleines Motorboot nicht benutzen lassen. Der Anblick der sinkenden Mim war ihnen eine Augenweide. Aber schließlich fügten sie sich. Die Frauen wurden gerettet, als ihnen das Wasser bis über die Taille gestiegen war.

Später kippten Jim und Rick das Boot um. Ein Ponton war aufgeschlitzt und dann mit einer Art wasserlöslichem Pech verklebt worden. Mim, die sich von ihrem Mißgeschick vollkommen erholt hatte, stand neben dem Boot. Jim wünschte, sie hätte das nicht gesehen.

«Jemand wollte mich umbringen.» Mim blinzelte.

«Es könnte vom Grund aufgerissen worden sein», log Jim.

«Du kannst mir nichts erzählen. Ich bin nie auf Grund gelaufen. Jemand wollte mich umbringen!» Mim war eher erbost als ängstlich.

«Vielleicht wollte man Ihnen bloß eins auswischen.» Rick ging wieder in die Hocke, um den Riß zu inspizieren.

Mim schrie jetzt Zeter und Mordio. Sie riß die Antenne ihres schnurlosen Telefons heraus, um ihre Freundinnen anzurufen.

«Tun Sie das nicht, Mrs. Sanburne.» Rick schob die Antenne zurück.

«Warum nicht?»

«Es könnte ratsam sein, daß wir den Vorfall eine Weile für uns behalten. Dann macht der Schuldige vielleicht einen Fehler, stellt eine verräterische Frage – Sie verstehen?»

«Vollkommen.» Mim schürzte die Lippen.

«Mim, Liebling, mach dir keine Sorgen. Ich engagiere Tag und Nacht Leibwächter für dich.» Jim legte seinen Arm um die Schultern seiner Frau.

«Das ist zu auffällig», erwiderte Mim.

Nach einigem Hin und Her hatte Jim sie überzeugt. Er sagte, er werde weibliche Leibwächter besorgen, und sie würden sie als Austauschstudentinnen ausgeben.

Als Little Marilyn später von ihrer Mutter wegen ihrer Untätigkeit auf dem Steg in die Mangel genommen wurde, erklärte sie, die sinkende Mim sei ein so traumatischer Anblick gewesen, daß die Aussicht, ihre Mutter zu verlieren, sie vorübergehend gelähmt habe.

25

Montags hatte Harry immer ein Gefühl, als ob sie mit einem Zahnstocher eine Tonne Papier schaufelte. Susans Postwurfsendungen türmten sich wie das Matterhorn. Harry konnte sie nicht in ihrem Postfach unterbringen. Josiah erhielt die Zeitschrift *Country Life* aus England und einen Brief von einem Antiquitätenhändler aus Frankreich. Fairs Fach war gestopft voll mit Anzeigen von pharmazeutischen Firmen: *Machen Sie jetzt Schluß mit den Fadenwürmern!* Mrs. Hogendobber würde sich über den Empfang ihres christlichen Versandhauskatalogs freuen.

Jesusbecher waren der Knüller; man konnte aber auch ein mit der Bergpredigt bedrucktes T-Shirt kaufen.

Harry beneidete Christus. Er hatte vor dem Zeitalter der Kreditkarte gelebt. Der Besitz einer Kreditkarte im Zeitalter des Versandhauskatalogs war eine prekäre Angelegenheit. Der Bankrott, einen Telefonanruf entfernt, konnte einen binnnen zwei Minuten ereilen.

Mißlaunig stülpte sie den letzten Postsack um, und Briefe, Postkarten und Rechnungen flatterten heraus wie weißes Konfetti. Mrs. Murphy duckte sich, wackelte mit dem Hinterteil und stürzte sich auf den köstlichen Haufen.

«Aber nicht mit den Krallen. Die Leute merken sonst, daß du mit ihrer Post spielst, und das ist ein Staatsverbrechen.» Harry kraulte sie am Schwanzansatz.

Tucker sah von ihrem Lager unter dem Schalter zu, wie Mrs. Murphy ans Ende des Raums flitzte, eine Kehrtwendung vollzog und in den Haufen zurückstürmte.

«Eine Wucht!»

Tucker zuckte mit den Ohren. *«Du liebst Papier. Ich weiß nicht, warum. Ich find's langweilig.»*

«Das Knistern hört sich herrlich an.» Mrs. Murphy wälzte sich in den Briefen. *«Und das Material der verschiedenen Briefe kitzelt meine Ballen.»*

«Wenn du es sagst.» Tucker klang nicht überzeugt.

Unterdessen schlitterte Mrs. Murphy auf der Post, ähnlich wie Kinder ohne Schlittschuhe auf dem Eis schlittern.

«Jetzt ist es genug. Sonst reißt du noch was kaputt.» Harry griff nach der Katze, aber sie wich ihr aus. Harry bemerkte eine Postkarte zuoberst auf dem letzten Haufen, den Mrs. Murphy gestürmt hatte. Auf der Karte war eine Ritterrüstung abgebildet. Harry nahm sie in die Hand und drehte sie um.

In Computerschrift geschrieben und an sie addressiert stand da: «Bring mich nicht in Harnisch.»

Harry ließ die Karte fallen, als wäre sie glühendheiß. Ihr Herz klopfte.

«Was Harry nur hat?» rief Tucker Mrs. Murphy zu, die immer noch auf den Briefen schlitterte.

Die Katze hielt an. *«Sie ist kreidebleich.»*

Harry sortierte die Post langsam, wie in Trance, aber ihre Gedanken rasten so schnell, daß sie von der Geschwindigkeit nahezu gelähmt war. Der Mörder mußte einer von Josiahs Gästen gewesen sein, und er gab ihr zu verstehen, sie solle sich um ihre eigenen Angelegenheiten kümmern. Ihre Amateurschnüffelei hatte einen Nerv getroffen. Der Mörder oder die Mörderin wußte jedoch nicht, daß Harry wußte, daß die Postkarten sein oder ihr Signal waren. Auch war dem Mörder nicht bekannt, daß Harry und Mrs. Hogendobber mehr über Maude wußten, als sie sich anmerken ließen. Harry setzte sich hin, legte den Kopf zwischen die Hände und atmete tief durch. Wenn sie den Kopf zwischen die Knie steckte, würde sie bewußtlos werden. Ihre Hände mußten genügen. Als ihre Gedanken zu Mrs. Hogendobber zurückkehrten, begriff Harry, daß sie ihr die unbedingte Notwendigkeit klarmachen mußte, keiner Menschenseele von dem zweiten Ordner zu erzählen. Auch wenn Mrs. Hogendobber einen Schutzengel hatte, es wäre sinnlos, ihn auf die Probe zu stellen.

Der Gedanke schoß ihr durch den Kopf, daß Fair die Harnischkarte geschickt haben könnte. Dies entsprach seiner krankhaften Idee von Humor. Absolut krankhaft. Die Karte kam vielleicht gar nicht von dem Mörder. Harry klammerte sich nur einen Augenblick lang an diese Hoffnung. Fair hatte seine Fehler, aber so verrückt war er nicht. Ihre Hoffnung verpuffte wie eine verlöschende Kerze. Sie wußte Bescheid.

Harry rief Rick Shaw an und erzählte ihm die Neuigkeiten. Er sagte, er käme gleich vorbei. Dann sortierte sie die Post zu Ende. Der einzige Lichtblick war eine Postkarte von Lindsey Astrove, die immer noch in Europa war.

Mrs. Hogendobber erschien auf der Treppe. Tucker lief zur Tür und wedelte mit dem Schwanz. Seit Mrs. H. die beiden Tiere aus Maudes Laden befreit hatte, hegte Tucker innige Gefühle für sie.

Harry öffnete die Tür, packte Mrs. Hogendobber und zerrte sie ins Postamt. Sie schloß hinter ihr die Tür.

«Harry, ich bin durchaus imstande, mich allein fortzubewegen. Sie müssen von meiner Todesnäheerfahrung auf Mims Boot gehört haben. Ich danke Gott dem Herrn für meine Rettung.»

«Nein, ich habe keinen Pieps gehört. Ich möchte davon hören, aber nicht gerade jetzt. Ich möchte Sie inständig bitten, keinem Menschen von den Kontobüchern zu erzählen. Wenn Sie es tun, bringen Sie sich in Gefahr.»

«Das weiß ich», erwiderte Mrs. Hogendobber. «Und ich weiß noch mehr. Ich habe die Bücher bis auf den letzten Penny, die letzte Dezimalstelle geprüft. Die Frau hat genügend Verpackungsmaterial bestellt, daß sämtliche Einwohner von Crozet damit hätten umziehen können. Das ergibt keinen Sinn. Und dann das Geld, das sie eingenommen hat! Unsere Maude wäre nie auf Sozialhilfe angewiesen gewesen.»

«Wieviel Geld?»

«Sie ist fünf Jahre hier gewesen – durchschnittlich an die hundertfünfzigtausend Dollar im Jahr auf der linken Buchseite, wenn Sie verstehen, was ich meine.»

«Das ist ein Haufen Styroporchips.» Die Angst wich ein wenig von Harry, da ihre Neugierde die Oberhand gewann.

«Ich verstehe das einfach nicht.» Mrs. Hogendobber warf die Arme in die Luft.

«Ich schon – halbwegs.» Harry sah aus dem vorderen Fenster, um sich zu vergewissern, daß niemand hereinkam. «Als erstes Opfer haben wir einen reichen Mann, der eine Betonfabrik und große Schwerlaster besaß. Das zweite Opfer war eine Frau, die mit Verpackungen handelte. Sie haben etwas transportiert.»

«Rauschgift. Maude brachte alles fertig. Sie konnte

einen Diamanten verpacken oder eine Königsschlange. Wissen Sie noch, wie sie Donna Eicher geholfen hat, Ameisenfarmen zu verfrachten?»

«Und ob!» Harry dachte daran, wie Donna Eicher vor drei Jahren mit ihren Ameisenfarmen angefangen hatte. Die Beobachtung der Insekten, die zwischen zwei Plexiglasplatten Imperien schufen, übte auf manche Leute einen großen Reiz aus. Sie verlor ihren Reiz für Donna, als ihr Inventar ausriß und den Inhalt ihrer Speisekammer verschlang.

«Wenn Maude Ameisen verfrachten konnte, konnte sie bestimmt auch Kokain verfrachten.»

«Heute haben sie Hunde, die die Päckchen riechen. Das habe ich in der Zeitung gelesen.» Harry dachte laut. «Sie hätte es an ihnen vorbeischmuggeln müssen.»

«Wir können alles riechen. Meine Nase kann eine ganze Symphonie von Gerüchen wahrnehmen», kläffte Tucker.

«Ach, Tucker, hör auf damit. Ja, du hast eine gute Nase. Laß uns deswegen kein Trara machen.» Mrs. Murphy wollte hören, was die Frauen besprachen.

«Ein Kinderspiel.» Mrs. Hogendobber machte eine Handbewegung. «Sie hätte die Drogen mit etwas anderem umwickeln können, das ebenfalls stark duftete, um die Hunde abzulenken – Kampfer, Minze, was weiß ich. Hundertfünfzigtausend Dollar im Jahr – wo sonst kann man solche Gewinne machen?» Sie stand mit dem Rücken zur Tür, die gerade aufgegangen war.

Harry zwinkerte Mrs. Hogendobber zu, die daraufhin verstummte. Harry lächelte. «Hallo, Courtney. Was treibst denn du so in diesem Sommer?»

«Nichts Besonderes, Mrs. Haristeen. Guten Morgen, Mrs. Hogendobber.» Courtney war mutlos, aber höflich.

«Wie schlimm ist es?» fragte Harry.

«Danny Tucker hat für den Rest des Sommers Hausarrest. Er hat Ausgehverbot! Ich kann nicht glauben, daß Mr. und Mrs. Tucker so grausam sind.»

«Hat er dir gesagt, warum?» erkundigte sich Harry.

«Nein.»

«Mr. und Mrs. Tucker sind eigentlich gar nicht so grausam. Was er getan hat, muß also schon sehr düselig gewesen sein», sagte Harry.

«‹Düselig› ist ein komisches Wort.» Courtney zerknitterte die Post, indem sie sie in den Händen drehte. Sie achtete nicht darauf.

«Kommt von Duesenberg», verkündete Mrs. Hogendobber dröhnend. «Der Duesenberg war ein schönes, teures Automobil in den zwanziger Jahren, aber wenn man einen besaß, mußte man auch einen Mechaniker haben. Er ging dauernd kaputt. Düselig ist also etwas Außergewöhnliches und Schlechtes.»

«Oh.» Courtney war interessiert. «Hatten Sie einen?»

«Das war etwas vor meiner Zeit, aber ich habe einmal einen Duesenberg gesehen, und mein Vater, der Autos liebte, hat mir davon erzählt.»

Für Courtney waren die zwanziger Jahre so fern wie das elfte Jahrhundert. Alter war etwas, das sie nicht verstand, und sie war nicht sicher, ob sie Mrs. Hogendobber soeben beleidigt hatte. Sie wußte, daß ihre Frage Mrs. Sanburne beleidigt haben würde. In diesem Nebel der Verwirrung verließ Courtney das Postamt.

«Ein liebes Kind.» Mrs. Hogendobber schwenkte ihre Handtasche. «In dieser Stadt vergißt niemand etwas. Ich jedenfalls nicht.»

«Ja?» Harry wartete auf einen Satz, der den Sinnzusammenhang herstellte.

«Ach, ich weiß nicht», sagte Mrs. Hogendobber. «Ist mir bloß eben durch den Kopf gegangen. Ich hätte schon vor fünf Minuten in der Bibelstunde sein sollen, aber ich halte ständig Verbindung mit Ihnen und möchte, daß Sie es umgekehrt auch tun.»

«Abgemacht.»

Mrs. Hogendobber enteilte zu ihrem kirchlichen Damenkränzchen, und Harry wartete auf den Durchmarsch der Truppen, die in Erwartung eines Liebesbriefs gespannt ihre Schließfächer öffneten und stöhnten, wenn sie statt dessen eine Rechnung vorfanden. Sie wartete auch auf Rick Shaw. Sie wußte nicht, ob er ein guter Sheriff war oder nicht. Es war noch zu früh, das zu beurteilen, aber sie fühlte sich sicherer, wenn er in der Nähe war.

26

Fair Haristeen wusch sich die Hände, nachdem er einen ungeborenen zehn Monate alten Fetus operiert hatte. Bei dem Stammbaum war das Fohlen hunderttausend Dollar wert, schon bevor es geworfen wurde. Fetaloperationen waren eine neue Technik, und Fair, ein begabter Chirurg, war bei den Züchtern von Vollblutpferden in Virginia gefragt. Sein Können und die Achtung, die ihm entgegengebracht wurde, stiegen ihm nicht zu Kopf. Fair machte nach wie vor auch in bescheidenen Ställen seine Runde. Er liebte seine Arbeit, und wenn er sich einmal Zeit gönnte, über sich nachzudenken, wußte er, daß es seine Arbeit war, die ihn am Leben hielt.

Als er die Tür des Operationszimmers öffnete, sah er Boom Boom Craycroft in seinem Sprechzimmer sitzen. Sie lächelte.

«Kummer mit den Pferden?»

«Nein. Bloß... Kummer. Ich bin gekommen, um mich zu entschuldigen für mein Benehmen an dem Tag, als Kelly ermordet wurde. Ich hab meinen ganzen Frust an dir ausgelassen – aber an so etwas mußt du inzwischen ja gewöhnt sein.»

Fair, der auf eine Entschuldigung nicht gefaßt war, räusperte sich. «Ist schon gut.»

«Gar nichts ist gut und mir ist nicht gut und die ganze Stadt ist verrückt.» Ihre Stimme schnappte über. «Ich habe mir ein paar ernste Gedanken gemacht. Das wird aber auch Zeit, wirst du sagen. Nein, du würdest gar nichts sagen. Du bist zu sehr Gentleman, bis auf das eine Mal, als du im Suff die Beherrschung verloren hast. Aber ich habe über mich und Kelly nachgedacht. Er ist eigentlich nie erwachsen geworden. Er war immer der schlaue Junge, der den Leuten eines draufgab, und ich bin auch nie erwachsen geworden. Wir hatten es nicht nötig. Reiche Leute werden nicht erwachsen.»

«Manche reichen Leute schon.»

«Nenn mir bloß drei.» Boom Booms schwarze Augen blitzten.

«Stafford Sanburne in unserer Generation.»

Sie lächelte. «Einer. Schön, ich nehme an, du hast recht. Vielleicht muß man leiden, um erwachsen zu werden, und wir können gewöhnlich jemanden bezahlen, damit er für uns leidet. Diesmal hat es nicht funktioniert. Hiervor kann ich nicht weglaufen.» Sie legte den Kopf zurück und ließ ihren graziösen Hals sehen. «Ich bin auch gekommen, um mich zu entschuldigen, weil ich nicht verstanden habe, wie wichtig deine Arbeit für dich ist. Ich glaube nicht, daß ich je verstehen werde, daß es wunderbar ist, einem Pferd in die Eingeweide zu greifen, aber – für dich ist es wunderbar. Jedenfalls, es tut mir leid. Ich hab mich entschuldigt. Das wollte ich dir sagen, und jetzt gehe ich.»

«Geh nicht.» Fair fühlte sich wie ein Bettler, und das Gefühl war ihm zuwider. «Gib mir die Chance, auch etwas zu sagen. Du warst nicht alle Tage ein verwöhntes Gör, und ich war auch kein Heiliger. Wir waren noch Kinder, als wir geheiratet haben. Harry ist ein anständiger Mensch. Kelly war ein anständiger Mensch. Aber was wußten wir denn mit Anfang Zwanzig? Ich dachte, die

Liebe wäre Sex und Lachen. Eine einzige große Party. Himmel, Boom Boom, ich hatte nicht mehr Ahnung, was ich von einer Frau brauchte, als... hm... von Kernfusion.»

«Fission.»

«Fission ist, wenn sie auseinanderknallen. Fusion ist, wenn sie zusammenkommen», verbesserte Fair sie.

«Ich habe dich verbessert. Eine unfeine Angewohnheit.»

«Boom Boom, ich kann verstehen, daß du über dein Leben nachdenkst, aber mußt du so umwerfend höflich sein?»

«Nein.»

«Jedenfalls, ich habe auch Fehler gemacht, und Harry hat sie zu spüren bekommen. Ich frage mich, ob jeder nur dadurch lernt, daß er andere Menschen verletzt.»

«Ist es nicht komisch? Ich habe das Gefühl, Kelly jetzt besser zu kennen als zu seinen Lebzeiten. Ich nehme an, du hast irgendwie das Gefühl, Harry besser zu kennen, seit ihr einen gewissen Abstand habt. Weißt du, daß wir gerade zum erstenmal offen und ehrlich miteinander reden? Gott, ist das immer so? Muß es eine Krise geben, damit man ehrlich zueinander ist?»

«Ich weiß nicht.»

«Müssen wir unsere Ehen ruinieren, bevor wir Freunde werden können? Warum können wir nicht gleichzeitig Freunde und Liebende sein? Ich meine, schließt sich das etwa gegenseitig aus?»

«Ich weiß nicht. Ich weiß nur –» Fair senkte die Augen – «daß ich, wenn wir zusammen sind, etwas fühle, das ich noch nie gefühlt habe.»

«Liebst du Harry noch?» Boom Boom hielt den Atem an.

«Nicht auf die romantische Art. Im Moment bin ich so wütend auf sie, daß ich mir nicht vorstellen kann, jemals mit ihr befreundet zu sein, aber alle sagen, das geht vorbei.»

«Sie liebt dich.»

«Nein, tut sie nicht. Im Grunde ihres Herzens weiß sie das. Ich hasse es, sie anzulügen. Ich kenne alle ihre Gründe, aber wenn sie selbst dahinterkommt, wird sie mich am meisten wegen der Lügen hassen.»

Boom Boom saß einen Moment schweigend. Für sie als Frau gab es vieles, was sie Fair über seine Gefühle für Harry hätte sagen können, aber sie hatte schon genug riskiert, indem sie hergekommen war, um sich zu entschuldigen. Sie würde kein weiteres Risiko eingehen, jedenfalls nicht, bis sie sich stärker fühlte. «Ich leite jetzt die Firma, weißt du.» Sie wechselte das Thema.

«Nein, das wußte ich nicht. Es wird dir und der Firma guttun.»

«Ist das nicht ein Witz, Fair? Ich bin dreiunddreißig Jahre alt, und ich mußte nie im Leben pünktlich zur Arbeit kommen oder irgendwem für irgendwas verantwortlich sein. Ich bin... ich bin richtig aufgeregt. Ich bedaure, daß so etwas Entsetzliches passieren mußte, damit ich aufwachte. Ich wünschte, ich hätte etwas tun, etwas aus mir machen können, als Kelly noch lebte, aber... ich werde es jetzt tun.»

«Das freut mich für dich.»

Sie schwieg einen Moment, und Tränen traten ihr in die Augen. «Fair –» sie konnte kaum sprechen – «ich brauche dich.»

27

Ein heftiges Nachmittagsgewitter verdüsterte und durchnäßte Crozet. Es war ein Gewittersommer. Harry konnte in dem strömenden Regen nicht einmal zu den Bahngleisen hinübersehen. Tucker hatte sich auf ihr Lager verkrochen, und Mrs. Murphy, der der Donner ebenfalls nicht geheuer war, heftete sich an Harry wie eine Klette.

Sie hörte ein Zischen und einen Knall. Der Strom war ausgefallen, kein unübliches Vorkommnis.

Der Himmel war schwärzlich-grün. Er war Harry unheimlich. Sie tastete unter dem Schalter nach den Kerzen, die sie dort immer vorrätig hielt, fand sie und zündete ein paar an. Dann stellte sie sich an das vordere Fenster und beobachtete die von heftigen Windböen gepeitschte Sintflut. Mrs. Murphy sprang auf ihre Schulter. Harry griff nach ihr und nahm die Katze in den Arm. Sie hätschelte sie wie ein Baby, wiegte sie und dachte an Rick Shaws Reaktion auf die Postkarte: «Bedeckt halten.»

Das war leichter gesagt als getan. Der Tod zweier Bürger von Crozet mußte irgendwie zu erklären sein. Und sie hatte das Gefühl, das Ende eines zerfaserten Fadens in der Hand zu halten. Wenn sie den Faden Schritt für Schritt zurückverfolgen könnte, würde sie die Lösung finden. Sie wußte auch, daß sie vielleicht mehr finden würde, als ihr lieb war – eine Lösung bedeutete in diesem Fall nicht, daß ihre Neugierde auf positive Weise gestillt werden würde. Geheimnisse waren oft häßlich. Sie war dabei, die Fassaden der Stadt Schicht für Schicht abzuschälen. Das konnte ihr eigenes Leben in Gefahr bringen. Rick hatte ihr das deutlich gesagt. Sie sei ihm eine Hilfe gewesen, und er sei dankbar dafür, aber sie sei kein Profi, deshalb solle sie sich raushalten. Sie fragte sich, ob es ihm neben seiner Besorgnis um sie nicht auch ein bißchen darum ging, sein

Gesicht zu wahren. Der Sheriff und seine Leute bewegten sich im Kreis. Das sollten die Bürger lieber nicht wissen. Sie fragte sich, ob Rick, wenn er die Morde aufklärte, befördert werden würde. Vielleicht wollte er allein im Rampenlicht stehen.

Wie auch immer, er tat seine Arbeit, und zu dieser Arbeit gehörte es, die Bürger von Albemarle County zu schützen, und das schloß sie, Harry, ein.

Eine Gestalt tauchte aus dem strömenden Regen auf; ihr Ölzeug flatterte im Wind. Sie steuerte aufs Postamt zu. Harrys Nackenhaare sträubten sich. Mrs. Murphy spürte das, sprang herunter und machte einen Buckel.

Die Tür flog auf, und ein völlig durchnäßter Bob Berryman stürmte herein. Ein Schwall von Blättern wehte hinter ihm her. Er lehnte sich mit dem Körper gegen die Tür, um sie zu schließen.

«Verdammt!» brüllte er. «Sogar die Natur ist gegen uns.» Er war offenbar völlig durcheinander.

Gelähmt vor Angst wich Harry am Schalter entlang zurück. Bob folgte ihr. Er tropfte beim Gehen. Auch wenn Harry aus Leibeskräften schrie – bei diesem Wetter würde sie niemand hören.

Tucker huschte unter dem Schalter hervor. *«Sie fürchtet sich vor Bob Berryman?»*

«Ja.» Mrs. Murphy ließ die Augen nicht von Berrymans glänzendem Gesicht.

«Was kann ich für dich tun?» quiekste Harry.

Bob deutete mit dem Finger über den Schalter. «Gib mir so 'nen Einschreibezettel. Harry, bist du krank? Du siehst so ... komisch aus.»

«Tucker, kannst du zur Tür raus, wenn ich sie aufmache?» fragte Mrs. Murphy. *«Er hat die Briefe geklaut. Wenn er derjenige ist und auf Harry losgeht, könnten wir ihn angreifen.»*

«Ja.» Tucker flitzte zu der Tür, die Harrys Arbeitsbereich vom Kundenraum trennte.

Mrs. Murphy streckte sich zu voller Länge und fummelte an dem Türknauf herum. Der hier hatte die richtige Höhe für sie. Wenn sie die Tür öffnete, würde sie Harry einen ihrer besten Tricks verraten, aber Mrs. Murphy wußte, daß sie keine andere Wahl hatte. Sie konzentrierte sich bis zum äußersten und hielt den Türknauf zwischen zwei Pfoten. Mit einer raschen Bewegung drückte sie ihn nach links, und die Tür sprang auf.

«Kluge Katze», bemerkte Berryman.

«So macht sie das also», sagte Harry matt.

Tucker kam scheinbar unbefangen herausgezockelt und ließ sich drei Schritte von Berrymans saftigem Fußknöchel entfernt nieder. Mrs. Murphy sprang wieder auf den Schalter, um zu beobachten und abzuwarten.

«Der Zettel, Harry.» Berrymans Stimme erfüllte den Raum.

Harry nahm einen Einschreibezettel und füllte ihn bei flackerndem Kerzenlicht aus, während der Regen an das vordere Fenster schlug. Sie zerriß den ersten Zettel und fing einen neuen an.

«Ich mach das schon», murmelte sie.

Berryman langte hinüber und griff nach ihrer Hand. Sie erstarrte. Tucker bewegte sich vorwärts, und Mrs. Murphy schlich an den Rand des Schalters. Berryman beobachtete die Katze und sah zu dem Hund hinunter. Tucker entblößte die Fänge.

«Ruf deinen Hund zurück.»

«Laß zuerst meine Hand los.» Harry nahm sich zusammen.

Er ließ ihre Hand los. Tucker setzte sich, sah jedoch Berryman unentwegt an.

«Hab keine Angst vor mir. Ich hab Maude nicht umgebracht. Das denkst du doch, nicht?

«Ich –»

«Ich war's nicht. Ich weiß, ich hab keine gute Figur gemacht, aber ich konnte es auf der Beerdigung nicht mehr ertragen. Josiahs kluge Ratschläge», sagte er erbittert, «waren der Tropfen, der das Faß zum Überlaufen brachte. Was weiß denn der von Männern und Frauen?»

Harry meinte verwirrt: «Ich nehme an, er weiß eine ganze Menge.»

«Du machst wohl Witze. Er nutzt Mim Sanburne aus, um in Palm Beach und Saratoga und New York und Gott weiß wo Parties feiern zu können.»

«Das habe ich nicht gemeint. Er ist ein guter Beobachter, und weil er nicht verheiratet ist und keine enge Beziehung hat, hat er mehr Zeit als andere Leute. Ich schätze, er –»

«Du magst ihn. Alle Frauen mögen ihn. Ich kann mir beim besten Willen nicht vorstellen, warum. Maude hat für ihn geschwärmt. Sie sagte, er konnte sie so zum Lachen bringen, daß sie Seitenstiche bekam. Er quasselte über Kleider, Make-up und Dekorationen. Sie haben ständig die Köpfe zusammengesteckt. Ich habe ihr immer gesagt, daß er nichts ist als ein erstklassiger Verkäufer, aber sie sagte, ich soll nicht so kleinkariert sein – sie werde ihn nicht aufgeben. Sie sagte, er gäbe ihr, was ich ihr nicht geben könnte, und ich gäbe ihr, was er ihr nicht geben könnte.» Bob kniff die Lippen zusammen. «Ich hasse die blöde Schwuchtel.»

«Nenn ihn nicht Schwuchtel», tadelte Harry. «Mir ist es egal, mit wem er schläft und mit wem nicht. Du bist wütend auf ihn, weil er eng mit Maude befreundet war. Du warst eifersüchtig auf ihn.»

«So, jetzt ist die Katze aus dem Sack.» Er seufzte. «Es macht mir nichts mehr aus. Willst du wissen, warum ich ihn geschlagen habe? Er kam zu mir und sagte, ich solle mich zusammennehmen. ‹Denk an deine Frau›, sagte er. Ich hatte befürchtet, daß Maude ihm von uns erzählt hätte, und jetzt wußte ich es. Verdammter Kerl! Kommt daher und trieft vor Besorgnis. Er wollte nicht, daß Linda in die Luft ginge und sein inszeniertes Begräbnis ruinierte. Er hat sich nichts aus Maude gemacht.»

«Hat er wohl. Er hat einen großen Teil der Beerdigung bezahlt.»

«Wir haben alle dafür bezahlt. Er wollte gut dastehen, damit er den Laden übernehmen kann. Er hat mit Maude genausoviel über ihr Geschäft geredet wie über Wimperntusche. Er wußte, wie einträglich es ist. Ich – mir ist das Geschäft egal. Okay, jetzt ist es heraus. Ich habe Maude geliebt. Sie ist tot, und ich würde alles darum geben, sie zurückzubekommen.» Er machte eine Pause. «Ich werde Linda verlassen. Sie kann das Haus behalten, den Wagen, alles. Ich behalte meine Firma. Ich werde allein sein, aber mein Leben ist dann wenigstens keine Lüge mehr.» Das Bekenntnis beruhigte ihn. «Ich habe Maude nicht umgebracht. Ich hätte ihr nie ein Haar gekrümmt.»

«Es tut mir so leid, Bob.»

«Mir auch.» Er reichte ihr den fürs Finanzamt bestimmten Umschlag. «Der Regen hat nachgelassen.» Als ihm bewußt wurde, was er gesagt hatte, wurde er verlegen. Er zögerte einen Moment, bevor er ging.

Harry verstand. «Ich halte den Mund.»

«Du kannst es erzählen, wem du willst. Ich entschuldige mich für meinen Ausbruch. Ich bedaure nicht, was ich dir erzählt habe. Ich bedaure, wie ich es dir erzählt habe. Du brauchst es dir eigentlich nicht gefallen zu lassen. Ich bin mit den Nerven so rauf und runter. Ich kenn mich selbst nicht mehr. Rauf und runter.» Anders konnte er seine Stimmungsumschwünge nicht beschreiben.

«Ich glaube, unter den Umständen ist das ganz natürlich.»

«Ich weiß nicht. Manchmal hab ich das Gefühl, ich werde verrückt.»

«Das gibt sich. Sei nicht so hart zu dir selbst.»

Er lächelte ein verkniffenes Lächeln, murmelte etwas und ging.

Erschöpft von der Begegnung, setzte Harry sich mit einem Plumps hin. Tucker lief zu ihr.

«So, so, es waren also Liebesbriefe.» Mrs. Murphy dachte laut.

«Vermutlich, aber wir wissen es nicht», erwiderte Tucker. *«Und selbst wenn – er hätte sie in einem Streit umbringen können. Menschen tun so was. Ich habe im Fernsehen gehört, daß jeden Tag vierhundertfünfunddreißig Amerikaner umgebracht werden. Ich glaube, so hat es der Nachrichtensprecher gesagt. Die töten für alles.»*

«Ich weiß, aber ich glaube nicht, daß er sie getötet hat. Ich glaube, er hat Harry die Wahrheit gesagt.»

«Was miaust du, Miezekatze? Jetzt bin ich dir auf die Schliche gekommen. Du hast immer die Türen aufgemacht, stimmt's? Du kleiner Schlaumeier.» Harry streichelte Tuckers Ohren, während sich Mrs. Murphy an ihren Beinen rieb. Die Lebenskraft strömte langsam in ihre Gliedmaßen zurück, die sich, als Bob ins Postamt gekommen war, vor lauter Angst so schwer angefühlt hatten. Sie hoffte, der Rest des Tages würde besser verlaufen. Doch leider wurde Harrys Tag eher schlimmer.

Mrs. Hogendobber fuhr in ihrem Falcon vor. Sie spannte einen Regenschirm auf. Mrs. H. sah keinen Grund, sich ein praktischeres Auto zuzulegen, und ihrer Meinung nach wurden für einen Autokauf auf Raten ohnehin Wucherzinsen erhoben. Dennoch fuhr sie einmal im Monat zu Art Bushey, dem Fordhändler, um ihm die Möglichkeit zu geben, ihr einen neuen Wagen zu verkaufen. Art wußte genau, daß sie nicht die geringsten Kaufabsichten hegte. Sie schmachtete ihn an, und galant wie er war, führte er sie jedesmal, wenn sie auf seinen Parkplatz einbog, zum Mittagessen aus.

«Harry! Ich habe einen Fehler gemacht, einen winzig kleinen Fehler, aber ich dachte, Sie sollten es wissen. Ich hätte es Ihnen schon früher sagen sollen, aber ich habe nicht daran gedacht. Ich hab's einfach vergessen. Als Sie von der Party, oder wie Sie das bei Josiah nennen wollen, weggegangen sind, bin ich noch dageblieben. Mim und ich sprachen über den Zustand der Moral heutzutage. Dann erwähnte Mim, daß Sie Little Marilyn ermutigt hätten, sich mit Stafford in New York in Verbindung zu setzen. Ich sprach von Vergebung, und sie sagte mir hochmütig, sie brauche keine Predigt, dafür würde sie in die St. Paulskirche gehen, und ich sagte, Vergebung erstrecke sich auch auf die übrigen sechs Wochentage.»

«Es tut mir leid, daß sie so unhöflich zu Ihnen war.» Harry lehnte sich an den Schalter.

«Nein, nein, darum geht es nicht. Sehen Sie, dann sprach Josiah davon, daß die Regierung, die Bundesregierung, denjenigen, die sich um Steuern zu drücken versuchten, nie richtig verziehen habe, und Ned, der kam, als Sie schon gegangen waren – er wirkte sehr abgespannt, muß ich sagen –, also, Ned lachte und sagte, das Finanzamt verzeihe niemandem. Die Macht, Steuern zu erheben, sei die Macht zu zerstören, und ich sagte, es sei vielleicht gut, daß Maude tot ist, weil sie sie früher oder später erwischt hätten.»

«O nein!» rief Harry aus.

«Das Gespräch ging dann zu anderen Themen über, und es ist mir erst jetzt wieder eingefallen.»

«Wieso jetzt?»

«Das weiß ich nicht genau. Der Regen hat mich an das viele Wasser in Mims Boot erinnert. Was, wenn – wenn der Mörder es gar nicht auf Mim abgesehen hatte? Mim kann schließlich schwimmen.»

«Ich verstehe.» Harry rieb sich die Schläfen. Das war schlimmer als Kopfschmerzen. Die Geschichte, wie Mim mit ihrem Ponton baden gegangen war, war in der ganzen Stadt bekannt, weil die Arbeiter, von denen Jim das Boot auf seinen Laster laden ließ, den Schaden gesehen hatten. Mittlerweile zog jedermann aus allem voreilige Schlüsse, und überall in der Stadt wurde getratscht, daß Mim das ausersehene Opfer gewesen war.

Mrs. Hogendobber atmete tief durch. «Was mach ich jetzt?»

«Wenn irgendwer auf Ihren Schnitzer zu sprechen kommt – Sie wissen schon, wenn jemand eine Suggestivfrage über Maude oder das Finanzamt stellt –, rufen Sie mich sofort an. Oder besser, rufen Sie Rick Shaw an.»

«Ach du liebe Güte.»

«Mrs. H., Sie müssen mir vertrauen. Der Mörder gibt ein Signal, bevor er zuschlägt – ich kann Ihnen nicht sagen, was für eines. Er gibt ein Warnzeichen, und deswegen frage ich mich, ob der aufgeschlitzte Ponton wirklich Ihnen galt.»

«Glauben Sie, er will mich umbringen? Wollen Sie das damit sagen?» Ihre Stimme war ganz ruhig.

«Das will ich nicht hoffen.»

«Wenn ich es Rick Shaw erzähle, wird er wissen, was wir getan haben.»

«Ich finde, wir sollten es ihm lieber sagen. Was wird er tun? Uns verhaften? Hören Sie, Sie müssen sich genau erinnern, wer dort war, nachdem ich gegangen bin.»

«Ich, Mim, Little Marilyn, Jim, der alte Dr. Johnson und Ned. Dabei fällt mir ein, was ist mit Ned und Susan los? Oh, Susan war natürlich auch da.»

«Besinnen Sie sich nur auf die Namen, dann erzähle ich Ihnen von Ned.»

Das gab ihr Auftrieb. «Hmm, Fair und Josiah – na ja, das ist ja klar.»

«Gar nichts ist klar. Sind Sie sicher, daß sonst niemand da war? Wie steht's mit Market? Oder mit den Kindern?»

«Nein. Market war nicht da und Courtney auch nicht.»

«Das sieht nicht gut aus.»

Mrs. Hogendobber stützte sich mit dem Rücken gegen die Wand. Sie wischte sich die Stirn. «Ich bin es nicht gewöhnt, den Menschen nicht zu trauen. Ich fühle mich schrecklich.»

Harrys Stimme wurde sanft. «Niemand von uns ist daran gewöhnt. Man kann nicht von uns erwarten, daß wir unser Verhalten über Nacht ändern – und vielleicht ist es auch besser, wenn wir das nicht tun. Aber solange wir den Mörder nicht gefaßt haben, müssen wir auf der Hut sein. Wollen Sie nicht lieber Larrys Frau heute nacht bei sich schlafen lassen, oder, besser noch, zu ihnen gehen?»

«Meinen Sie, daß das nötig ist?»

«Eigentlich nicht», log Harry. «Aber warum ein Risiko eingehen?»

«Sie glauben, daß Maude und Kelly Rauschgift verschoben haben, nicht? Sie müssen zusammen Geschäfte gemacht haben. Aber wer ist der Drahtzieher?»

«Irgendein netter Mensch in Crozet, mit dem wir Tennis spielen oder zur Kirche gehen. Eine Person, die wir seit Jahren kennen.»

«Warum?» Mrs. Hogendobber mochte wohl Predigten über das Böse halten, aber wenn sie wirklich mit ihm konfrontiert wurde, wußte sie nicht mehr ein noch aus. Sie stellte sich den Teufel mit grünen Hörnern oder als Menschen mit zähnefletschender Fratze vor. Es war ihr nicht ein einziges Mal in ihrem langen und relativ glücklichen Leben in den Sinn gekommen, daß das Böse normal sein könnte.

Als Antwort auf Mrs. Hogendobbers Frage zuckte Harry die Achseln. «Liebe oder Geld.»

Als Mrs. Hogendobber weggefahren war, kehrte Harry mit neuer Kraft an die Arbeit zurück. Wenn sie sich, was Mrs. Hogendobber betraf, auch ratlos fühlte, so konnte sie sich wenigstens nützlich machen, indem sie das Postamt putzte. Wenigstens eine Sache in ihrem Leben konnte sie in den Griff kriegen.

Dann trat Fair ins Postamt.

«Ich habe mich bemüht, ein guter Ehemann zu sein – das weißt du, oder?» Fair räusperte sich.

«Ja.» Harry hielt den Atem an.

«Wir haben nie darüber gesprochen, was wir wirklich voneinander erwarteten. Vielleicht hätten wir darüber reden sollen.»

«Was ist los? Komm, sag schon, laß es raus, um Himmels willen.» Harry war drauf und dran, die Hand nach ihm auszustrecken. Sie nahm sich zusammen.

Fair stammelte: «Nichts ist los. Wir haben Fehler gemacht. Das wollte ich bloß sagen.»

Er ging. Er hatte ihr von Boom Boom erzählen wollen. Die Wahrheit. Er hatte es versucht. Er konnte es nicht.

Harry fragte sich, ob er in die Morde verwickelt war. Er benahm sich so merkwürdig. Es konnte nicht sein.

Ausgeschlossen.

28

Mrs. Hogendobbers Befürchtungen waren berechtigt. Rick Shaw schäumte, als sie und Harry gestanden, den zweiten Ordner kopiert zu haben.

Als Harry nach Hause kam, befand sie, daß, wenn dies vielleicht auch nicht der schlimmste Tag ihres Lebens gewesen war, er doch immerhin so schlimm gewesen war, daß sie ihn kein zweites Mal hätte erleben wollen.

Sie rief Susan an und erzählte ihr von Fairs sonderbarem Benehmen. Susan erklärte, Fair befinde sich im Trauerstadium der Scheidung. Harry bat sie, morgen vormittag auf eine lange Kaffeepause ins Postamt zu kommen. Als sie aufgelegt hatte, beschloß sie, Susan dann auch von der Postkarte mit der Rüstung zu erzählen, die sie erhalten hatte. Sie mußte wissen, was Susan dazu zu sagen hatte. Außerdem – wenn sie ihrer besten Freundin nicht trauen konnte, war das Leben nicht mehr lebenswert.

29

Tucker nagte hinter der Fleischtheke an einem großen Knochen. Market Shiflett hatte ihr in Spendierlaune einen frischen geschenkt. Mrs. Murphy und Pewter bekamen kleinere Rindsknochen. Sie kauten munter vor sich hin, während sie sich gegenseitig über die neuesten Ereignisse unterrichteten. Ozzie, Bob Berrymans australischer Schäferhund, sei vollkommen am Boden zerstört. Pewter behauptete, er wedle kaum mit dem Schwanz und belle fast nie. Mim Sanburnes hochnäsiger Afghane sei gestern seiner Hoden verlustig gegangen. Die Tierneuigkeiten, normalerweise im Sommer reichlich vorhanden, blieben dieses Jahr hinter den Menschenneuigkeiten zurück.

Tucker schilderte Rick Shaws temperamentvollen Ausbruch. Die arme Mrs. Hogendobber hatte gedacht, sie käme ins Gefängnis.

Courtney achtete kaum auf die drei Tiere, die Knochen mahlten und sich unterhielten. Ihre großen Ohrringe klimperten.

«Seit wann kleidet sich denn Courtney wie eine Zigeunerin?» wollte die in puncto Kleidung konservative Mrs. Murphy wissen.

«Sie will Danny Tucker auf sich aufmerksam machen. Er mäht heute Maude Bly Modenas Rasen. Er wird sie hören, bevor er sie sieht.» Pewter hatte so viel gefressen, daß sie sich auf die Seite legte und den Kopf auf die ausgestreckte Vorderpfote stützte.

«Schätze, du hast gehört, was er getan hat?»

«Mrs. Murphy hat es mir gestern erzählt, als du auf dem Topf warst, wie Harry das nennt.» Pewter lachte. *«Ich hab eigentlich nichts gegen Harrys Ausdrücke, aber wenn sie dich auf den Topf schickt, hebt sie die Stimme um eine halbe Oktave. Stell dir vor, Courtney steckt sich nicht nur große Reifen in die Ohren; gestern abend, als Market weg war, hat sie sich*

doch wahrhaftig einen Martini gemacht. Sie möchte erfahren wirken, und sie denkt, daß das mit einem Martini zu schaffen ist. Ha! Schmeckt wie Feuerzeugbenzin.»

«Sie ist jung.» Mrs. Murphy riß eine zarte Faser roten Fleisches vom Knochen.

«Wem sagst du das. Die Menschen brauchen vierzig Jahre, um erwachsen zu werden, und die Hälfte von ihnen wird es nicht mal dann. Wir sind mit sechs Monaten bereit für die Welt.»

«Aber richtig erwachsen sind wir dann noch nicht, Pewter.» Mrs. Murphy leckte sich das Maul. *«Ich würde sagen, das dauert etwa ein Jahr. Ich frage mich, wieso die Menschen so lange brauchen.»*

«Zurückgeblieben», lautete Pewters prompte Antwort. *«Ich meine, seht euch doch Courtney Shiflett an. Wenn sie mein Kind wäre – die Ringe wären so schnell aus ihren Ohren verschwunden, daß sie nicht wüßte, wie ihr geschieht.»*

«Aber sie arbeitet wenigstens. Denkt mal an all die Menschen, die ihren Lebensunterhalt nicht verdienen, bevor sie Mitte Zwanzig sind. Sie arbeitet nach der Schule, und sie arbeitet im Sommer. Sie ist ein braves Kind.» Mrs. Murphy hielt die meisten Menschen für faul, besonders die jungen.

«Wenn du sie so gern hast, dann versuch mal, mit ihr zu leben. Wenn ich dieses George Michael-Band noch ein einziges Mal höre, werde ich es mit diesen meinen Krallen zerreißen.» Pewter ließ ihre imponierenden Krallen aufblitzen. *«Außerdem wird das Mädchen noch taub – und ich obendrein –, wenn sie diese Dröhnkiste nicht leiser dreht. Manchmal denke ich, ich sollte einfach verschwinden und nie zurückkommen – und mich von Feldmäusen ernähren.»*

«Du bist zu dick zum Mäusefangen.» Mrs. Murphy konnte es nicht lassen.

«Dann erkläre ich hiermit feierlich, daß ich vorige Woche eine gefangen habe. Ich habe sie Market geschenkt, und er hat den Kopf geschüttelt und etwas gemurmelt. Er hätte sich ruhig bedanken können.»

«Sie mögen keine Mäuse.» Tucker schlabberte an ihrem Knochen.

«Versuch mal, ihnen einen Vogel zu schenken.» Mrs. Murphy verdrehte die Augen. *«Das ist das ärgste. Harry heult und begräbt den Vogel. Sie mag die Maulwürfe und Mäuse, die ich ihr bringe. Ich breche ihnen sauber das Genick. Kein Blut, kein Gerupfe. Saubere Arbeit, das darf ich wohl sagen.»*

Pewter rülpste. *«Verzeihung. Saubere Arbeit... Mrs. Murphy, die Menschenmorde waren eine Metzelei»*, dachte sie laut.

«Wieso?» Tucker setzte sich auf, legte aber für alle Fälle die Pfote auf ihren Knochen. Pewter war dafür bekannt, daß sie Futter stahl. *«Es lohnt nicht, einen Menschen mit solchem Aufwand zu töten. Einen in einen Betonmischer werfen und einen anderen auf die Bahngleise fesseln. Ursprünglich war es saubere Arbeit. Aber als sie tot waren, hat der Mörder Hackfleisch aus ihnen gemacht.»*

Pewter sah auf. *«Der Mörder ist offenbar kein Vegetarier.»* Dann warf sie den Kopf zurück und lachte.

Mrs. Murphy stupste Pewter mit der Pfote. *«Sehr komisch.»*

«Fand ich auch.»

Tucker sagte: *«Die Polizei gibt nicht bekannt, wie Kelly und Maude gestorben sind – falls man es weiß. Die Metzelei mußte sein, um irgendwas zu verbergen oder uns von dem abzulenken, was die Leute gemacht haben, bevor sie starben.»*

«Sehr richtig, Tucker.» Mrs. Murphy kam ordentlich in Fahrt. *«Was haben sie mitten in der Nacht gemacht? Kelly war in der Betonfabrik. Hat er gearbeitet? Vielleicht. Und Maude ist freiwillig zu den Bahngleisen westlich der Stadt gegangen. Menschen schlafen nachts. Wenn sie wach werden, muß es sich um was Wichtiges gehandelt haben, oder –»* sie machte eine Pause – *«es muß sich um etwas gehandelt haben, was sie zu tun gewohnt waren.»*

30

Mrs. Murphy und Tucker sind an der Hintertür.» Susan unterbrach Harry, die die Post sortierte und gleichzeitig alles berichtete.

«Laß sie rein, ja?»

Susan öffnete die Hintertür, und die beiden Freundinnen sausten miauend und bellend hinein. «Sie freuen sich, dich zu sehen.»

«Und wie gut sie gelaunt sind. Market hat heute Knochen spendiert.»

«Wir haben vermutlich ein Teil von dem Puzzle zusammengesetzt», verkündete Mrs. Murphy.

«Sie haben unter einer Decke gesteckt, Kelly und Maude, mit irgendwas –», rief Tucker.

«Nachts, wenn's keiner sehen konnte», unterbrach Mrs. Murphy.

«Ist ja gut, Mädels, beruhigt euch.» Harry lächelte.

Mrs. Murphy sprang entmutigt in den Postbehälter. *«Ich geb's auf! Sie ist so begriffsstutzig.»*

Tucker erwiderte: *«Versuch mal, es ihr auf andere Weise beizubringen.»*

Mrs. Murphy steckte den Kopf aus dem Behälter. *«Gehen wir nach draußen.»* Sie sprang heraus.

Tucker und die Katze flitzten zur Hintertür. Tucker bellte und winselte ein bißchen.

«Sag bloß nicht, daß du mal mußt. Du bist gerade erst reingekommen», schalt Harry.

Tucker bellte noch ein wenig. *«Was machen wir, wenn wir draußen sind?»*

«Weiß ich noch nicht.»

Harry öffnete ungehalten die Tür, und Tucker rannte sie beinahe über den Haufen.

«Corgis sind viel schneller als man denkt», bemerkte Susan.

Susan und Harry waren das gestrige Gespräch mit Fair noch einmal durchgegangen, und nun waren sie beide deprimiert. Harry kippte den letzten Postsack aus, der dreiviertelvoll war. Susan stürzte sich auf die Postkarten. Sie hielt den Atem an. Eine Reihe italienischer Postkarten erschreckte sie, aber auf der Vorderseite waren keine Friedhöfe abgebildet, und beim Umdrehen wurde jeweils eine Ziffer in der rechten Ecke sowie die Unterschrift ihrer reisenden Freundin Lindsay Astrove sichtbar. Susan und Harry atmeten gleichzeitig aus.

«Ich lese dir Lindsays Karten vor, während du die Post in die Fächer verteilst.» Susan setzte sich auf einen Hocker, schlug die Beine übereinander, ordnete die Postkarten und begann:

«Ein Auslandsaufenthalt ist so toll nun auch wieder nicht. Ich bin mit dem Zug über die Alpen gefahren, und als er in Venedig ankam, blieb mir fast das Herz stehen. Es war wunderschön. Von da an ging's nur noch bergab.»

«Die Venezianer sind so ungehobelt, wie man es sich kaum vorstellen kann. Ihr Leben besteht darin, die Touristen nach Strich und Faden auszunehmen. Sie lächeln nie, auch nicht untereinander. Ich war jedoch entschlossen, diese irdische Plage gewissermaßen zu überwinden und die Schönheit der Stadt in mich aufzunehmen. Voller Blasen und erschöpft bin ich von einem Ort zum anderen gelatscht und habe Gott den Herrn auf einem Gemälde nach dem anderen gesehen. Ich sah Jesus am Kreuz, vom Kreuz abgenommen, im Mantel, im Lendentuch, mit Nägeln, ohne Nägel, blutend, nicht blutend, Haare hoch, Haare runter. Was man sich nur vorstellen kann, ich hab's gesehen. Neben den Gemälden gab's noch diverse andere künstlerische Darstellungen des Herrn mitsamt seinen engsten Freunden und Verwandten.»

«Natürlich gab es viele, viele, viele Abbildungen der jungfräulichen Mutter Maria (ein kleiner Widerspruch in sich). Jedoch ist es mir in ganz Venedig nicht gelungen, einen einzigen Schnappschuß von Josef und dem Esel aufzutreiben. Ich konnte daraus nur schließen, daß sie sich seiner Dummheit schämen, Marias Geschichte über sich und Gott und dieser Empfängnismasche geglaubt zu haben, und daß sie ihn bloß Weihnachten hervorholen.»

«Ich bin zu dem einzig logischen Schluß gekommen, daß diese Kunstwerke, da sie alle gleich aussehen, möglicherweise von ein und demselben Mann stammen. Ich finde es plausibel, daß einer sie alle geschaffen und viele Namen benutzt hat. Oder vielleicht haben alle kleinen italienischen Jungen, die zwischen 1300 und 1799 geboren wurden und deren Nachname auf ‹i› oder ‹o› endete, ein Malbuch gekriegt, wo man Ziffern auf gestrichelten Linien verbinden muß. Bestimmt gibt es für dies alles eine logische Erklärung.»

«Noch ein Gedanke zum Abschluß, dann mache ich mich auf nach Rom. Ich bin froh, daß Jesus in Italien offenbar soviel besser angekommen ist als in Spanien. Die ganze Kunst wäre sonst in Neonfarben auf Samt statt in Öl auf Leinwand gemalt worden.»

«Auf nach Rom – die Eklige Stadt. Rom vereinigt die schlimmsten Eigenschaften von New York und Los Angeles. Das einzige, was die Römer gut können, ist hupen. Die lauteste Stadt der Welt. Die Römer machen den Venezianern im Ungehobeltsein Konkurrenz. Das Essen ist in beiden Städten nicht annähernd so gut wie beim schlechtesten Italiener von San Francisco.»

«Wie Du Dir vermutlich denken kannst, mußte ich ins Vatikanische Museum hinein. Ich mußte auch aus dem Vatikanischen Museum hinaus, weil ich lauthals verkündete, daß es einfach abstoßend sei zu sehen, welche Reichtümer die Kirche hortet. Allein von den Zinsen könnte man in weniger als einem Jahr Krebs, AIDS, Hunger und Obdachlosigkeit in den Griff kriegen. Plötzlich konnten all die

Leute, die angeblich nicht Englisch sprachen, diese Sprache fließend. Ich wurde hinauskomplimentiert. Ich hab nicht mal den Papst in seinen Satingewändern zu sehen bekommen.»

«Der Rest von Rom war auch nicht umwerfend. Das Kolosseum war ein Trümmerfeld, die Spanische Treppe voll von Drogensüchtigen und Betrunkenen, und am Trevi-Brunnen ging's zu wie in einer Aufreißerbar. Die Designer-Läden waren eine Wucht. Ein Designer-Outfit sitzt nicht, paßt nicht und kostet nicht weniger als eine feste Bleibe. Habe in dieser Stadt nichts gekauft. Ich habe Rom verlassen und mich gefragt, warum sich die Westgoten die Mühe gemacht haben, es zu erobern. Aber Monaco war sagenhaft. Die Leute, das Essen, das Flair, das Fehlen von Renaissancekultur!»

«Ich sehe Euch alle im September wieder, wenn ich soviel von der Alten Welt aufgenommen habe, wie ich irgend verdauen kann. Ich denke allmählich, Mim, Little Marilyn, Josiah und Co. müssen goldige Tölpel sein, daß sie wegen Europa, Möbeln und einem Gesichtslifting in der Schweiz derart aus dem Häuschen geraten. Wie Du weißt, verkörpert Mim für mich die Bedingungen menschlichen Daseins schlechthin. Und zeig diese Karten nicht Mrs. Hogendobber! Zeig sie Susan. In Liebe Lindsay»

Susan und Harry lachten, bis ihnen die Tränen über die Wangen kullerten. Als sie sich endlich wieder gefangen hatten, wurde ihnen bewußt, daß sie seit Kellys Ermordung nicht mehr richtig gelacht hatten. Die Anspannung hatte wirklich ihren Tribut gefordert.

«Wie viele Postkarten hat sie dafür gebraucht?»

Susan fächerte sie auf wie Spielkarten.

«Einundzwanzig.»

«An wen sind sie adressiert?»

«An dich. Du bist die einzige, der sie so was schreiben kann.»

Harry lächelte und nahm die Postkarten an sich. «Ich

freue mich schon darauf, daß Lindsay nach Hause kommt. Vielleicht ist bis September alles vorbei.»

«Hoffentlich.»

«Zerleg ihn in kleine Stücke. So.» Mrs. Murphy sezierte den Spatzenleichnam, und ringsum flogen die Federn. Ein angewiderter Ausdruck huschte über Tuckers hübsches Gesicht. *«Ach komm, Welsh Corgis sind doch hart im Nehmen. Reiß den Maulwurf, den ich gefangen habe, in drei Teile.»*

«Sie wird sich ekeln.»

«Dann ekelt sie sich eben. Aber vielleicht dringt in ihr Unterbewußtsein, was wir ihr sagen wollen.»

«Sie ist schlau für einen Menschen. Sie weiß, daß es zwischen Kelly und Maude eine Verbindung gibt.»

«Tucker, sei nicht so zimperlich. Ich will, daß sie weiß, daß wir's *wissen. Vielleicht hört sie zur Abwechslung endlich mal auf uns.»*

Mit deutlichem Mangel an Begeisterung riß Tucker den noch warmen Maulwurf in drei Teile. Und als wäre das noch nicht schlimm genug, hieß Mrs. Murphy sie die Stücke zur Hintertür des Postamts tragen.

Harry öffnete die Tür. Keines der Tiere rührte sich. Sie saßen vielmehr neben ihrer Beute, die Mrs. Murphy sorgsam arrangiert hatte.

«So was Ekelhaftes!» rief Harry aus.

«Ich hab dir gleich gesagt, sie wird sich ekeln», fuhr Tucker die Tigerkatze an.

«Darauf kommt es nicht an.»

«Was?» rief Susan.

«Die Katze und der Hund haben die Überreste von einem Maulwurf und von etwas angeschleppt, was vor kurzem noch ein Vogel gewesen sein muß.» Harry sah genauer hin. «Uff. Der Maulwurf ist in drei Teile zerlegt.»

Susan steckte den Kopf aus der Hintertür. «Wie Maude.»

«Entsetzlich. Wie kannst du so etwas sagen?»

«Na ja, es ist nicht schwer, auf solche Gedanken zu kommen.» Susan streichelte Tuckers Kopf. «Sie tun ja nur, was für sie natürlich ist, und sie haben dir diese traurigen Leichen zum Geschenk gemacht. Du solltest ihnen gebührend danken.»

«Ich werde ihnen gebührend danken, sobald ich das hier weggeputzt habe.»

Ob die Leichen von Vogel und Maulwurf Harry inspirierten oder nicht, konnten die Tiere nicht sagen – jedenfalls fuhr sie mit ihrem blauen Wagen zu Kellys Betonfabrik und ließ sie draußen, während sie auf einen Plausch hineinging.

Nachdem sie in Kellys Büro, das nun seine Frau übernommen hatte, eine Weile vorsichtig um das Thema herumgeredet hatte, hielt Harry den Moment für gekommen. Sie beugte sich ruhig zu Boom Boom vor und fragte: «Hatte Kelly je geschäftlich mit Maude zu tun?»

Eine Welle der Erleichterung glitt über das Gesicht der betörenden Frau. «Oh – sicher. Sie hat die Weihnachtspost an seine Geschäftspartner verschickt, meinst du das?»

«Nein.» Harry bemerkte die Fotos von Kelly mit den Bezirksbeamten, dem Rektor der Universität von Virginia, den Regierungsvertretern. «Wie sah es aus mit Geschäften in größerem Stil?»

«Darüber gibt es keine Unterlagen.» Zur Sicherheit fragte Boom Boom bei Marie auf der Gegensprechanlage nach, und Marie bestätigte, was sie gesagt hatte.

«Und was ist mit einer intimeren Beziehung?» flüsterte Harry und wartete auf die Reaktion.

Außerehelicher Sex, für viele schockierend, verletzte Boom Booms Psyche kaum. Sie erwartete dergleichen, sogar von ihrem Mann. «Nein. Maude war nicht Kellys Typ. Allerdings scheint sie Bob Berrymans Typ gewesen zu sein.»

«Weiß das die ganze Stadt?» fragte Harry und wußte, daß es so war.

«Linda ergeht sich in Ohnmachtsanfällen. Als nächstes kommen die Gesundbeter, nehme ich an. Schwer zu glauben, daß Linda oder Maude ihn liebten, aber man kann ja nie wissen.» Ihre Wimpern, so lang, daß sie überall früher eintrafen als sie selbst, flatterten einen Moment.

«Nein.»

Boom Boom errötete. «Kelly war kein Heiliger, und unsere Ehe war alles andere als vollkommen. Wenn er fremdging, hätte er es nie in der Nähe von zu Hause getan. Was denkst du? Du glaubst offenbar, daß zwischen meinem Mann und Maude was war.»

«Ich weiß nicht. Ich hab so ein Gefühl, daß sie zusammen Geschäfte machten. Illegale.»

Boom Boom wurde etwas steifer. «Er hat auf legale Weise massenhaft Geld verdient.»

«Kelly hat den Staat gern beschissen. Ein großer unversteuerter Gewinn wäre für sein rebellisches Ich sehr verlockend gewesen – wenn sie zum Beispiel Rauschgift verschoben hätten, meine ich.»

Boom Boom, die realistisch über Kelly dachte, zögerte. Dieser Gedanke war ihr seit seiner Ermordung auch schon ein paarmal gekommen. «Ich weiß nicht, aber ich hoffe sehr, daß du diese Gedanken für dich behältst. Er ist tot. Zieh jetzt nicht seinen Namen in den Dreck.»

«Tu ich nicht, aber ich muß der Sache auf den Grund gehen. Denkst du, daß Kellys und Maudes Tod zusammenhängen?»

«Also, zuerst habe ich gar nicht gedacht, punctum. Ich war nach dem Schock total ausgeleert, und in die Leere strömte nur Wut. Ich möchte diesen Schweinehund umbringen. Mit bloßen Händen.» Sie legte ihre Hände zusammen, als würge sie jemanden. «Im Lauf der Tage – es kommt mir komischerweise wie Jahre vor – bin ich es dann immer wieder durchgegangen. Ich weiß nicht warum, aber ich glaube, daß sein Tod mit ihrem zusammenhängt.»

«Sie haben was verschoben – darauf läuft es immer wieder hinaus, egal, wie man es angeht.»

«Im Gegensatz zu dem, was die Typen von der Regierung der Öffentlichkeit erzählen, sind Drogen leicht zu verschieben. Es ist möglich. Sie sind weiß Gott auch leicht zu verstecken. Sie brauchen nicht viel Platz. Du kannst für zwei Millionen Dollar Kokain in diese Schreibtischschubladen stopfen.»

«Was immer sie getan haben, sie sind mit einem oder mehreren Partnern aneinandergeraten.» Erst nachdem ihr diese Worte über die Lippen gekommen waren, wurde Harry klar, daß Boom Boom einer dieser Partner sein könnte. Sie war immer auf Profit aus gewesen. Andererseits konnte Harry sich beim besten Willen nicht vorstellen, daß Boom Boom mit Kellys Mörder Geschäfte machte.

«Wenn du es herausfindest, Mary Minor Haristeen, dann sag es mir zwanzig Minuten bevor du es Rick Shaw sagst. Ich zahle dir zehntausend Dollar für die Information.»

Harry schluckte. Zehntausend Dollar. Gott, die hatte sie dringend nötig.

Schweigen umfing sie; eine Art atmosphärischer Widerstreit hing in der Luft. Boom Boom brach das Schweigen: «Überleg's dir.»

Harry schluckte noch einmal. «Mach ich.» Sie zögerte. «Wieso hab ich das Gefühl, daß du mir was verheimlichst?»

Boom Booms Gesicht wurde plötzlich starr. «Ich erzähle dir alles, was ich über Kelly weiß. Wenn er ein Geheimnis hatte, dann hat er es mir verschwiegen.»

«Was ist mit Fair?» Harrys Lippen waren weiß.

«Ich weiß nicht, was du meinst.» Boom Booms Augen huschten durch den Raum. «Bist du gekommen, weil du was über Kelly wissen wolltest oder weil du was über Fair wissen willst? Du hast ihn rausgeworfen, Harry. Was kümmert's dich, was er macht?»

«Es wird mich immer kümmern, was er macht. Ich kann

bloß nicht mit ihm leben.» Harry wurde rot. «Er war einfach nicht... da.»

«Wie meinst du das?»

«Er war gefühlsmäßig nicht da.» Sie seufzte. «Daß eine Ehe kaputtgeht, ist eine Sache, aber es ist genauso schlimm, daß dabei Freundschaften kaputtgehen. Alle Leute ergreifen Partei.»

«Was hattest du erwartet?» Kein Mitgefühl von Boom Booms Seite.

Das brachte das Faß zum Überlaufen. «Von dir jedenfalls mehr!» Harry biß die Zähne zusammen. «Zwischen ihm und Kelly war es nicht mehr wie früher, seit Fair sich an dich rangemacht hat, aber wir sind befreundet geblieben.»

«Das war voriges Jahr. Alle waren betrunken! Sieh mal, Harry, die Menschen wollen sich nicht in Selbstbetrachtungen ergehen. Laß mich dir einen Rat geben, was Crozet betrifft.»

Harry unterbrach sie. «Ich habe mein ganzes Leben hier gelebt. Was weißt du, das ich nicht weiß?»

«Daß eine Scheidung die Leute erschreckt. Von außen betrachtet schien eure Ehe in Ordnung. Die Leute wollen nicht glauben, daß der Schein trügen könnte. Jetzt hast du Verwirrung gestiftet. Du siehst vielleicht in dich hinein, aber das nützt dir in der öffentlichen Meinung gar nichts. Wir befinden uns in Albemarle County. Keine Veränderungen bitte. Laß alles, wie es ist. Bleib, wie du bist. Sich ändern wird als Schuldgeständnis betrachtet. Himmel, die Leute leben lieber in ihrem häuslichen Elend, als daß sie eine Chance ergreifen, etwas daran zu ändern.»

Noch nie hatte Harry von Boom Boom derart unverblümte Wahrheiten zu hören bekommen. Sie machte den Mund auf, aber sie brachte keinen Ton heraus. Schließlich fand sie die Sprache wieder. «Wie ich sehe, hast du viel nachgedacht.»

«Allerdings.»

Das Gespräch hatte die Spannung vergrößert, anstatt sie aufzulösen.

Als Harry nach Hause fuhr, kam es ihr vor, als seien die Nachmittagsschatten länger geworden. Das Gefühl einer Bedrohung begann sie zu quälen.

Sie blieb bei ihrem eingespielten täglichen Einerlei, wie es alle taten. Anfangs hatten dieses Einerlei wie auch der Gedanke an die Scheidung ihr Entsetzen über die Morde gedämpft, aber jetzt fühlte sie sich aus dem Gleichgewicht geworfen, das Einerlei erschien ihr wie eine Farce. Die makabren Morde wurden ihr allmählich in ihrer ganzen Realität bewußt.

Sie trat aufs Gaspedal, aber sie konnte den Schatten, die die sinkende Sonne warf, nicht davonfahren.

31

Schade, daß Du nicht hier bist.» Harrys Hände zitterten, als sie die an Mrs. George Hogendobber adressierte Postkarte las. Die Vorderseite der Karte war eine schöne Hochglanzfotografie von Puschkins Grab. Wieder nahm ein sorgfältig gefälschter Poststempel die obere rechte Ecke der Rückseite ein.

Harry rief Rick Shaw an, aber er war nicht im Büro. «Dann holen Sie ihn!» schrie sie die Telefonistin an. Anschließend drückte sie auf den Knopf und wählte Mrs. Hogendobbers Nummer.

«Hallo.»

Harry hätte nie gedacht, daß sie einmal so froh sein würde, diese energische Stimme zu hören. «Mrs. Hogendobber, geht es Ihnen gut?»

«Sie rufen mich am frühen Morgen an, um zu hören, ob es mir gutgeht? Ich bin in einer Viertelstunde sowieso bei Ihnen.»

«Ich hole Sie ab.» Harry rang nach Luft und atmete tief durch.

«Wie bitte? Mary Minor Haristeen, ich bin schon zum Postamt gegangen, als Sie noch nicht auf der Welt waren.»

«Bitte tun Sie, was ich sage, Mrs. H. Gehen Sie auf die vordere Veranda, so daß alle Sie sehen können. Ich bin in einer Minute da. Tun Sie's, bitte.» Sie legte den Hörer auf und stürmte aus der Tür, dicht gefolgt von Tucker und Mrs. Murphy.

Mrs. Hogendobber schwang auf ihrer Hollywood-Schaukel, eine perplexe Mrs. Hogendobber, eine verärgerte Mrs. Hogendobber, aber eine lebendige Mrs. Hogendobber.

Harry brach bei ihrem Anblick in Tränen aus. «Gott sei Dank!»

«Um Himmels willen, was ist mit Ihnen, Mädchen? Sie brauchen ein Alka-Seltzer.»

«Sie müssen hier weg. Raus aus Crozet. Wie wär's mit Ihrer Schwester in Greenville, North Carolina?»

«Da ist es genauso heiß wie hier.»

«Wie wär's mit Ihrem Neffen in Atlanta?»

«Atlanta ist noch schlimmer als Greenville. Ich gehe nirgendshin. Leiden Sie unter einem Hitzschlag? Vielleicht sind Sie überarbeitet. Wollen wir nicht hineingehen und zusammen beten? Dann werden Sie bald die Hand des Herrn auf Ihrer Schulter spüren.»

«Das hoffe ich inständig, aber Sie kommen mit mir ins Postamt und gehen nicht wieder weg, bis Rick Shaw eintrifft.»

Tucker leckte Mrs. Hogendobbers Fesseln. Mrs. Hogendobber verscheuchte sie, aber Tucker kam wieder. Schließlich ließ Mrs. Hogendobber sie lecken. Sie war an diesem stickigheißen Morgen ohnehin verschwitzt. Was machten da schon nasse Fesseln?

«Würden Sie mir sagen, was hier vorgeht?»

«Ja. Jedes Mordopfer hat eine Postkarte ohne Unterschrift erhalten. In einer Computerschrift. Sieht aus wie eine richtige Handschrift, ist aber keine. Vorn auf jeder Postkarte war eine Fotografie von einem berühmten Friedhof. Der Text lautete: ‹Schade, daß du nicht hier bist.› Sie haben heute morgen eine bekommen.»

Mrs. Hogendobbers Hand flatterte an ihren gewaltigen Busen. «Ich?»

Harry nickte. «Sie.»

«Was habe ich getan? Ich habe noch nie einen Joint zu Gesicht beommen, geschweige denn Stoff verkauft.»

«Oh, Mrs. H., ich weiß nicht, ob es irgendwas mit Rauschgift zu tun hat, aber der Mörder hat erfahren, daß Sie den zweiten Satz Bücher gesehen haben. Auf dem Treffen bei Josiah.»

Mrs. Hogendobbers Augen wurden schmal. Es mochte ihr an Sinn für Humor mangeln, aber es mangelte ihr nicht an einer raschen Auffassungsgabe. «Ach, dann hat Maude nicht nur das Finanzamt betrogen. Der Ordner ist auch ein Konto ihres Umsatzes mit ihrem Partner, wer immer das war.» Sie hielt sich auf beiden Seiten an der Hollywood-Schaukel fest. «Jemand auf Josiahs Party. Das ist absurd!»

«Ja – aber es ist wahr. Sie sind in Gefahr.»

Überaus gefaßt stand Mrs. Hogendobber auf und begleitete Harry ins Postamt. Sie erholte sich genügend, um sagen zu können: «Ich habe immer gewußt, daß Sie die Postkarten lesen, Harry.»

Als Rick Shaw mit Officer Cooper kam, scheuchte er alle ins Hinterzimmer.

«Harry, benehmen Sie sich normal. Wenn Sie Leute kommen hören, gehen Sie nach vorn und sprechen mit ihnen.» Er betrachtete die Postkarte.

«Wie sieht's mit Fingerabdrücken aus?» fragte Officer Cooper.

«Ich schicke die Karten ins Labor. Aber der Mörder ist gewieft. Keine Fingerabdrücke. Keine auf den Postkarten, keine auf den Leichen, nichts. Dieses Manns- oder Weibsbild muß unsichtbar sein. Wir lassen von den Computerfirmen in der Stadt überprüfen, ob sich an der Schrift etwas erkennen läßt. Leider sind Computer nicht wie Schreibmaschinen, die sich aufspüren lassen. Ein maschinengeschriebener Brief ist fast wie ein Fingerabdruck. Elektronisch Gedrucktes ist, hm, homogenisiert. Wir geben uns Mühe, aber in diesem Punkt haben wir nicht viel Hoffnung.»

Officer Cooper beobachtete Mrs. Murphy, die versuchte, sich in eine Kleenexschachtel auf dem Bord zu zwängen.

«Er oder sie hält uns zum Narren. Der Mörder schickt eine Warnung, auch wenn die Opfer nicht merken, daß es eine Warnung ist», sagte Harry.

«Ich hasse die Typen, die mit solchen ausgefeilten Feinheiten daherkommen.» Rick zog ein Gesicht. «Ein ordentlicher Mord im Familienkreis ist mir allemal lieber.» Er schwenkte seinen Stuhl herum, so daß er Mrs. Hogendobber gegenübersaß. «Sie werden hier schleunigst verschwinden, Madam.»

«Ich bin bereit hinzunehmen, was Gott für mich bereithält.» Sie streckte das Kinn vor. «Ich war bereit, in Mims See zu ertrinken. Das hier ist auch nichts anderes.»

«Die Wege des Herrn sind unergründlich, aber meine nicht», entgegnete Rick. «Sie können Verwandte besuchen, und wir sorgen dafür, daß Sie heil und gesund ankommen. Wir werden die Behörden vor Ort verständigen, damit sie Ihr Wohlergehen im Auge behalten, und wir werden keinen Menschen über Ihren Verbleib unterrichten. Wenn Sie die Stadt nicht verlassen, stecken wir Sie ins Gefängnis. Wir werden Sie gut behandeln, aber, meine liebe Mrs. Hogendobber, Sie werden nicht das dritte Opfer dieses kalten, berechnenden Mörders werden. Haben Sie mich verstanden?»

«Ja.» Mrs. Hogendobbers Antwort klang nicht kleinlaut.

«Schön. Sie gehen mit Officer Cooper nach Hause und packen. Sie können entscheiden, was Sie tun werden, und Sie sagen es niemandem außer mir.»

«Nicht mal Harry?»

«Nicht mal Harry.»

Mrs. Hogendobber nahm Harrys Hand und drückte sie. «Machen Sie sich um mich keine Sorgen. Ich schließe Sie in meine Gebete ein.»

«Danke.» Harry war gerührt. «Und ich Sie in meine.»

Als Mrs. Hogendobber und Officer Cooper durch die Hintertür hinausgegangen waren, zerknüllte Harry einen Postsack.

«Er wird wissen, daß ich es weiß und daß Sie es wissen», sagte der Sheriff. «Er wird nicht wissen, ob es sonst noch jemand weiß. Weiß es sonst noch jemand?»

«Susan Tucker.»

Ricks Augenbrauen zogen sich zusammen. «Verflixt und zugenäht, Harry, können Sie denn nie den Mund halten?»

«Sie ist meine beste Freundin. Und falls mir was zustößt, möchte ich, daß irgend jemand wenigstens so viel weiß wie ich.»

«Woher wissen Sie, daß Susan nicht die Mörderin ist?»

«Nie. Nie. Niemals. Sie ist meine beste Freundin.»

«Ihre beste Freundin. Harry, Frauen, die seit dreißig Jahren verheiratet sind, entdecken, daß ihr Mann in einer anderen Stadt eine zweite Frau hat. Oder Kinder wachsen auf und entdecken, daß ihr geliebter Daddy ein Nazikriegsverbrecher war, der in die Vereinigten Staaten entkam. Die Leute sind nicht, was sie scheinen, und dieser Mörder scheint normal, angepaßt, und – ja, einer von uns zu sein. Er oder sie ist von hier. Susan steht genauso unter Verdacht wie alle anderen. Und was ist mit Fair? Er kennt sich in der Medizin aus. Ärzte sind findige Mörder.»

«Susan und Fair würden es einfach nicht tun, das ist alles.»

Rick atmete durch die Nase aus. «Ich bewundere Ihr Vertrauen zu Ihren Freunden. Falls es nicht berechtigt ist, haben Sie eine gute Chance, bald vor Ihren Schöpfer zu treten.» Er nahm einen Stift und klopfte sich damit an die Wange. «Glauben Sie, Susan hat es Ned erzählt?»

«Nein.»

«Ehefrauen sprechen gewöhnlich mit ihren Männern. Und umgekehrt.»

«Sie hat mir ihr Wort gegeben, und ich kenne sie viel länger, als Ned sie kennt. Sie wird nichts sagen.»

«Dann sind Sie, Susan und Mrs. Hogendobber die einzigen, die das Postkartensignal kennen?»

«Ja.»

Er klopfte ununterbrochen. «Wir sind nur eine kleine Mannschaft, aber ich werde Officer Cooper zu Ihrer Bewachung abstellen. Sie wird hier im Postamt bleiben und auch mit Ihnen nach Hause gehen. Zumindest für ein paar Tage.»

«Ist das nötig?»

«Unbedingt. In maximal zwölf Stunden wird der Mörder wissen, daß Mrs. Hogendobber die Stadt verlassen hat, und den Rest wird er sich denken. Sie taucht nicht in der Bibelstunde auf. Man wird Fragen stellen. Ich werde veranlassen, daß sie vom Bahnhof aus ein paar Telefongespräche führt. Sie kann sagen, daß ihre Schwester krank geworden ist und sie schleunigst nach Greenville muß. Welchen Ort sie auch angibt, es wird natürlich nicht der richtige sein. Aber Mrs. Hogendobbers Deckadresse wird den Mörder nicht täuschen, sowenig wie Mims Austauschstudentinnen irgend jemanden täuschen. Die Abreise kommt zu plötzlich; Mrs. Hogendobber pflegt es normalerweise schon Tage vorher zu verkünden, wenn sie bloß nach Charlottesville fährt. Bei einer unumgänglichen Reise, die sie über die Grenzen von Virginia führt, würde sie eine Anzeige in den *Daily Progress* setzen. Sehen Sie, das ist ja das Fatale an diesem Menschen – er kennt unser aller Gewohnheiten, Schwächen, das tägliche Einerlei. Wenn er sich Mrs. H. nicht schnappen kann, bin ich nicht sicher, was er als nächstes tun wird. Er fällt womöglich über Sie her, oder er wird vielleicht nervös und macht einen Fehler. Einen winzigen nur, der uns aber weiterhilft.»

«Ich hoffe, daß letzteres der Fall sein wird.»

«Das hoffe ich auch, aber ich will kein Risiko eingehen.»

Mrs. Murphy und Tucker merkten sich jedes Wort. Wenn Harry in Gefahr war, gab es keine Zeit zu verlieren.

32

Officer Coopers Anwesenheit im Postamt war für alle verblüffend. Mim, Little Marilyn und die Leibwächterin blieben bei ihrem Anblick stehen.

Little Marilyn wich nicht von der Seite ihrer Mutter, ebensowenig die Leibwächterin, die eine Rasur hätte vertragen können.

«Ah, Harry, ich wollte mit dir über den diesjährigen Krebsball sprechen.» Little Marilyn biß sich auf die Lippe, während Mim wartete.

Harry hatte seit sechs Jahren alljährlich dem Komitee angehört. «Ja.»

«Da du jetzt in Scheidung lebst, gehört es sich einfach nicht, daß du im Komitee bist.» Little Marilyn besaß wenigstens den Mut, es ihr ins Gesicht zu sagen.

«Was?» Harry konnte es nicht glauben – es war zu albern und zu peinlich.

Mim sprang ihrer Tochter bei. «Wir können dich nicht im Programm aufführen. Denk doch nur, was du der lieben, guten Mignon Haristeen damit antun würdest.»

Mignon Haristeen, Fairs Mutter, stand auch im Gesellschaftsregister und war daher wichtig für Mim.

«Meine Güte, sie lebt in Hobe Sound.» Harry platzte der Kragen. «Ich glaube, es ist ihr schnurzpiepegal, was wir in Crozet tun.»

«Also wirklich, hast du denn überhaupt kein Taktgefühl?» Mim hörte sich an wie eine alte Lehrerin.

«Himmel noch mal, wer seid ihr zwei denn, daß ihr mich aus dem Krebsball rausschmeißen wollt?» Harry schäumte. «Mim, du lebst in einer völlig zerrütteten Ehe. Du hast dich billig verkauft. Mir ist es schnuppe, ob Jim zig Millionen Dollar hat. Was sind zig Millionen Dollar verglichen mit deinem emotionalen Wohl, mit deiner Seele?»

Mim brüllte zurück: «Ich hab mein eigenes Geld mit in die Ehe gebracht!»

Indem sie das sagte, sagte sie alles. Ihr Leben drehte sich um Geld. Die Liebe hatte nichts damit zu tun.

Sie knallte die Tür zu, und Little Marilyn und die Leibwächterin mußten rennen, um sie einzuholen.

Schlimm genug, daß Harry die Beherrschung verloren hatte; obendrein hatte sie Mim vor Officer Cooper kritisiert.

Mim, gleichsam in der weißen Grabstätte ihrer makellosen Abstammung bestattet, war von Harry, einer Person niedrigen Rangs, beleidigt worden. Oh, sie hatte Harry vieles nachgesehen. Fair hatte zwar wenig Geld, aber die Haristeens hatten wenigstens einen Stammbaum. Sie hatten einst Geld gehabt, auch wenn sie es im Bürgerkrieg verloren hatten. Sie hatten sich finanziell nie mehr erholt, aber das war nun mal das Geschick des Südens. Es bedurfte solcher Parvenüs wie Jim, um wieder zu Geld zu kommen.

Mim riß beinahe die Tür ihres Volvos heraus. Sie würde Mignon Haristeen anrufen, sobald sie nach Hause kam.

Courtney kam hereingeweht, als Mim hinausfegte. «He, was hat die denn?»

«Wechseljahre», sagte Harry.

Officer Cooper lachte. Courtney verstand nicht recht. Sie riß das Schließfach auf.

«Vorsichtig, Courtney. Du verbiegst noch die Scharniere.»

«Verzeihung, Mrs. Haristeen. Officer Cooper, was machen Sie hier?»

«Ich bewahre euer Postfach vor Betrug und verbogenen Scharnieren.»

Mrs. Murphy steckte ihre Pfote von hinten in das geöffnete Fach. Sie konnte die meisten Fächer erreichen, wenn der fahrbare Postbehälter darunter stand, so wie jetzt. Courtney berührte ihre Pfote. Mrs. Murphy hatte diesen Trick bei Mrs. Hogendobber angewandt, die kreischte, als sie die behaarte kleine Pfote sah. So war sie, tapfer, was ihre üble Postkarte anging, aber eine Katzenpfote machte ihr angst. Na ja, sie war nicht an Tiere gewöhnt. Mrs. Murphy dachte darüber nach, während Courtney mit ihr spielte.

Danny Tucker öffnete die Tür und schloß sie vorsichtig, eine Abweichung von dem Krach, den er üblicherweise veranstaltete. Seit der Kreditkartenepisode trat er sehr behutsam auf.

«Hallo, Harry, Officer Cooper.» Er sah Courtney an. «Hallo, Courtney.»

«Hallo, Danny.» Courtney schloß das Fach, womit sie Mrs. Murphy großer Wonnen beraubte.

Danny beugte sich über den Schalter. «Mom meint, du solltest heute abend zum Essen kommen», richtete er Harry aus. «Dad bleibt über Nacht in Richmond.»

«Gern. Officer Cooper wird mich begleiten.»

«Hast du Ärger?» Danny hoffte es halbwegs, denn dann wäre er nicht der einzige, über dessen Kopf eine drohende Gewitterwolke hing.

«Nein.»

«Verwarnung wegen Überschreitung der Geschwindigkeitsbegrenzung», sagte Officer Cooper lakonisch.

«Du?» rief Danny aus. «Die alte Karre fährt doch nicht mehr als achtzig, wenn's hochkommt.»

«Der Zustand meines Wagens ist sehr beklagenswert, aber der Zustand meines Bankkontos ist noch trauriger. Daher der Wagen. Und ich habe noch nie eine Verwarnung wegen Geschwindigkeitsüberschreitung bekommen. Keine einzige.»

«Warum baust du nicht einen neuen Motor ein, oder einen überholten? Mein Kumpel Alex Baumgartner, der kann mit einem Motor alles machen. Billig ist er auch.»

«Ich werde es wohlwollend bedenken.» Harry lächelte. «Und sag deiner Mom, wir kommen gegen halb sieben. Paßt Ihnen das, Coop?»

«Prima.» Officer Cynthia Cooper lebte allein. Eine hausgemachte Mahlzeit war für sie ein Stück vom Himmel.

Dannys Augen funkelten. Er wollte weltgewandt erscheinen, trotzdem sah er aus wie der Vierzehnjährige, der er war. «Courtney, komm doch auch.»

«Ich denke, du hast Hausarrest.» Warum Entgegenkommen zeigen?

«Hab ich auch, aber du kannst mich doch besuchen. Ist ja nur zum Abendessen, und Mom meint, du hast einen guten Einfluß.» Er lachte.

«Du kannst mit uns im Dienstwagen fahren», bot Officer Cooper ihr an.

«Ich muß erst Daddy fragen.» Sie eilte hinaus und war in ein paar Sekunden zurück. «Er sagt, ich darf.»

Josiah kam herein. «Ich höre, du stehst unter Bewachung. Außerdem haben mich Mim, Little Marilyn und diese Leibwache fast über den Haufen gerannt. Hallo, Kinder.» Er bemerkte Courtney und Danny.

«Tag, Mr. DeWitt.» Sie verließen das Postamt, um sich draußen zu unterhalten.

Josiah schob die Unterlippe vor; er tat ganz ernst. «Ich verbürge mich für den Charakter dieser Frau. Sauber wie frischgefallener Schnee. Rein wie ein Gebirgsbach. Ehrlich wie Abe Lincoln. Könnten wir sie doch nur bestechen.»

«Gebt euch mehr Mühe.» Harry lächelte.

Er holte seine Post und rief um die Ecke: «Kann ich irgendwas tun, um dich von Officer Cooper zu befreien? Nicht daß wir Sie nicht wirklich gern haben, Officer Cooper, aber Sie werden das Sexualleben des armen Mädchens ruinieren.»

«Welches Sexualleben?» fragte Harry.

«Eben.» Josiah kam wieder an den Schalter. Sein Ton wurde ernster. «Geht's dir gut?»

«Bestens.»

«Ich nehm dich beim Wort.» Er zögerte, senkte die Augen, hob sie dann wieder. «Was von Stafford gekommen?»

«Nicht daß ich wüßte, und Mim hat mir zu verstehen gegeben, daß ich bei ihr untendurch bin, aber das ist sie bei mir auch, die hochnäsige Zicke.»

Josiahs Augen weiteten sich. Er hatte Harry selten wütend gesehen. «Sie hat sämtliche existierenden Eigenschaftswörter bemüht, um mir ihre Gefühle bezüglich der ‹Stafford-Episode› zu schildern, wie sie das nennt. Mim und ich haben eine Art Abkommen. Sie mischt sich nicht in mein Privatleben, und ich mische mich nicht in ihres, aber in dieser Sache liegt sie völlig falsch. Und warum Little Marilyn sich ausgerechnet Fitz-Gilbert ausgesucht hat, bleibt erst recht ein Geheimnis. Wäre er noch ein bißchen stiller, könnte man glauben, der Mann läge im Koma.»

«Wann wird er sich zeigen?» fragte Harry.

«Mama plant eine kleine ‹Geschichte› im Farmington Country Club, aber sie verschiebt den Termin immer wieder. Sie ist nervöser, als sie sich anmerken läßt, wegen... dieser Sache.»

«Sind wir das nicht alle?» Harry schob den Stempelhalter hin und her.

Josiah strich sich über die graumelierten Haare. «Ja – aber ich denke lieber nicht daran. Ich kann es sowieso nicht ändern.»

33

Die Ohren gespitzt, um Mäusegeräusche aufzufangen, durchstreifte Mrs. Murphy die Scheune. Es war ein langer Tag im Postamt gewesen. Als sie nach Hause kamen, war Mrs. Murphy, von Tucker begleitet, zur Scheune geeilt. Oben auf dem Heuboden gewahrte sie einen schwarzen Schwanz, der über die Seite eines Strohballens herabhing. Sie kletterte die Leiter zum Boden hinauf. *«Paddy?»*

Er öffnete ein goldenes Auge. *«Du wunderbares Wesen. Ich habe auf dich gewartet. Gut, daß du mich geweckt hast, sonst hätte ich glatt bis heute nacht durchgeschlafen.»* Er streckte sich. *«Ich habe mich an unsere kurze Unterhaltung erinnert, in einer Vollmondnacht, unter einem Sternenbaldachin...»*

Sie schlug mit dem Schwanz. Seine blumige Sprache machte sie ungeduldig. Er fuhr fort:

«Und wiewohl ich abgewiesen wurde, haben sich deine Worte meinem Herzen eingeprägt. Ich habe etwas Merkwürdiges gesehen. Es ist mir nicht gleich besonders merkwürdig vorgekommen, und ich wünschte jetzt, es wäre so gewesen, weil

ich dann gleich nachgeforscht hätte, aber mein Blut war in Wallung, und du weißt, wie das ist.»

«Was?» Mrs. Murphys Ohren zuckten; ihre Schnurrhaare schnellten nach vorn. Jeder Muskel war gespannt.

«Ich war nahe beim alten Greenwood-Tunnel auf der Jagd. Ein Kaninchen kam aus dem Tunnel geflitzt, und ich verfolgte es bis zu Purcell McCues Hof. Dort kam der verdammte Apportierhund mit triefender Schnauze rausgelaufen, und ich hab mein Kaninchen verloren.»

«Bist du auf einen Baum rauf?»

«Ich? Wegen eines zahnlosen alten Köters? Nein, ich bin direkt unter seiner Nase vorbeigesaust und dann nach Hause gegangen. Dann fiel mir ein, was du gesagt hattest, und ich bin hergekommen.»

«Der Tunnel ist versiegelt.»

«Aber ich hab das Kaninchen rauskommen sehen.»

«Erinnerst du dich genau, wo?»

«Es ist ziemlich schnell gerannt, aber ich glaube, es war in Bodennähe. Da ist alles mit Laub bedeckt. Schwer zu sehen.»

«Woher weißt du, daß es sich nicht im Laub versteckt hatte und du es rausgescheucht hast?»

«Ich schwöre, ich sah es aus einer Öffnung unten am Boden flitzen. Ich kann's nicht ganz sicher sagen, aber egal – ich dachte, es interessiert dich vielleicht.»

«Das tut es, Paddy. Ich weiß gar nicht, wie ich dir dafür danken soll.»

«Aber ich.»

«So nicht.» Mrs. Murphy gab ihm einen Klaps hinter die Ohren. *«Komm, wir erzählen es Tucker.»*

Die zwei Katzen gingen zu Tucker hinunter. Das Gespräch wurde hitzig.

«Wir müssen hin!» überschrie Tucker die Stimmen der anderen. *«Das ist die einzige Möglichkeit, es rauszukriegen.»*

«Ich weiß, daß wir hinmüssen, aber es ist eine gute Tages-

reise, und wir können Harry nicht allein lassen, jetzt, wo sie in Gefahr ist.» Mrs. Murphy fauchte, so sehr ereiferte sie sich.

«Wie wollt ihr sie überhaupt dazu kriegen, sich den Tunnel mal anzusehen?» Menschen standen bei Paddy nicht hoch im Kurs.

«Harry kapiert, wenn man's ihr oft genug sagt.» Tucker verteidigte ihre Freundin.

«Wenn uns bloß was einfällt...»

«Noch mehr tote Vögel und Maulwürfe?»

«Nein.» Mrs. Murphy sprang auf den Wassertrog. *«Die Fotokopien. Versuchen wir's mal damit, wenn wir wieder reingehen.»*

«Oh.» Tuckers wäßrigbraune Augen trübten sich. *«Sie wird fuchsteufelswild werden.»*

«Lieber auf die Palme gehen als unter die Erde kommen», sagte Paddy trocken.

34

Ich sollte quaken lernen, weil ich nämlich die nächsten drei Tage nur noch watscheln kann.» Officer Cynthia Cooper rieb sich den Magen, als sie hinter Harry ins Haus trat.

«Mim gibt ein Vermögen für ihre Köchin aus, und Susan Tucker kocht viel besser – und dazu noch umsonst.» Harry warf ihren Beutel auf den Küchentisch. Sie waren durch die Hintertür gekommen. Das letzte Mal, daß Harry den Vordereingang benutzt hatte, war bei der Beerdigungsfeier ihres Vaters gewesen. «Ich zeig Ihnen das Gästezimmer.»

«Nein, ich schlafe in Ihrem Zimmer, und Sie schlafen im

Gästezimmer. Wenn jemand auf der Suche nach Ihnen herumschleicht, kommt er oder sie zuerst in Ihr Schlafzimmer.»

«Sie glauben doch nicht wirklich, daß der Mörder sich mitten in der Nacht hier anschleicht, bloß weil er weiß, daß ich das Postkartensignal entschlüsselt habe?» Harry wollte sich gern selbst ein bißchen Mut machen.

«Es ist unwahrscheinlich, aber an diesen Verbrechen ist ja alles unwahrscheinlich.»

«Mir nach!» rief Mrs. Murphy über die Schulter. Sie sauste in Harrys Schlafzimmer, stieß eine Lampe um und warf die Fotokopien auf den Schlingenteppich.

«Juhuu!» Tucker gab vor, Mrs. Murphy zu jagen. *«Soll ich die Papiere anknabbern?»*

«Nein, Schwachkopf, lauf ums Bett herum», wies Mrs. Murphy den Hund an. *«Wenn sie kommt, um uns zu vermöbeln, verstecken wir uns unterm Bett.»*

Gefolgt von Officer Cooper stürmte Harry ins Schlafzimmer. «Schluß jetzt, ihr zwei!»

Mrs. Murphy hüpfte auf die Matratze, schlug einen vollendeten Purzelbaum, und als Harry sie packen wollte, flitzte sie davon und drückte sich flach unters Bett. Tucker war schon da.

Der Musselinstoff an der Unterseite der Matratze hing einladend herunter. Von Zeit zu Zeit pflegte sich Mrs. Murphy auf den Rücken zu legen und sich Pfote für Pfote von einem Ende des Betts zum anderen zu hangeln. Stofffetzen zeugten von ihrer Klettertechnik in Rückenlage. Sie langte hinauf und schlug die Krallen hinein.

«Nicht», warnte Tucker. *«Sie ist so schon wütend genug.»*

«Jetzt reicht's, ihr zwei! Ich meine es ernst, wirklich ernst diesmal. Verdammt, die Lampe ist kaputt.»

«War sie wertvoll?» Officer Cooper kniete sich hin, um die Scherben aufzulesen. Sie sah sich einem Hündchen mit angelegten Ohren gegenüber, das sie anstarrte. «Der Hund lacht mich aus, ich schwöre es.»

«Eine echte Komödiantin.» Harry ging ebenfalls auf die Knie. «Mrs. Murphy, was hast du mit meinem Bett gemacht?»

«Wenn du hier drunter öfter saubermachen würdest, hättest du es längst gemerkt», antwortete Mrs. Murphy.

«Die Lampe war nicht nur nicht wertvoll, es war die scheußlichste Lampe weit und breit. Ich bin bloß nie dazu gekommen, eine anständige zu kaufen. Ich habe ja kaum noch Zeit zum Zähneputzen und zum Essen.»

«Hmm», sagte Cooper.

«O nein», stöhnte Mrs. Murphy. *«Jetzt kommt das Klagelied über den Fluß der Zeit, graue Haare und verlangsamte Reflexe. Ich wünschte, sie wäre schon fertig damit! Verdammt, Harry, die Papiere!»*

«Maunz mich nicht an, Miezekatze. Ich könnte mich aufs Bett setzen und so lange warten, bis du rauskommst», drohte Harry, noch auf den Knien. «Ich räum das Durcheinander lieber mal auf.» Sie begann, die Papiere aufzusammeln.

Officer Cooper las ein Blatt, während sie half. «Wo haben Sie die gefunden?»

«Das wissen Sie ganz genau. Oder informiert Rick Shaw Sie nicht über alles?»

«Oh, das hier und dieser Ordner, sind das die Sachen, die Sie aus Maudes Pult geklaut haben? Darüber hat er sich wirklich ins Hemd gemacht.» Sie kicherte.

«Ja.» Harry legte die Papiere aufs Bett. «Mrs. Hogendobber und ich haben sie kopiert. Wir haben aber die Arbeit der Polizei nicht behindert.»

«Unser Sheriff will alles wissen. Er ist ein guter Sheriff.» Sie fing wieder an zu lesen.

«Welchen Brief haben Sie da?» Harrys Knie knackten, als sie sich aufrichtete, um sich aufs Bett zu setzen.

«Vom 4. November 1851. An den Präsidenten und die Direktoren, Amt für öffentliche Bauvorhaben, vom Ingenieurbüro der Blue Ridge Railroad Company.»

«Zu schade, daß er nicht mit ‹Lieber Schatz› beginnen konnte – stellen Sie sich vor, wieviel Schreibpapier er dabei gespart hätte», bemerkte Harry. «Ich glaube, in dem Brief geht es um die Behelfsbrücke bei Waynesboro, damit die Männer das Material über die Berge schleppen konnten.»

«Ja, das ist der Brief. Kaum zu glauben. Der ursprüngliche Arbeitslohn bei Abschluß des Tunnelvertrags betrug fünfundsiebzig Cent am Tag, und er schnellte für einige Arbeiter auf siebenundachtzigeinhalb hoch, für andere sogar auf einen Dollar. Die Männer haben für siebenundachtzigeinhalb Cent ihr Leben riskiert!»

«Eine andere Welt.» Harry reichte Officer Cooper ein anderes Blatt. Die Deckenlampe warf einen matten Schatten auf die blonden Haare der Polizistin. «Der hier ist interessant.» Sie fing an zu lesen.

«8. November 1853. Er hat viel im November geschrieben, nicht?» Sie las weiter. «‹... wurden wir plötzlich vom Ausbruch einer großen Wasserader überrascht, weswegen wir gezwungen waren, Kräfte von der Arbeit abzuziehen und zum Pumpen abzustellen, bis wir Maschinen für denselben Zweck beschaffen konnten, die von Pferden angetrieben wurden. Dieser Umstand hat sich im Laufe des Jahres mehrmals wiederholt, trafen wir doch immer wieder auf Wasseradern, und nun belaufen sich die Wassermassen, die wir in Schach halten müssen, auf nicht weniger als dreihundertfünfzig Liter pro Minute, mehr als zwanzigtausend Liter pro Stunde.›» Sie pfiff. «Die hätten dadrin ertrinken können.»

«Tunnels graben ist eine gefährliche Arbeit, und damals gab es noch kein Dynamit, müssen Sie bedenken. Er baute eine Unterführung, um das Wasser abzupumpen, und das war die längste Unterführung, von der je berichtet wurde. Hier ist noch ein Brief.»

Mrs. Murphy murrte. *«Ich hab keine Lust, unterm Bett zu schlafen. Werden sie's nun endlich kapieren oder nicht?»*

«Keine Ahnung.» Tucker gähnte.

«Hmm.» Cooper betrachtete blinzelnd das Blatt. «9. Dezember 1855. Lauter technisches Zeug über Gefälle und Kurven und das Verschalen der Ausschachtung.» Sie wählte eine dramatischere Stelle aus. «‹... irgendwann im Februar 1854 blockierte ein immenser Bergrutsch den westlichen Eingang vollkommen, und da er, aus einer Höhe von etwa dreißig Meter kommend, ebenso schnell niederging, wie er weggeschaufelt werden konnte, verhinderte er bis spät in den Herbst desselben Jahres den Bau eines Bogens an diesem Ende des Tunnels.›» Sie wandte sich an Harry. «Wie alt war Claudius Crozet damals?»

«Er ist am 31. Dezember 1789 geboren, also muß das kurz vor seinem sechsundsechzigsten Geburtstag gewesen sein.»

«Und da hat er diese körperlichen Strapazen noch durchgestanden? Er muß unglaublich zäh gewesen sein.»

«War er auch. Er war wirklich ein Genie. Die Politik kostete ihn seine Stellung als Chefingenieur des Staates Virginia, doch weil zwölf Ingenieure zusammen nicht die Arbeit eines Crozet leisten konnten, mußte Richmond 1831 klein beigeben und ihn zurückholen. Das war lange bevor er die Tunnels baute. Wissen Sie, was er sonst noch gemacht hat?»

«Keine Ahnung.»

«Er hat die erste Tafel in West Point eingeführt. Er begann dort 1816 zu unterrichten. Können Sie sich einen Unterricht ohne Tafel vorstellen? Amerika muß primitiv gewesen sein. Das Bildungsniveau in West Point war so niedrig, daß er seinen Schülern Mathematik beibringen mußte, bevor er sie in Maschinenbau unterrichten konnte. Ein Wunder, daß wir den Mexikanischen Krieg nicht verloren haben.»

«Offenbar hat er den Bildungsstandard angehoben. Lee war Ingenieur, wissen Sie.»

«Ich weiß. Das weiß jedes brave Südstaatenkind – und es weiß von Stonewall Jacksons Talschlacht. Und daß ‹jedermann› mehrere sind, nicht einer, und daß Maisbrot – wie bin ich dadrauf gekommen?»

«Sie sind aufgedreht. Der viele Zucker in Susans Sauce zu dem Kalbfleisch.»

«Schon möglich. Hier, der ist mir der liebste.» Harry zog einen Brief aus dem unordentlichen Haufen. «Crozet wurde von den Zeitungen kritisiert, weil er so lange für die Tunnels brauchte, und wegen ihrer Lage, und er schrieb einem Freund: ‹Seltsame Dinge gehen hier vor, von denen Du gewiß etwas vernommen hast. In etlichen Zeitungen sind höchst unflätige und ungerechte Angriffe gegen mich erschienen, insbesondere im *Valley Star*. Obwohl wenige Menschen solche Dinge bemerken werden, es sei denn mit Abscheu, geziemt es sich doch, daß ich davon unterrichtet werde, andernfalls die Saat der Verleumdung rings um mich her gedeihen könnte, ohne daß ich die Möglichkeit hätte, sie rechtzeitig zu beschneiden.› Dann bittet er seinen Freund, ihm Zeitungsausschnitte zu schicken, die ihm in die Hände fallen. Als Adresse gab er ‹Brooksville, Albemarle› an.» Sie streifte ihre Schuhe von den Füßen und legte den Brief hin. «Je mehr Dinge sich verändern, desto mehr bleiben sich gleich. Versucht man etwas Neues zu tun, etwas Fortschrittliches, wird man gekreuzigt. Ich kann es ihm nicht verdenken, daß er verärgert war.»

«Glauben Sie, daß in einem der Tunnels ein Schatz liegt?»

«Oh – das würde ich gern glauben.» Harry krümmte ihre Zehen.

«Auto! Auto! Auto!» warnte Tucker und rannte unter dem Bett hervor zur Haustür.

«Licht aus!» befahl Officer Cooper. «Legen Sie sich auf den Boden!»

Harry warf sich so fest auf den Boden, daß sie einen Moment lang keine Luft mehr bekam und sich Nase an Nase mit Mrs. Murphy sah, die sich gerade unter dem Bett hervorwand.

Officer Cooper, die Pistole in der Hand, schlich zur Eingangstür. Sie wartete. Wer immer in dem Wagen war, stieg nicht aus, obwohl die Scheinwerfer ausgeschaltet worden waren. Das Licht im Wohnzimmer zeugte davon, daß jemand zu Hause war, und Tucker heulte sich die Seele aus dem Leib.

«Halt die Schnauze.» Mrs. Murphy gab dem Hund einen Stoß. *«Wir wissen, daß draußen ein Auto ist. Du sicherst die Hintertür. Ich nehm die vordere.»*

Tucker tat wie geheißen. Officer Cooper drückte sich flach neben die Eingangstür.

Die Wagentür schlug zu. Schritte klapperten zur Haustür. Einen langen, quälenden Augenblick geschah nichts. Dann ein leises Klopfen.

Ein lauteres Klopfen, gefolgt von: «Harry, bist du da?»

«Ja», rief Harry aus dem Schlafzimmer. «Es ist Boom Boom Craycroft», sagte sie zu Officer Cooper.

«Bleiben Sie auf dem Boden!» schrie Cooper.

«Harry, was ist los?» Boom Boom hörte Cynthia Coopers Stimme, erkannte sie aber nicht.

«Bleiben Sie, wo Sie sind. Heben Sie die Hände hinter den Kopf.» Officer Cooper knipste das Verandalicht an und erblickte eine verdatterte Boom Boom mit hinter dem Kopf verschränkten Händen.

«Ich bin nicht bewaffnet», sagte Boom Boom. «Aber im Handschuhfach liegt eine Achtunddreißiger. Sie ist registriert.»

Mrs. Murphy folgte Officer Cooper auf den Fersen. Wenn etwas schiefging, konnte sie immer noch ein Bein hochklettern – in Boom Booms Fall ein nacktes – und sich so tief wie möglich hineinkrallen.

Officer Cooper öffnete langsam die Tür. «Bleiben Sie, wo Sie sind.» Sie durchsuchte Boom Boom.

Harry, auf allen vieren, spähte um die Schlafzimmertür. Leicht belämmert stand sie auf.

Boom Boom erhaschte einen Blick auf sie. «Harry, ist alles in Ordnung?»

«Klar. Boom Boom, was machst du hier?»

«Darf ich reinkommen?» Boom Booms Augen richteten sich auf Officer Cooper.

«Wenn Sie die Hände hinter dem Kopf behalten.»

Boom Boom trat ins Haus, und Cooper schloß die Tür hinter ihr, die Waffe noch im Anschlag. Boom Boom hatte Harry eine Menge erzählen wollen, aber in Officer Coopers Gegenwart fühlte sie sich gehemmt.

«Harry, ich habe Kellys Büro komplett durchgewühlt. Seit du vorbeigekommen bist, hab ich dauernd dran denken müssen, und – ich hab was gefunden.»

35

Zerknüllte Bögen gelbes Karopapier, die mit Bleistift eingekreisten Kilometerangaben verschmiert, leuchteten unter der Küchenlampe. Harry, Boom Boom, Officer Cooper, Mrs. Murphy und Tucker waren um den alten Tisch mit der Porzellanplatte versammelt. Immer noch mißtrauisch, behielt Coop ihre Pistole in der Hand.

«Ich habe die Fahrten der Lastwagen mit der Abschreibung in Maries Ordner verglichen. Sie stimmen nicht überein», erklärte Boom Boom. «Und diese Rechnung ist nirgends abgebucht.» Sie brachte eine verblichene Rechnung über eine Riesenmenge Epoxyd und Harzlack zum Vorschein. Die Rechnung kam aus North Carolina.

«Vielleicht bedeuten die Mehrkilometer bei den Wagen,

daß sie die Ware wieder hierher zurücktransportiert haben?» meinte Harry.

«Es sind drei Stunden bis Greensboro und drei Stunden zurück. Wir haben hier Tausende von Kilometern vor uns.» Boom Booms blaßmokka lackierter Fingernagel pinnte die lange Zahlenreihe fest wie einen Schmetterling. «Und noch was. Ich habe in der Fabrik herumgefragt, ob jemand in den letzten vier Jahren Extra-Fuhren hatte. Kein Mensch hatte welche. Das besagt nicht, daß nicht jemand vielleicht lügt, aber meine Vermutung ist, daß, was immer transportiert wurde, Kelly selbst gefahren ist.»

Officer Cooper blätterte die Kilometerzahlen der vergangenen vier Jahre durch. «Es läßt sich nicht sagen, ob es kurze oder weite Fahrten waren. Sie haben bloß die Zahlen pro Monat.»

«Stimmt. Aber ich habe sie von Maries Zahlen abgezogen, vielmehr, ich habe Maries Zahlen von diesen hier abgezogen, und dabei kam für den großen Lastwagen ein Durchschnitt von anderthalbtausend Kilometern pro Monat heraus. Bei den anderen Lastern ist die Differenz kleiner.»

«Herrgott, das ist wirklich eine Menge Harz.» Harry schob ihren Stuhl zurück. «Möchte jemand was trinken?»

«Nein danke», sagten beide.

«Er hat nicht Harz und Epoxyd transportiert. Darüber habe ich eine einzige Rechnung gefunden. Ich meine, es könnten noch mehr dasein, aber ich hab nur die eine gefunden, deshalb denke ich, er hat in dem großen Laster etwas anderes befördert und gelegentlich auch einen kleineren Lieferwagen benutzt.»

«Boom Boom, anderthalbtausend Kilometer im Monat, das ist die Strecke nach Miami, Drogenhochburg der USA», bemerkte Coop. «Nein, das nehme ich zurück. Jede Stadt mit mehr als fünfhunderttausend Einwohnern ist heutzutage eine Drogenhochburg.»

«Wenn Kelly Rauschgift verschoben hat, war er bestimmt schlau genug, es als was anderes zu tarnen.» Harry hatte Kelly immer gern gemocht. «Und er hat die Laster oft gefahren. Er war gern im Freien, er liebte körperliche Arbeit. Ich vermute, er und Maude haben sich vor vier Jahren zusammengetan. Sie muß ihm geholfen haben, das Zeug zu verpacken – falls es Rauschgift war.»

«Versteifen Sie sich nicht auf Kokain oder gar Heroin», riet Officer Cooper. «Es gibt einen großen Markt für Speed und Steroide. Damit hätte er die Südamerikaner umgangen. Die lassen nicht mit sich spaßen.»

«Er hatte früher schon mal mit Rauschgift zu tun, nicht?» fragte Harry.

Boom Boom sagte nichts.

«Er ist tot. Gegen Verbrechen aus der Vergangenheit kann ich nicht vorgehen», sagte Coop.

Boom Boom seufzte. «Er hat es aufgegeben. Er hat aufgehört, das Zeug zu nehmen. Er sagte immer, zwischen den Drogenbaronen und hohen Regierungsbeamten bestünde eine geheime Absprache über den Drogenhandel. Die bestechlichen Kongreßabgeordneten und ihre Untergebenen wollten sich ihr steuerfreies Einkommen nicht nehmen lassen. ‹Eine verfluchte Sünde ist das›, sagte er immer. ‹Das amerikanische Volk verliert Milliarden von Dollars an Steuern wegen der Drogen, Steuern, mit denen Menschen geholfen werden könnte. Warum ist ausgerechnet Alkohol eine vom Staat subventionierte Droge, wenn alle anderen verboten sind? Den Handel kann man nicht unterbinden. Man kann ein bestimmtes Verhalten der Menschen nicht durch Gesetze erzwingen.› Er hat sich sehr darüber aufgeregt.»

«Tabak», setzte Officer Cooper lakonisch hinzu.

«Was?» fragte Boom Boom.

«Eine legale Droge. Die am weitesten verbreitete Droge, die wir haben. Fragen Sie Rick Shaw.» Bei der Vorstellung, wie Rick immer wieder mal eine Zigarette stibitzte, mußte Coop lachen.

«Wir hier in Virginia wissen alles über Tabak.» Harry betrachtete die gelben Bögen. «Wo hast du die gefunden?»

«Hinter dem Rahmen des Posters, das er an der Wand hatte. Du weißt doch, das, wo die Ente mit einem Drink in ihrem Liegestuhl sitzt, und über ihrem Kopf sind Einschußlöcher. Dort habe ich natürlich zuallerletzt nachgesehen. Die Ecke der Rückenverstärkung war umgeknickt.»

«Ich muß das beschlagnahmen.» Cooper griff nach den Papieren in Harrys Hand.

«Ich möchte nicht, daß irgendwas hiervon in die Zeitung kommt. Wenn Sie endlich herauskriegen, wer der Mörder ist, kriegen Sie auch heraus, was sie tatsächlich gemacht haben. Die bisherige Publizität war aufreibend genug. Mir reicht's!»

«Ich kann die Presse nicht kontrollieren, Boom Boom», erwiderte Cooper wahrheitsgemäß.

«Das ist Ricks Sache, Officer Cooper hat damit nichts zu tun», erinnerte Harry Boom Boom.

«Bitte tun Sie, was Sie können», bat Boom Boom.

«Ich werde mich bemühen.»

Boom Boom ging. Harry und die Polizistin sahen sie die Zufahrt hinunterfahren.

Mrs. Murphy, die der Unterhaltung höflich zugehört hatte, stieß einen lauten Schrei aus. *«Geht zu den Tunnels. Deshalb hab ich die Papiere auf den Boden geschmissen. Es lohnt sich, genauer hinzusehen.»*

«Die hat Lungen.» Cooper grinste.

«Du hast heute abend bei Susan die Reste gekriegt.» Harry sprach mit ihrer Mutterstimme.

«Hör auf mich!» kreischte Mrs. Murphy.

Tucker schnupperte an Mrs. Murphys Schwanz, der über den Tisch hing. *«Spar dir deine Worte.»*

«Ach, verdammt.»

«Na gut.» Harry stand auf und öffnete eine große Dose Fischbällchen. Sie hielt der Katze vier von den köstlichen

Leckerbissen unter die hellen Schnurrhaare. In einer plötzlichen Anwandlung stieß Mrs. Murphy die Leckereien von der Anrichte und stolzierte hinaus.

«So was Empfindsames», sagte Cooper, während Tucker die Leckerbissen verspeiste.

«Wie Menschen», sagte Harry.

36

Am nächsten Morgen um Viertel vor acht klingelte im Postamt von Crozet das Telefon.

«Hallo», meldete sich Harry.

«Haben Sie den Mörder schon erwischt?» dröhnte Mrs. Hogendobbers Stimme.

«Wie geht es Ihnen?» Harry war erstaunt, daß Mr. Hogendobbers Anruf sie so freute.

«Ich langweile mich, langweile mich, langweile mich. Vom Tod bedroht zu sein ist nichts gegen die Qual, nicht auf dem laufenden zu sein. Haben Sie ihn erwischt?»

«Nein.»

«Irgendwelche Anhaltspunkte?»

«Ja.»

«Sagen Sie's mir. Ich bin weit weg, ich kann nichts ausplaudern.»

«Hebe dich weg von mir, Satan.»

«Mary Minor Haristeen, wie können Sie es wagen, mir mit einem solchen Zitat zu kommen? Ich bin erschüttert über Ihren Verdacht, daß ich Sie hätte versuchen wollen. Ich versuche nur zu helfen. Manchmal sieht ein anderer bei der Betrachtung desselben Beweisstücks etwas Neues. Auf diese Weise sind schon viele Fälle gelöst worden.»

«Sie sind weit weg; Rick Shaw kann Ihnen das Leben nicht zur Hölle machen. Aber mir, wenn ich was ausplaudere.»

Dieser Gedanke leuchtete Mrs. Hogendobber ein. «Aber eine Lösung des Falls würde ihn begeistern. Hören Sie, ich kenne Sie seit dem Tag Ihrer Geburt. Das hübscheste kleine Baby, das ich je gesehen habe. Hübscher noch als Boom Boom Craycroft –»

«Jetzt übertreiben Sie aber», unterbrach Harry.

«Doch, bei meiner Seele, es stimmt. Sie wissen, ich würde kein Sterbenswörtchen darüber verlauten lassen, und ich habe gute Ideen.»

«Mrs. Hogendobber, ich kann nicht so frei sprechen, wie ich es gern täte.»

«Oh, ich verstehe.» Mrs. Hogendobbers Stimme drückte ihre Begeisterung über die Entwicklung aus. «Jemand, den wir kennen?»

«Ja, aber nicht aus dem engsten Kreis.»

«Reverend Jones.»

«Wie kommen Sie ausgerechnet auf ihn?»

«Er ist ein reizender Mensch, aber er gehört nicht meiner Konfession an. Für mich zählt er nicht zum engsten Kreis.»

«Von uns geht fast keiner in Ihre Kirche. Ich bin Episkopalin.»

Mrs. Hogendobber, erklärte Expertin auf dem Gebiet der protestantischen Kirchen, korrigierte Harry. «Sie stehen der katholischen Kirche entschieden zu nahe, und Reverend Jones auch. Die wahre Reformation fand statt, als Kirchen wie meine, das Heilige Licht, den Menschen das Wort Gottes zugänglich machten. Aber Sie gehen ja nicht mal in die St. Paulskirche, deshalb sollten Sie aufhören zu behaupten, daß Sie Episkopalin sind. Sie sind vom Episkopalismus abgefallen.»

«Jeder Engel fällt mal.»

«Harry, über solche Themen scherzt man nicht. Und es

dauert mich, daß Sie sich nicht zum Licht bekehren. Deswegen nennen wir uns das Heilige Licht.»

«Ja, Ma'am.»

«Wer ist bei Ihnen? Jemand, der es übelnähme, wenn Sie's mir erzählten?»

«Ich glaube nicht. Es ist Officer Cooper.»

«Tatsächlich?» Die rauhe Stimme klang plötzlich viel höher.

«Tatsächlich. Jetzt muß ich wieder an die Arbeit. Passen Sie auf sich auf.»

«Ich will nach Hause.» Mrs. Hogendobber hörte sich an wie ein unglückliches Kind.

«Wir möchten auch, daß Sie nach Hause kommen.» Harry dachte bei sich: Manche von uns möchten es. Harry vermißte sie wirklich.

«Ich rufe morgen wieder an. Meine Nummer darf ich Ihnen nicht geben. Wiedersehen.»

«Wiedersehen.» Harry legte auf. «Sie ist eine Nervensäge.»

«An der Tür steht noch eine.»

Harry lächelte und schwieg, während sie Mim Sanburne, die ungewöhnlich früh dran war, die Tür aufschloß. Mim blieb kurz stehen, grüßte aber nicht.

«Guten Morgen, Mim.» Harry fand, eine Lektion in guten Manieren könnte amüsant sein.

Big Marilyns von Meisterhand ergrautes Haar reflektierte das Licht. «Stehst du unter Hausarrest?»

«Wir nehmen gerade das Stempelgesetz durch und wie es zur Revolution führte», erwiderte Officer Cooper schlagfertig.

«Ehrerbietung ist bei Angestellten des öffentlichen Dienstes sehr gefragt. Unser Sheriff ist stolz auf seine Leute. Allerdings –» Mim brachte nicht zu Ende, was eine Drohung hatte werden sollen, denn Josiah öffnete schwungvoll die Tür. Sie erzählte Harry auch nicht, daß sie tatsächlich Mignon Haristeen angerufen und diese ihr gesagt hatte, sie solle sich gefälligst um ihre eigenen Angelegenheiten kümmern und Harry wieder in das Krebsballkomitee aufnehmen. Mignon sagte, sie bedaure die Scheidung natürlich, aber Harry habe für wohltätige Zwecke schwer geschuftet, und die Wohltätigkeit ginge vor. Daraufhin hatte Mim klein beigegeben.

«Laß alles stehen und liegen und komm in den Laden», sagte Josiah zu Harry. «Ich habe ein Wunder vollbracht.»

«Ich komm rüber, wenn Larry mich in der Mittagspause ablöst.»

«So macht es keinen Spaß. Wir sollten jetzt gleich gehen – je mehr, desto lustiger.» Mit einer großzügigen Gebärde schloß er Mim und Officer Cooper mit ein.

«Mit Vergnügen», sagte Mim ohne Überzeugung.

Susan kam gleichzeitig mit Rick Shaw vorgefahren.

Josiah beobachtete sie durchs Fenster. «Ich beneide dich, Harry. Du bist der Nabel von Crozet – der reinste Hauptbahnhof.»

«Hallo», rief Susan.

Rick Shaw folgte ihr auf dem Fuße.

«Ich brauch heute Begleitung beim Reiten», sagte er. «Ich dachte an Sie, Harry.»

«Okay – aber ich bin sicher, daß wir vor Hitze zerschmelzen werden.»

Rick schob sich hinter den Schalter und nahm Boom Booms Papiere von Office Cooper entgegen. Er gab sich keine Mühe, die Unterlagen zu verstecken, aber er machte auch nicht darauf aufmerksam. «War sie ein braves Mädchen?» Er nickte zu Harry hinüber.

«Kreuzbrav.»

«Officer Cooper, wie lange wollen Sie Harry noch beschatten? Werde ich je eine Chance zu einem intimen Abendessen mit ihr bekommen?» Josiah betonte «intim».

«Nur wenn Sie das Kochen übernehmen», gab Officer Cooper prompt zurück.

«Wo ist Mrs. Murphy?» fragte Susan.

«Sie schmollt im Postbehälter», sagte Harry.

«Sheriff Shaw, möchten Sie sich den Laden ansehen, bevor ich eröffne? Er ist nicht wiederzuerkennen», beharrte Josiah.

Das stimmte. Harry schaute nach dem Mittagessen vorbei, oder vielmehr nach dem, was als Mittagspause begann und als Appetitverderber endete. Sie sauste in die Pizzeria und erspähte Boom Boom und Fair an einem Tisch, in ein ernsthaftes Gespräch vertieft. Sie war im Begriff, Boom Boom mehr und Fair weniger zu mögen, aber zusammen konnte sie sie nicht ertragen. Sie ging hinaus, ohne einen einzigen Bissen Pizza gegessen zu haben.

Maudes Laden hatte sich in einen Ausstellungsraum mit hochwertigen Antiquitäten verwandelt, in jene schick urbane und doch ländliche Mixtur, die Josiahs Stärke war. Das Verpackungsmaterial war im Hinterzimmer arrangiert und sah ebenfalls einladend aus. Officer Cooper kramte herum. Sie liebte Antiquitäten.

«Du bist bedrückt, Süße. Was ist los?» Josiah schob sich an Harrys Seite.

«Ach, Fair und Boom Boom waren in der Pizzeria. Es ist albern, aber es tut weh.»

Er legte ihr den Arm um die Schultern. «Harry, jeder, der je aus Liebe starb, hatte es verdient. Es gibt noch mehr von der Sorte auf der Welt, und außerdem hast du schon viel zuviel Zeit auf Pharamond Haristeen verschwendet. Viel zuviel.»

«Scheint mir auch so.»

Officer Cooper ließ sich in einem gemütlichen Schaukelstuhl nieder, um die Diskussion besser genießen zu können.

«Morgen ist ein neuer Tag, heller und schöner.» Er wandte sich an Cooper. «Sie und ich werden Freunde werden. Wie ich sehe, haben Sie einen erlesenen Geschmack. Aber sagen Sie, ist meine Lieblingsposthalterin tatsächlich in Gefahr?»

«Das kann ich nicht beantworten.»

Josiah zog Harry noch näher an sich. «Ich bin nicht von gestern. Mrs. Hogendobber ist in sichtlich großer Eile weggeschickt worden. Wenn sie sozusagen im Urlaub ist und du einen Polizeiwachhund – Verzeihung – hast, dann bedeutet das, daß die Obrigkeit ihret- und deinetwegen besorgt ist. Schön, das bin ich auch.»

Officer Cooper schlug die Beine übereinander. «Ich weiß, Sie haben längst mit Rick gesprochen, aber um mich zufriedenzustellen – was glauben Sie, wer der Mörder ist?»

«Ich weiß es nicht, das ist ja das Frustrierende... es sei denn, es war Mrs. Hogendobber, und Sie haben sie eingesperrt, um zu verhindern, daß sie von den Crozetern gelyncht wird. Mrs. Hogendobber eine Mörderin – unwahrscheinlich, obwohl sie eine Unterhaltung schneller abwürgen kann als ein Limburger Käse.»

«Irgendeine Idee, was das Motiv angeht?» fragte Harry.

«Eine Art Groll, nehme ich an.»

«Warum sagen Sie das?» Officer Cooper setzte sich auf.

«Er hat die Leichen irgendwie erniedrigt. Ich meine, das zeugt von einem starken Gefühl. Wut, vielleicht Eifersucht. Oder er hat einen Korb bekommen.»

«Du bist ein Romantiker. Ich glaube, es ging schlicht und einfach um Geld.» Harry verschränkte die Arme über der Brust. «Und die Verstümmelung der Leichen dient dazu, uns von der Hauptsache abzulenken.»

«Welche wäre?» Josiah hob die Augenbrauen.

«Verdammt, wenn ich das wüßte.» Harry warf die Hände in die Luft.

«Nein. Es wäre fatal, wenn du es wüßtest, denn dann würde er dich umbringen – nach deiner Ansicht. Nach meiner Ansicht bist du vollkommen sicher.»

«Hoffen wir, daß Sie recht haben.» Officer Cooper lächelte Josiah an.

37

Mrs. Murphy, Tucker und Pewter rekelten sich unter dem indischen Flieder hinter Maudes Laden und warteten, daß Harry von den gesellschaftlichen Verpflichtungen erlöst würde.

Pewter schlug auf eine rote Ameise ein, die durchs Gras huschte. «*Schwarze Ameisen gehen ja noch, aber diese kleinen roten brennen wie Feuer.*»

«*Immer noch besser als Flöhe.*» Mrs. Murphy lag auf dem Rücken, alle vier Beine in der Luft, den Schwanz ausgestreckt.

«*Letztes Jahr war's am schlimmsten, am allerschlimmsten.*» Tucker spitzte die Ohren und entspannte sich wieder. «*Jede Woche wurde ich pitschnaß gebadet und mit einem Flohvertilger übergossen. Das war das Schlimmste.*»

«*Bei mir war's Flohschaum. Harry badet mich nicht gern, und ich bin ihr dankbar dafür. Aber, Pewter, dieser Schaum stinkt wie ranzige Himbeeren, und er ist klebrig. Im Gras und im Dreck wälzen hilft nicht, nicht mal an einer Baumrinde reiben. Dieses Jahr bin ich bloß einmal eingeschäumt worden.*»

«*Market schwört auf Flohhalsbänder. In der ersten Woche waren die Dämpfe so stark, daß meine Augen tränten. Danach hab ich rausgekriegt, wie man die Dinger abstreifen kann. Er ist so schwer von Begriff, daß vier Flohhalsbänder verlorengehen mußten, ehe er aufgab.*»

«*Magst du Menschen?*» fragte Tucker Pewter.

«*Nicht besonders. Ein paar mag ich. Die meisten nicht*», lautete Pewters freimütige Antwort.

«*Warum?*» Mrs. Murphy verdrehte den Kopf, um Pewter besser ansehen zu können. Sie blieb auf dem Rücken liegen.

«*Man kann ihnen nicht trauen. Himmel noch mal, sie können sich nicht mal gegenseitig trauen. Nimm zum Beispiel eine Katze. Wenn du in das Revier einer anderen Katze gerätst, merkst du es sofort. Sofern es keinen wichtigen Grund gibt, dich dort aufzuhalten, verziehst du dich. Die Grenzen sind klar. Bei Menschen ist nichts klar, nicht mal die Paarung. Ein Mensch paart sich oft mit einem anderen Menschen wegen der gesellschaftlichen Anerkennung, selten mit dem, der für ihn der Richtige ist. Menschen sind eher wie Schafe als wie Katzen. Sie sind leicht zu leiten, und sie gucken nicht, wo sie hingehen, bis es zu spät ist.»*

«*Nicht alle sind wie Schafe*», entgegnete Tucker.

«*Nein, aber die meisten, da stimme ich Pewter zu*», warf Mrs. Murphy ein. «*Vor Urzeiten ist mit den Menschen etwas Schreckliches passiert. Sie haben sich von der Natur getrennt. Wir leben bei einem Menschen, der mit den Jahreszeiten und anderen Tieren vertraut ist, aber Harry kommt ja auch vom Land. Solche sind dünn gesät. Und je weiter sich die Menschen von der Natur entfernen, desto verrückter werden sie. Und das wird sie am Ende vernichten.*»

«*Es schert mich nicht die Bohne, wenn sie sich vernichten, alle miteinander. Ich will bloß nicht mit untergehen, falls du von der Bombe sprichst.*» Pewter peitschte mit ihrem Schwanz das Gras.

«*Die Bombe ist es ja gar nicht.*» Mrs. Murphy schüttelte sich und setzte sich auf. «*Sie werden die Fische in den Flüssen töten und dann die Fische in den Meeren. Sie werden immer mehr Säugetierarten ausrotten. Sie werden kein gutes Trinkwasser mehr haben, wenn die Fische erst tot sind. Sie werden nicht mal mehr gute Luft zum Atmen haben. Wenn du nicht genug Sauerstoff hast, wie kannst du dann klar denken? Sogar ein Eichhörnchen kann eine schlechte Getreideernte deuten und hält sich mit der Vermehrung entsprechend zurück. Ein Mensch kann seine Ernten nicht deuten. Sie vermehren sich immer weiter. Wißt ihr, daß in diesem Moment, wo ich dies sage, mehr als fünf Milliarden Menschen auf der Erde sind? Sie können ihre Kinder nicht ernähren und vermehren sich doch immerzu.*»

Tuckers Augen blickten besorgt. *«Sie sind krank. Krank an Leib und Seele.»*

«Sie wollen einfach nicht einsehen, daß auch sie eine Tierart sind und daß die Naturgesetze auch für sie gelten.» Pewters Pupillen wurden weit.

«Sie finden die Gesetze der Natur grausam. Weißt du, Pewter, du hast recht. Sie sind verrückt. Sie scharen sich zu Millionen zusammen, um sich in einem Krieg gegenseitig zu töten. Wurden im Zweiten Weltkrieg nicht annähernd fünfundvierzig Millionen von ihnen abgeschlachtet? Und im Ersten Weltkrieg ungefähr zehn Millionen? Es ist fast zum Lachen.» Mrs. Murphy sah Harry und Officer Cooper Maudes Laden durch den Hintereingang verlassen. *«Es ist mir ehrlich gesagt ziemlich schnuppe, ob sie millionenweise sterben, aber ich möchte nicht, daß Harry stirbt.»*

Pewter gluckste, ein Ton, der um eine Nuance heller war als Schnurren. *«Ja, Harry ist ein Pfundskerl. Wir sollten sie zur Ehrenkatze ernennen.»*

«Oder zum Ehrenhund», ergänzte Tucker. *«Sie sagt, Katzen und Hunde sind die Laren und Penaten eines Hauses, seine Schutzgeister. Harry steht auf Mythologie, und der Vergleich gefällt mir.»*

Harry und Officer Cooper gingen zum Fliederstrauch hinüber.

«Ein Katzen-Kränzchen.» Harry kraulte Pewter am Schwanzansatz. Tucker leckte ihre Hand. «Entschuldige, ein Katzen-und-Hunde-Kränzchen. Kommt jetzt, ihr Trabanten. Zurück an die Arbeit.»

38

Bob Berryman war stolz auf seine Konstitution. Mit Anfang Fünfzig war er kräftiger als zu der Zeit, als er an der Crozet High School Football gespielt hatte; entsprechend war er noch eitler geworden, was seine sportlichen Fähigkeiten anging. Was ihm mit der Zeit an Schnelligkeit abhanden kam, machte Bob Berryman durch Raffinesse wett. Er spielte regelmäßig Softball und Golf. Er war es gewöhnt, Männer zu beherrschen und von Frauen Unterwerfung zu erfahren. Maude Bly Modena hatte sich ihm nicht unterworfen. Wenn er es recht bedachte, hatte er sich gerade deswegen in sie verliebt.

Er dachte kaum an etwas anderes. Er führte sich jeden Moment ihrer gemeinsamen Zeit wieder und wieder vor Augen. Er suchte diese Erinnerungen, Fragmente von Gesprächen und Gelächter nach Hinweisen ab. Was noch viel schmerzlicher war, er kehrte heute zu den Bahngleisen zurück. Was konnte es hier draußen geben, auf halbem Wege zwischen Crozet und Greenwood?

Unmittelbar vor ihrem Tod war Maude auf dieser Strecke gejoggt. Einmal die Woche lief sie den Weg an den Schienen entlang. Sie wechselte ihre Laufrouten gern. Sie sagte, sonst wäre es ihr langweilig. Sie lief die Bahnstrecke jedoch nicht öfter als andere Joggingrouten. Er war sie alle abgelaufen, mit Ozzie auf den Fersen.

Er hatte nie den Eindruck gehabt, daß Kelly und Maude sich nahestanden. Hier kam er nicht weiter. Er nahm sich im Geist sämtliche Leute in Crozet vor. War sie freundlich zu ihnen gewesen? Was dachte sie wirklich von ihnen?

Ein warmer Wind peitschte seine schütteren Haare, ein Serengetiwind, wüstenhaft trocken. Der Teer auf den Bahngleisen stank. Berryman spähte ostwärts zur Stadt, dann westwärts zum Greenwood-Tunnel.

Sie hatte immer Witze über Crozets Schatz gemacht;

und gründlich, wie Maude war, hatte sie sich einiges an Lektüre über Claudius Crozet besorgt. Der Ingenieur faszinierte sie. Wenn sie den Schatz nur finden könnte, dann könnte sie sich zur Ruhe setzen. Der Einzelhandel sei strapaziös, sagte sie, aber diese Ansicht teilte sie mit ihm, denn Berryman verhökerte mehr Viehtransporter als sonst jemand an der Ostküste.

Erst um zehn Uhr an diesem Abend, in der Stille seines kürzlich gemieteten Zimmers, war Berryman klargeworden, daß der Tunnel etwas mit Maude zu tun haben mußte. Von unbändiger Neugierde ebenso getrieben wie von Schmerz, eilte er, ohne zu zögern, zu seinem Wagen, eine Taschenlampe in der Hand, Ozzie an seiner Seite, und fuhr hin.

Die Kraxelei in Richtung Tunnel, tückisch in der Dunkelheit auf dem überwucherten Schienenstrang, brachte ihn bald zum Keuchen. Ozzie, dessen Sinne viel schärfer waren als die seines Herrn, witterte einen anderen Menschengeruch. Er sah den fahlen Schimmer an der unteren Tunnelkante, wo gesprenkeltes Licht durch das Laubwerk drang. In dem Tunnel war jemand. Ozzie bellte seinem Herrn eine Warnung zu. Er hätte besser geschwiegen. Das Licht wurde unverzüglich gelöscht.

Berryman lehnte sich an die versiegelte Tunnelöffnung, um zu verschnaufen. Ozzie hörte den Menschen durch das dichte Gebüsch schleichen. Er sauste hinterher. Ein einziger Schuß setzte Ozzies Leben ein Ende. Der Schäferhund jaulte auf und stürzte.

Berryman, der immer zuerst an seinen Hund dachte und dann an sich selbst, lief zu der Stelle, wo Ozzie verschwunden war. Er brach durchs Gebüsch und erblickte den Mörder.

«Du!»

Innerhalb einer Sekunde war auch er tot.

39

Rick Shaw, Dr. Hayden McIntire sowie Clai Cordle und Diana Farrell vom Rettungsdienst starrten auf Bob Berrymans Leiche. Er saß aufrecht hinter dem Lenkrad seines Wagens. Ozzie lag neben ihm, ebenfalls erschossen. Bob war durchs Herz und obendrein noch durch den Kopf geschossen worden. In seiner Brusttasche steckte eine Postkarte von General Lees Grabmal in Lexington, Virginia. «Schade, daß Du nicht hier bist», stand darauf. Kein Poststempel. Sein Wagen war auf der Kreuzung Whitehall Road und Railroad Avenue geparkt, einen Steinwurf von Postamt, Bahnhof und Market Shifletts Geschäft entfernt. Ein Farmer auf dem Weg zu seinen im Norden der Stadt gepachteten Feldern hatte die Leiche morgens gegen Viertel vor fünf gefunden.

«Können Sie schon irgendwas sagen?» fragte Rick Hayden.

«Sechs Stunden. Der Untersuchungsrichter wird es genauer feststellen lassen, aber mehr als sechs sind es nicht, vielleicht etwas weniger.» Jedesmal wenn er Ozzie ansah, dachte Hayden, sein Herz müßte brechen. Der Hund und Bob waren im Leben unzertrennlich gewesen, und nun waren sie es auch im Tod.

Rick nickte. Er griff nach dem Mobiltelefon in seinem Dienstwagen und wies die Zentrale an, ihn mit Officer Cooper zu verbinden.

Kurz darauf hörte er ihre verschlafene Stimme.

«Coop. Schon wieder einer. Bob Berryman. Aber diesmal war der Mörder in Eile. Er hat auf sein übliches Verfahren verzichtet. Kein Zyanid. Er hatte auch keine Zeit, die Leiche zu zerstückeln. Er hat lediglich zwei Einschüsse und eine Postkarte hinterlassen. Bleiben Sie bei Harry. Wir reden später miteinander. Ende.»

40

Mrs. Murphy und Tucker erfuhren die Neuigkeit von der Stadtschreierin Pewter. Die dicke graue Katze, die gewöhnlich im Schaufenster schlief, hatte den Wagen am frühen Morgen in der Nähe gehört. Für Pewter war es nichts Besonderes, vor Morgengrauen Personen- und Lieferwagen zu hören. Schließlich mußten die Betrunkenen irgendwann nach Hause kommen, desgleichen die Liebespaare, und die Farmer mußten aufstehen, bevor es hell wurde. Ozzies Tod traf die Tiere wie eine Bombe. Wurde er getötet, als er Berryman beschützte? Wurde er getötet, damit er Rick Shaw nicht zu dem Mörder führen konnte? Oder war der Mörder übergeschnappt und fiel jetzt über Tiere her?

«*Hätte ich es nur gewußt, dann wäre ich auf die Gefriertruhe gesprungen und hätte gesehen, wer das getan hat*», stöhnte Pewter.

«*Du konntest es aber nicht wissen*», tröstete Tucker sie.

«*Armer Ozzie*», seufzte Mrs. Murphy. Der riesenhafte Hund hatte ihre Geduld oft auf eine harte Probe gestellt, aber nie hätte sie ihm den Tod gewünscht.

Das Postamt verwandelte sich nach und nach in ein Tollhaus. Harry hatte ein wenig Zeit, sich auf dieses neue Entsetzen einzustellen, weil Officer Cooper sie darauf vorbereitete, aber niemand war auf den Ansturm der Reporter vorbereitet. Sogar die *New York Times* schickte einen Reporter. Zum Glück gab es in Crozet keine Hotels, so daß der Medienheuschreckenschwarm sich in Charlottesville einnisten, Autos mieten und damit die paar Kilometer nach Westen fahren mußte.

Rob Collier mußte sich durch einen Verkehrsstau kämpfen, um die Post abliefern zu können. Er schmiß die Säcke auf den Boden und knallte rasch die Tür hinter sich zu, weil ein Journalist sich hineinzudrängen suchte.

«Vielleicht sollten wir die Fenster vernageln», sagte Harry.

Mrs. Murphy, Tucker und Pewter kratzten an der Hintertür. Officer Cooper ließ sie rein. «Ich glaube, Ihre Kinder waren mal eben austreten. Pewter haben sie gleich mit angeschleppt.»

«Nicht einen Moment länger bleibe ich im Laden drüben!» klagte Pewter. *«Da kann man sich nicht mal umdrehen.»*

«Du bist lange genug geblieben, um deine Visage vor alle Fernsehkameras zu halten», bemerkte Mrs. Murphy.

«Das habe ich nicht getan! Sie wollten mich unbedingt zu einem Schwerpunkt ihrer Berichterstattung machen.»

«Mädels, Mädels, beruhigt euch.» Harry kippte ihnen eine Runde Trockenfutter in einen Napf und ging wieder nach vorn.

Rob starrte aus dem Fenster. «Im Radio haben sie gesagt, daß der Mörder ein Zeichen hinterläßt und daß Rick deshalb weiß, daß es derselbe war. Bob Berryman... nun, meine Damen, wenigstens hat er den Weg ins Jenseits mit Höchstgeschwindigkeit zurückgelegt.»

Officer Cooper trat neben ihn. «Wir leben in einem seltsamen Land, nicht? Wir interessieren uns mehr für schlechte Nachrichten als für gute. Glauben Sie, all die Reporter wären hier, wenn jemand ein Kind vor dem Ertrinken gerettet hätte?»

«Die Lokalpresse vielleicht. Das wär's aber auch schon gewesen.» Rob wandte sich Harry zu. «Bis heute nachmittag. Kann später werden.»

«Paß gut auf dich auf, Rob.»

«Ja. Und du auf dich.» Er stieß die Eingangstür auf und schloß sie geschwind hinter sich, dann sprintete er zum Wagen.

Das Telefon klingelte.

«Harry», tönte die bekannte Stimme. «Ich habe gerade die Fernsehnachrichten gesehen. Bob Berryman!»

«Mrs. Hogendobber, die Welt ist verrückt geworden»,

sagte Harry. «Kommen Sie nicht nach Hause. Was auch geschieht, bleiben Sie, wo Sie sind.»

«Die Zeiten, die Sitten. Die Menschen haben Gott verlassen, Harry – aber er hat uns nicht verlassen. Es wird Zeit für eine neue Ordnung.»

«Ich hatte immer den Verdacht, daß die Frauen sich unter einer neuen Ordnung immer noch an ihrem alten Platz wiederfinden.»

«Feminismus! Sie denken in Zeiten wie diesen noch an Feminismus?» Mrs. Hogendobber war bestürzt und zugleich wütend, weil sie sich so weit vom Ort des Geschehens entfernt befand.

«Ich rede nicht von Feminismus, sondern davon, wer Ihre Kirche leitet. Frauen etwa?» Harry war jeder Gesprächsstoff lieber als dieser jüngste Mord. Sie hatte mehr Angst, als sie sich anmerken ließ.

«Nein – aber wir steuern eine ganze Menge bei, Harry, eine ganze Menge.»

«Das ist nicht dasselbe, wie die erste Geige zu spielen oder an der Macht zumindest teilzuhaben.» Susan klopfte ans Fenster. Harry klemmte den Hörer zwischen Schulter und Ohr und machte mit den Händen ein Zeichen, daß sie gleich fertig sei. «Mrs. Hogendobber, entschuldigen Sie. Ich bin so durcheinander. Die Reporter sind eingefallen, eine Landplage. Ich lasse es an Ihnen aus. Vergessen Sie alles, was ich gesagt habe.»

«Auf gar keinen Fall. Sie haben mir etwas zu denken gegeben», erwiderte sie, was gar nicht ihre Art war. Reisen schien Mrs. H. liberaler zu machen. «Und passen Sie gut auf, hören Sie?»

«Ich höre.»

«Ich ruf morgen wieder an. Bye-bye.»

Harry legte den Hörer auf. Officer Cooper ließ Susan herein.

«Jesus, Maria und Josef. Wenn der Mörder wider Erwarten doch ein Herz hat, schießt er vielleicht auf die Reporter. Was sollen wir bloß machen? Ich mußte zu Fuß herkommen. Da draußen ist alles verstopft.»

«Weißt du –» Harry schob Susan einen Postsack hin, zum Teufel mit den Vorschriften – «ich glaube, der Mörder genießt diese Situation.»

Officer Cooper schnappte sich einen Postbehälter. «Das glaube ich auch.»

«Also, ich hab eine Idee.» Harry winkte Susan und Coop nahe zu sich heran. Sie flüsterte: «Spielen wir ihm unsererseits einen kleinen Streich. Stecken wir allen eine Friedhofspostkarte ins Schließfach.»

«Du machst Witze.» Susan fuhr sich unwillkürlich mit den Händen an die Brust, wie um sich zu schützen.

«Nein, überhaupt nicht. Keiner weiß von den Postkarten, nur ich und du und Rick und Coop. Die anderen wissen von einem Signal, aber sie wissen nicht, was es ist. Oder glauben Sie, Rick hat es sonst noch jemandem erzählt?»

«Noch nicht«, antwortete Coop.

«Wir machen niemandem Angst, außer dem Mörder», sagte Harry. «Er hat keine Ahnung, wer ihm die Postkarte geschickt hat. Aber er wird merken, daß auch wir unser Spiel mit ihm treiben.»

«Du tätest verdammt gut daran zu hoffen, daß er nicht rauskriegt, wer wir sind.» Susan verschränkte die Arme.

«Wenn er dahinterkommt, werden wir's wohl ausfechten müssen», erwiderte Harry.

«Harry, das können Sie vergessen. Er wird Sie sehr schnell außer Gefecht setzen.» Coops Stimme war leise.

«Okay, okay, ich sollte nicht so großspurig daherreden. Er hat dreimal gemordet. Was bedeutet ihm schon ein weiterer Mord? Aber ich glaube, wir könnten ihn nervös machen. Verflucht noch mal, es ist einen Versuch wert. Susan, kaufst du die Postkarten? Ich weiß, daß es welche von Jeffersons Grab gibt. Vielleicht findest du noch andere.»

«Ich mach's, aber ich hab Angst», gestand Susan.

41

Rick ging die Wände hoch. Er hatte einen dritten Mord am Hals, die Presse fiel über ihn her wie ein Stechmückenschwarm, und Mary Minor Haristeen kam ihm mit einer hirnrissigen Idee von irgendwelchen Postkarten.

Er fuhr quietschend in Larry Johnsons Zufahrt und knallte die Tür seines Dienstwagens mit aller Wucht zu. Es war ein Wunder, daß sie nicht abfiel. Der alte Arzt im Ruhestand, der gerade mit seinen geliebten blaßgelben Rosen beschäftigt war, fuhr gelassen mit dem Sprühen fort. Bis er bei ihm angelangt war, hatte Rick sich etwas beruhigt.

«Larry.»

«Sheriff. Ungeziefer wird die Welt regieren, da bin ich ganz sicher.» Die Handspritze, mit der der robuste alte Herr den Japankäfern zu Leibe rückte, zischte. «Was kann ich für Sie tun? Beruhigungspillen?»

«Die könnte ich weiß Gott gebrauchen.» Rick atmete aus. «Larry, ich hätte schon längst zu Ihnen kommen sollen. Ich hoffe, ich habe Sie nicht gekränkt. Es war eine Selbstverständlichkeit, Hayden hinzuzuziehen, weil er jetzt die Praxis hat, aber Sie kennen alles und jeden viel länger als Hayden. Ich hoffe, Sie können mir helfen.»

«Hayden ist ein feiner Kerl.» Zisch, zisch. «Kennen Sie den Spruch, ein neuer Arzt erfordere einen größeren Friedhof?»

«Nein, nie gehört.»

«Auf Hayden trifft das nicht zu. Er hat sich auf unsere Art eingelassen. Ist ja auch eigentlich kein Yankee. In Maryland aufgewachsen. Junger Mann, glänzende Zukunft.»

«Ja. Wir werden wohl langsam alt, Larry, wenn uns achtunddreißig jung vorkommt. Wissen Sie noch, daß es uns mal uralt erschien?»

Larry nickte und sprühte heftig weiter. «Banzai, ihr verdammten geflügelten Quälgeister! Los, tretet vor den Kaiser.» Er war im Zweiten Weltkrieg und in Korea Militärarzt gewesen, bevor er die Praxis übernommen hatte. Sein Vater, Lynton Johnson, hatte vor ihm in Crozet praktiziert.

«Ich möchte Sie bitten, die Schweigepflicht zu brechen. Sie müssen es natürlich nicht tun, aber Sie praktizieren ja nicht mehr, da ist es vielleicht nicht so schlimm.»

«Ich höre.»

«Haben Sie je Anzeichen von etwas Ungewöhnlichem bemerkt? Medikamente verschrieben, die die Persönlichkeit verändern?»

«Einmal, in den sechziger Jahren, habe ich Miranda Hogendobber Diätpillen verschrieben. Meine Güte, sie hat wochenlang ununterbrochen geplappert. Das war ein Fehler. Trotzdem nahm sie in zwei Jahren nur zwei Pfund ab. Mim hat ein Nervenleiden –»

«Was für ein Nervenleiden?»

«Dies und das und sonst noch was. Die Frau hatte schon eine Liste mit Beschwerden beieinander, als sie noch im Mutterleib war. Kaum erblickte sie das Licht der Welt, hatte sie sie schon ausposaunt. Und daß Stafford eine Farbige geheiratet hat, gab ihr den Rest...»

«Eine Schwarze, Larry.»

«Als ich ein Kind war, war das ein Schimpfwort. Weißt du, es ist furchtbar schwer, rückgängig zu machen, was man achtzig Jahre lang gelernt hat, aber schön, ich geb meinen Fehler zu. Das hübsche Ding war das Beste, das Allerbeste, was Stafford passieren konnte. Sie hat einen Mann aus ihm gemacht. Mim war gefährlich nahe am Rand eines Nervenzusammenbruchs. Ich hab ihr natürlich Valium gegeben.»

«Könnte sie labil genug sein, um einen Mord zu begehen?» Rick kam der Gedanke, daß sie ihr Pontonboot selbst aufgeschlitzt haben könnte, um als Zielscheibe zu erscheinen.

«Das könnte jeder unter den richtigen Umständen – unter den falschen, sollte ich vielleicht lieber sagen –, aber nein, das glaube ich nicht. Mim hat sich wieder beruhigt. Oh, sie kann bösartig sein wie eine sich häutende Schlange, aber sie ist nicht mehr auf Valium angewiesen. Jetzt haben wir übrigen es nötig.»

«Haben Sie Kelly Craycroft behandelt?»

«Ich habe Kelly ins Drogenrehabilitationszentrum eingewiesen.»

«Und?»

«Kelly Craycroft war ein faszinierender Mistkerl. Er erkannte keine Gesetze an, außer seine eigenen, und trotzdem hatte der Mann Sinn und Verstand. Er neigte zum Suchtverhalten. Liegt in der Familie.»

«Wie steht es mit erblichem Wahnsinn? In wessen Familie liegt der?»

«In etwa neunzig Prozent der vornehmsten Familien von Virginia, würde ich sagen.» Ein garstiges Lächeln erschien auf dem Gesicht des Arztes. Das Sprühen wurde schwächer.

«Geben Sie her. Ich möchte auch ein paar erledigen.» Rick attackierte die Käfer, ihre schillernden Flügel wurden naß von dem Gift. Ein Surren, dann ein Spritzen, und die Käfer fielen auf die Erde; die gepanzerten Hüllen machten ein leise klirrendes Geräusch. «Und Harry? War sie mal krank? Labil?»

«Hat sich beim Hockeyspielen im College mal den Rükken verrenkt. Immer wenn die Schmerzen mal wieder aufflammten, hab ich ihr Motrin gegeben. Ich glaube, Hayden gibt es ihr heute noch. Harry ist ein kluges Mädchen, das nie den richtigen Beruf gefunden hat. Trotzdem scheint sie glücklich zu sein. Sie halten doch nicht sie für die Mörderin, oder?»

«Nein.» Rick rieb seine Nase. Das Sprühzeug roch widerlich. «Was meinen Sie, Larry?»

«Ich halte den- oder diejenige nicht für wahnsinnig.»

«Fair Haristeen hat für keine der Mordnächte ein Alibi... und er hat ein Motiv, was Kelly betrifft. Da er jetzt allein lebt, sagt er, gibt es niemanden, der für ihn bürgt.»

Larry rieb sich die Stirn. «Das hatte ich befürchtet.»

«Wie sieht's mit Zyanid aus? Wie schwer ist es herzustellen?» wollte Rick wissen.

«Ziemlich schwer, aber jemand mit medizinischen Kenntnissen dürfte da keinerlei Schwierigkeiten haben.»

«Auch ein Tierarzt nicht?»

«Auch ein Tierarzt nicht. Aber jeder intelligente Mensch, der auf dem College einen Chemiekurs belegt hat, kann es hinkriegen. Zyanid ist eine einfache Zusammensetzung: Zyan mit einem metallischen oder einem organischen Radikal. Pottasche-Zyanid pustet einem das Licht aus, bevor man Zeit hat zu blinzeln. Anstreicher, Möbelbeizer, sogar Automechaniker haben Zugang zu Chemikalien, die, richtig destilliert, tödlich wirken können. Man kann es im Spülstein herstellen.» Larry betrachtete befriedigt den Regen sterbender Käfer. «Sie wissen, was der eigentliche Kern der Sache ist, nicht wahr?»

«Nein.» Ricks Stimme wurde hell vor Spannung.

«Es ist etwas direkt vor unserer Nase. Irgendwas, woran wir gewöhnt sind, was wir täglich sehen, woran wir täglich vorübergehen, und irgend jemand, an den wir gewöhnt sind, den wir täglich sehen und an dem wir täglich vorübergehen. Was auch immer es ist, es ist so sehr ein Teil unseres Lebens, daß wir es nicht mehr bemerken. Wir müssen unsere Umwelt, unseren Alltag mit neuen Augen betrachten. Nicht nur die Personen, Rick, sondern die ganze Kulisse. Das hat Bob Berryman getan. Deswegen ist er tot.»

42

Rick verhaftete Pharamond Haristeen III. Er hatte kein Alibi. Er war kräftig gebaut, hochintelligent und verfügte über medizinische Sachkenntnis. Er hatte einen Groll gegen Kelly gehegt und umgekehrt. Was er gegen Maude Bly Modena gehabt haben könnte, wußte Rick nicht so recht, aber seine Verhaftung würde die Presse und die Öffentlichkeit beschwichtigen. Sie würde möglicherweise auch Fairs Leben ruinieren, wenn er nicht der Mörder war. Rick zog diesen Umstand in Betracht und verhaftete ihn trotzdem. Er mußte auf Nummer Sicher gehen. Er hatte auch Harrys Plan zugestimmt. Was hatte er zu verlieren, außer wenn Harry diejenige war? Er gab ihr einen Revolver, und niemand außer Cynthia Cooper wußte, daß Harry jetzt bewaffnet war.

Mrs. Murphy lag ausgestreckt auf dem Hackklotz in Harrys Küche. Ihr Schwanz wippte rhythmisch auf und ab. Tucker saß bei Harry am Küchentisch. Harry, Susan und Officer Cooper beugten sich über die Postkarten und schrieben wieder und wieder: «Schade, daß Du nicht hier bist.»

Das Telefon läutete. Es war Danny, der seine Mutter sprechen wollte. Susan nahm den Hörer. «Was ist denn jetzt schon wieder?» Sie hörte zu, während er stöhnend erzählte, daß Dad den Fernseher abgeschaltet hatte, damit er sein Zimmer aufräumte. Während sie die Klagelitanei über sich ergehen ließ, wurde Susan bewußt, daß ein Kind im Teenageralter eine Frau rapide altern ließ. Ein Ehemann in mittleren Jahren beschleunigte diesen Prozeß noch mehr. «Tu, was dein Vater sagt.» Darauf folgte ein neuer Ausbruch. «Danny, wenn ich nach Hause kommen und zwischen dir und deinem Vater vermitteln muß, kriegst du Hausarrest bis Weihnachten!» Erneutes Geheule. «Er kriegt auch Hausarrest. Geh, räum dein Zimmer auf und stör mich nicht. Ich wäre nicht hier, wenn es nicht wichtig wäre. Wiedersehn.» Peng, knallte sie den Hörer hin.

«Glückliche Familien», sagte Harry.

«Ein Sohn in diesem Alter ist gar nicht so schwierig. Die Kombination von Vater und Sohn, die ist das Problem. Manchmal denke ich, Ned nimmt es Danny übel, daß er stärker wird als er. Er ist schon fünf Zentimeter größer als Ned.»

«Die alte Geschichte.» Cooper nahm sich die nächste Postkarte vor. Dolley Madisons Grabstein zierte die Vorderseite. «Wie viele noch?»

«Ungefähr hundertfünfundzwanzig. Es sind vierhundertzwei Schließfächer, und wir nähern uns der Zielgeraden.»

«Warum so wenige?» fragte Susan.

«Sie wollen noch mehr?» Cooper war fassungslos.

«Nein, aber meines Wissens hat Crozet dreitausend Einwohner.»

«Die anderen haben keine Schließfächer. Die meisten von meinen Leuten wohnen mitten in der Stadt.» Harrys Zeige- und Mittelfinger begannen zu schmerzen.

Während die drei Frauen weiterkritzelten, machte Mrs. Murphy einen Schrank auf und kroch hinein.

Tucker war sauer, weil sie nicht herumklettern konnte wie die Katze. *«Geh nicht da rein. Sonst kann ich dich nicht mehr sehen.»*

Mrs. Murphy steckte den Kopf heraus. *«Ich riech die Gewürze so gern. Hier drin ist ein Kräutertee, der erinnert mich an Katzenminze.»*

«Ich schätze, da oben ist nichts, was nach Rinderknochen riecht?»

«Bouillonwürfel. Im Päckchen. Ich hol sie raus.» Sie untersuchte das Päckchen. *«Schade, daß wir Bob Berryman nicht beschnüffeln konnten. Ob er auch diesen Geruch an sich hatte?»*

«Glaub ich nicht. Die Kugel hat ihn erledigt. Ich hab alle,

die ins Postamt kamen, untersucht, bloß für den Fall, daß sie den Geruch an sich haben – so wie ihre Arbeitsgerüche. Rob riecht nach Benzin und Schweiß. Market riecht köstlich. Mim durchtränkt sich mit diesem gräßlichen Parfum. Fair riecht nach Pferden und Medizin. Von Little Marilyns Haarspray tränen mir die Augen. Josiah riecht nach Möbelpolitur plus Aftershave. Kelly roch nach Betonstaub. Ihre Gerüche sind so charakteristisch wie ihre Stimmen.»

«Wonach riecht Harry für dich?»

«Nach uns. Unser Geruch umhüllt sie, aber sie weiß es nicht. Ich sehe immer zu, daß ich mich an ihr reibe und auf ihrem Schoß sitze, genau wie du. Das hält andere Tiere von dummen Gedanken ab.»

Harry sah auf und erblickte Mrs. Murphy, die an dem Bouillonpäckchen knabberte. «Laß das.» Die Katze sprang aus dem Schrank, bevor Harry sie packen konnte.

«Wetten, du kriegst einen Bouillonwürfel.» Mrs. Murphy zwinkerte.

«Damit kann man nichts mehr anfangen», wütete Harry. Sie öffnete das Päckchen und gab Tucker einen der Würfel, die Mrs. Murphy angeknabbert hatte. Die Tigerkatze setzte sich frech auf die Anrichte. «Hier, verflixt noch mal, du hast dich genug dafür angestrengt, aber deine Manieren gehen zum Teufel.» Mrs. Murphy nahm den Würfel zierlich aus Harrys Fingern.

«Fertig!» jubelte Officer Cooper.

«Jetzt werden wir sehen, ob's klappt.» Harry kniff die Augen zusammen.

Was herunterklappte war Harrys Kinnladen, als sie den Fernseher einschaltete und sah, wie Fair abgeführt wurde. Dieser verdammte Rick Shaw. Er hatte niemandem was gesagt.

Sie zog ihre Schuhe an und schleppte Cooper zum Gefängnis. Zu spät. Fair war schon wieder auf freiem Fuß. Ein Alibi war beigebracht worden, ein Alibi, das Harry ebenso aus der Fassung brachte wie Fair selber.

43

Ned paffte seine Pfeife. Auf Harrys Bitte wartete Officer Cooper mit Susan im Wohnzimmer. Die Morde waren grauenhaft, aber dies hier war schmerzlich.

Nachdem sie erfahren hatte, daß Boom Boom Fair befreit hatte, indem sie zu Protokoll gegeben hatte, er sei sowohl in der Nacht von Kellys Ermordung wie auch in der Nacht von Maudes Ermordung bei ihr gewesen, hatte Harry Susan noch einmal angerufen.

Logisch betrachtet wußte sie, daß es absurd war, erschüttert zu sein. Ihr Mann war untreu gewesen. Millionen Ehemänner waren untreu. Im tiefsten Innern wußte sie auch, daß diese Affäre schon vor der Trennung bestanden haben mußte. Sie wollte die Scheidung, mit oder ohne Affäre, aber als sie im Gefängnis die Einzelheiten erfuhr, brach sie unwillkürlich in Tränen aus.

Sie rief Ned an. Er sagte, sie solle sofort zu ihm kommen.

«... unüberwindliche Differenzen. Das kannst du natürlich ändern und jetzt wegen Ehebruch klagen. Harry, das Scheidungsrecht in Virginia ist – nun ja, sagen wir mal, wir sind hier nicht in Kalifornien. Wenn du wegen Ehebruch klagst und das Gericht entscheidet zu deinen Gunsten, brauchst du das Vermögen nicht zu teilen, das ihr in der Ehe gebildet habt.»

«Mit anderen Worten, das wäre seine Strafe fürs Fremdgehen.» Harrys Augen wurden wieder feucht.

«Das Gesetz nennt es nicht Strafe, wenn –»

«Aber es ist eine, oder nicht? Wegen Ehebruch zu klagen ist ein Racheinstrument.» Sie ließ sich in den Sessel sinken. Ihr Kopf schmerzte. Ihr Herz schmerzte.

Neds Worte waren wohlüberlegt. «Man könnte sagen, daß eine solche Klage in den Händen einiger Anwälte und Personen zu einem Racheinstrument wird.»

Nach einer langen, nachdenklichen Pause sprach Harry

mit fester, klarer Stimme: «Ned, es ist schlimm genug, daß eine Scheidung in dieser Stadt zum öffentlichen Spektakel wird. Dieses... dieses Ehebruchverfahren würde das Spektakel für mich zum Alptraum und für die Mim Sanburnes dieser Welt zu einem richtigen Affentheater machen. Weißt du –» sie blickte zur Decke hoch – «ich kann nicht mal sagen, daß er unrecht getan hat. Sie hat was, was ich nicht habe.»

Der Freund in Ned war stärker als der Anwalt. «Sie kann dir nicht das Wasser reichen, Harry. Du bist die Beste.»

Das brachte Harry erneut zum Weinen. «Danke.» Als sie sich wieder gefaßt hatte, fuhr sie fort: «Was habe ich zu gewinnen, indem ich ihn verletze, weil ich verletzt bin? Ich sehe keinen Vorteil, außer mehr Geld, falls ich gewinne, und bei meiner Scheidung geht es nicht um Geld – es geht tatsächlich um unüberwindliche Differenzen. Ich bleibe dabei. Manchmal, Ned, lassen sich die Dinge trotz der besten Absichten und der besten Menschen –» sie lächelte – «eben nicht bereinigen.»

«Du bist Klasse, Schätzchen.» Ned kam herüber, setzte sich auf die Sessellehne und klopfte Harry auf den Rükken.

«Vielleicht.» Sie lachte ein wenig. «Gelegentlich bin ich imstande, mich wie ein vernünftiger, erwachsener Mensch zu benehmen. Ich will die Sache hinter mich bringen. Ich will mein Leben fortsetzen.»

44

Pünktlich wie die Uhr rief Mrs. Hogendobber am nächsten Morgen um Viertel vor acht wieder an, um sich den neuesten Klatsch erzählen zu lassen. Pewter kam von nebenan zu Besuch. Die gefüllten Schließfächer warteten auf ihre Besitzer, und als die Tür um acht Uhr aufging, verhielten sich Harry und Officer Cooper völlig normal. Sie versuchten es jedenfalls, doch Officer Cooper postierte sich so, daß sie die Fächer im Blick hatte. Harry verbrannte Energie, indem sie Mrs. Murphy, Pewter und sogar Tucker im Postbehälter herumkutschierte.

Danny Tucker kam als erster, schaufelte die Post heraus, sah sie aber nicht durch. «Schade, daß ich dich gestern abend nicht gesehen habe. Mom sagte, du hattest mit Dad was Geschäftliches zu besprechen gehabt.»

«Ja. Wir haben ein paar Dinge geklärt.»

In diesem Moment polterte Ned Tucker die Treppe herauf. «Hallo allerseits.» Er schenkte Harry ein breites Lächeln, dann sah er die Post in den Händen seines Sohnes. «Die nehm ich.» Er blätterte sie rasch durch, blinzelte, als er die Postkarte sah, las sie und sagte laut: «Das ist Susans Handschrift. Was hat sie denn jetzt schon wieder vor?»

Daran hatte Harry nicht gedacht. Sie hätten sich die Namen besser aufteilen sollen. Sie war gespannt, wer sonst noch ihre Handschriften erkannte.

«Dad, ich bin wirklich brav gewesen, und heute abend ist eine Party –»

«Die Antwort ist nein.»

«Ach, Dad, bis Halloween könnte ich tot sein.»

«Das ist nicht witzig, Dan.» Ned öffnete die Tür. «Harry, ich befreie dich von unserer Gegenwart.» Unsanft schob er seinen protestierenden Sohn nach draußen.

«Schreiben Sie regelmäßig Briefe?» fragte Harry Coop.

«Nein. Und Sie?»

«Nicht oft. Das hier haben wir jedenfalls vermasselt.»

«Hoffen wir, daß er keinem was davon sagt, außer Susan. Möchte wissen, was sie ihm erzählt.»

Market war der nächste. Er sortierte seine Post und warf die Postwurfsendungen mitsamt der Postkarte in den Abfall. «Verdammter Mist.»

«Hört sich gar nicht nach dir an, Market.» Harry zwang sich zu einem leichten Tonfall.

«Das Geschäft blüht, aber ich würde lieber weniger verdienen und dafür meinen Seelenfrieden wiederhaben. Wenn noch ein einziger Reporter oder sadistischer Tourist in meinen Laden trampelt, werde ich ihn eigenhändig rausprügeln. Einer von diesen Zeitungsschnüfflern hat meiner Tochter aufgelauert und die Unverschämtheit besessen, sie zum Essen einzuladen. Sie ist vierzehn Jahre alt!»

«Denk an *Lolita*», sagte Harry.

«Ich kenne keine Lolita, und wenn ich eine kennen würde, würde ich ihr raten, ihren Namen zu ändern.»

Er stelzte hinaus.

«Ich geh nicht nach Hause, bis seine Laune sich gebessert hat», erklärte Pewter ihren Gefährtinnen.

«Bislang war Harrys Idee ein Reinfall.» Mrs. Murphy leckte ihre Pfote.

Fair kam ein wenig linkisch herein. «Meine Damen.»

«Fair», erwiderten sie gleichzeitig.

«Hm, Harry –»

«Später, Fair. Ich habe jetzt nicht die Kraft, es zu hören.» Harry schnitt ihm das Wort ab.

Er trat an sein Schließfach und zerrte die Post heraus.

«Himmel, was ist denn das?» Er ging zu Harry und reichte ihr die Postkarte.

«Ein hübsches Bild von Jeffersons Gedenktafel.»

«‹Schade, daß Du nicht hier bist›», las Fair laut vor. «Tom meint vielleicht, ich sollte ihm Gesellschaft leisten. Das tun ja inzwischen einige andere auch; ich glaube, ich hab einen schönen Schlamassel angerichtet.» Er schob die Karte über den Schalter. «Wenn T.J. heute nach Albemarle County zurückkehrte, würde er sterben vor Sehnsucht, von hier wegzukommen.»

«Warum sagen Sie das?» fragte Officer Cooper.

«Die Leute kleben so am Althergebrachten. Ich meine, der Mann verkörperte fortschrittliches Denken, in der Politik, in der Architektur. Seit seinem Tod haben wir keine Fortschritte mehr gemacht.»

«Du hörst dich an wie Maude Bly Modena», bemerkte Harry.

«So? Kann schon sein.»

«Ich nehme an, du wirst dich jetzt öffentlich mit Boom Boom zeigen.»

Fair funkelte Harry böse an. «Das war ein Schlag unter die Gürtellinie.» Er stürmte hinaus.

«Herrje, es ist nicht mal zehn Uhr morgens. Ich bin gespannt, wen wir sonst noch beleidigen können.» Officer Cooper lachte.

«Das macht die Anspannung, und dann die vielen Reporter, die einem auf die Nerven gehen. Und... ich weiß nicht. Die Luft fühlt sich schwer an, wie vor einem Sturm.»

Reverend Jones, Clai Cordle, Diana Farrell und Donna Eicher holten ihre Post ab. Daraus ergab sich nichts. Donna nahm auch die Post für Linda Berryman mit.

Als sich das Postamt wieder geleert hatte, bemerkte Harry: «Es war ziemlich geschmacklos von uns, eine Karte in Linda Berrymans Fach zu stecken.»

«In diesem Fall rechtfertigt das Gemeinwohl so ziemlich jede Gemeinheit.»

Hayden McIntire schaute vorbei. Auch er ging hinaus, ohne sich seine Post anzusehen.

Boom Boom Craycroft aber erfaßte die Bedeutung der Karte sofort, als sie ihre Post in drei Stapel teilte: Privates, Geschäftliches, Postwurfsendungen. «Wie hübsch.»

Sie reichte Harry die Postkarte. «Würdest du mir das jetzt wünschen?»

«Ich hab auch eine gekriegt», flunkerte Harry.

«Krankhafter Humor.» Boom Boom schürzte verächtlich die Lippen. «Diese Morde stellen jeden Verrückten in den Schatten, den wir hier je hatten. Manchmal denke ich, ganz Crozet ist verrückt. Wieso eitern wir hier wie ein Pikkel am Arsch der Blue Ridge Mountains? Der arme Claudius Crozet. Er hätte was Besseres verdient.» Sie machte eine Pause, dann sagte sie zu Harry: «Hm, ich schätze, du hast auch was Besseres verdient, aber ich bringe es nicht fertig, mich zu entschuldigen. Ich fühle mich nicht schuldig.»

Als sie hinausging, bemerkte die verblüffte Harry, daß Mrs. Murphy auf die Stempelkissen zusteuerte. Schnell spurtete sie an ihr vorbei und klappte die Schachteln zu. Mrs. Murphy zockelte daran vorüber, als gingen sie sie nichts an. Dieser Aufruhr wegen Boom Boom und Fair hatte auch die Katze in Aufregung versetzt. Sie war unglücklich darüber, Harry leiden zu sehen.

Der Name Crozet hatte einen Nerv in Harrys Hirn in Tätigkeit gesetzt. «Cooper, wenn ich den vergrabenen Schatz fände, müßte ich dafür Einkommensteuer zahlen?»

«Wir zahlen in diesem Land sogar Erbschaftssteuer. Natürlich müßten Sie zahlen.»

«Vielleicht kommt sie jetzt endlich drauf.» Mrs. Murphy stolzierte auf und ab.

«Wo drauf?» Pewter konnte es nicht ausstehen, weniger zu wissen als die anderen, deshalb weihte Tucker sie ein.

«Die Gewinne in Maudes Hauptbuch. Vielleicht hängen sie mit dem stückweisen Verkauf des Schatzes zusammen.»

«Sind Sie von Sinnen?» Cooper lächelte. «Aber die Erklärung ist so gut wie jede andere. Sie läßt nur die winzige, unbedeutende Kleinigkeit außer acht, daß die Tunnels versiegelt sind. Steine, Schutt, Beton. Armer Claudius.

Ich würde mir um ihn mehr Sorgen machen, wenn er zurückkehrte, als um Thomas Jefferson. Stellen Sie sich vor, Sie kommen zurück und sehen Ihr Lebenswerk, ein Meisterwerk der Ingenieurskunst, versiegelt und vergessen.»

«Lassen Sie uns nach der Arbeit hingehen.»

«Gut. Machen wir.»

In diesem Augenblick betraten Mim, Little Marilyn und ihre ständige Begleiterin das Gebäude. Josiah folgte ihnen, wie ein gutgepflegter Terrier, auf dem Fuße.

Mutter und Tochter, zwischen denen offensichtlich dicke Luft herrschte, verbreiteten ihre gedrückte Stimmung im ganzen Raum. Josiah sortierte unauffällig seine Post am Schalter, während die Frauen in leisem Ton miteinander sprachen.

Der leise Ton explodierte jäh, als Mim Little Marilyn die Post aus der Hand riß. «Die nehme ich.»

«Ich kann die Post genausogut sortieren wie du.»

«Du bist zu langsam.» Mim blätterte hektisch die Post durch. Die Postkarte drang kaum in ihr Bewußtsein. Sie hielt nach etwas anderem Ausschau.

«Mutter, gib mir meine Post!»

Josiah las seine Postkarte. Dolley Madisons Grabmal. Er lächelte Harry an. «Ist das ein Scherz von dir?»

«Ich geb dir gleich deine Post.» Die Sehnen an Mims Hals traten hervor.

Little Marilyn, das Gesicht purpurrot, schlug ihrer Mutter mit dem Handrücken auf die Hände, und die Post flog durch die Gegend. Mrs. Murphy sprang auf den Schalter, um zuzusehen, Pewter desgleichen. Tucker bettelte hinter dem Schalter, nach vorne gelassen zu werden, und Harry öffnete ihr die Tür. Sie setzte sich neben die Frankiermaschine und sah zu.

«Ich weiß, wonach du suchst, Mutter, und du wirst es nicht finden.»

Mim heuchelte Selbstbeherrschung und bückte sich, um die Antworten auf die Hochzeitseinladungen aufzuheben. Josiah ließ seine Post auf dem Schalter liegen und trat zu ihr. «Möchtest du nicht ein wenig frische Luft schnappen, Mim? Ich heb das auf.»

«Ich brauche keine frische Luft. Ich brauche eine neue Tochter.»

«Schön. Dann hättest du *gar kein* Kind mehr», schrie Little Marilyn sie an. «Du suchst nach einem Brief von Stafford. Du wirst keinen finden, Mutter, weil ich ihm nicht geschrieben habe.» Little Marilyn machte eine Pause, um Atem zu holen und um der dramatischen Wirkung willen. «Ich habe ihn angerufen.»

«Was hast du?» Mim sprang so schnell auf, daß ihr das Blut aus dem Kopf wich.

«Mim, Liebling –» Josiah suchte sie zu beruhigen. Sie stieß ihn weg.

«Du hast richtig gehört. Ich habe ihn angerufen. Er ist mein Bruder, und ich liebe ihn, und wenn er nicht zu meiner Hochzeit kommt, dann kommst du auch nicht. Ich bin diejenige, die heiratet, nicht du.»

«Wag es ja nicht, so mit mir zu sprechen.»

«Ich spreche mit dir, wie's mir paßt. Ich habe immer alles getan, was du von mir verlangt hast. Ich habe die richtigen Schulen besucht. Ich habe die geeigneten femininen Sportarten getrieben, du weißt schon, Mutter, die, bei denen man nicht schwitzt. Entschuldige – glüht. Ich habe die richtigen Freundinnen gehabt. Ich kann sie nicht ausstehen! Sie sind langweilig. Aber sie sind *comme il faut.* Ich heirate den richtigen Mann. Wir werden zwei blonde Kinder haben, und sie werden die richtigen Schulen besuchen, den richtigen Sport betreiben bis zum Überdruß. Ich steige runter von dem Karussell. *Jetzt.* Wenn du draufbleiben willst, schön. Du wirst nicht merken, daß du dich im Kreis drehst, bis du tot bist.» Little Marilyn zitterte vor Wut, die allmählich in Erleichterung und sogar in Glück überging. Sie tat es, endlich. Sie wehrte sich.

Harry, die kaum zu atmen wagte, hätte am liebsten applaudiert. Officer Cooper sprangen fast die Augen aus dem Kopf. So also benahm man sich in der oberen Mittelklasse? Die öffentliche Bloßstellung würde Mim am Ende mehr zusetzen als die bloßgestellten Gefühle.

«Liebling, laß uns das woanders besprechen, bitte.» Josiah nahm sachte Mims Arm. Diesmal ließ sie sich von ihm führen.

«Little Marilyn, wir reden später darüber.»

«Nein. Es gibt nichts zu reden. Ich heirate Fitz-Gilbert Hamilton. Er ist nicht gerade aufregend, aber er ist ein guter Mensch, und ich hoffe von ganzem Herzen, daß wir unsere Sache miteinander gut machen, Mutter! Ich möchte glücklich sein, und sei es nur für einen Tag in meinem Leben. Du bist zu meiner Hochzeit eingeladen. Die Frau meines Bruders wird meine Brautführerin sein.»

«O mein *Gott.*» Mim wurde ohnmächtig.

45

*E*rst in den Stunden des schwindenden Lichts, als sich gegen sieben Uhr abends lange, kupferfarbene Schatten ausbreiteten, wurde Harry klar, was sich im Postamt eigentlich abgespielt hatte.

Josiah und Officer Cooper hatten Mim wiederbelebt, Little Marilyn war gegangen. Sofern sie die verzweiflungsvolle Lage ihrer Mutter bekümmerte, hatte sie es gut verborgen. Mim hatte sie im Laufe der Jahre oft genug zur Verzweiflung getrieben. Wenn sie im Postamt ohnmächtig wurde und sich den Schädel brach, dann war das eben so.

Die Leibwache rieb Mim Amylnitrit unter die Nase, und

als sie zu sich kam, sagte sie: «Ich passe hier nicht mehr her. Mein Leben ist wie ein altes Kleid.»

Für einen kurzen Augenblick bedauerte Harry sie.

Josiah kümmerte sich um Mim und brachte sie zu seinem Laden.

Den restlichen Tag über strömten Leute zum Postamt herein und hinaus. Harry und Officer Cooper hatten kaum Zeit, auf die Toilette zu gehen, geschweige denn zum Nachdenken.

Zum Denken kamen sie später, als die Frauen, beide bewaffnet, in der drückenden, vom grünen Duft der Vegetation geschwängerten Hitze den alten, steilen Schienenstrang zum Greenwood-Tunnel erklommen. Mrs. Murphy und Tucker hatten sich geweigert, in dem weiter unten geparkten Wagen zu bleiben. Auch sie keuchten.

«Die Leute haben mal Balken hier raufgeschleppt. Selbst mit Maultieren war das eine elende Schufterei.»

«Die alten Schienen führten zum Tunnel. Crozet hat Versorgungswege und -gleise angelegt, bevor–» Harry brach ab. Ein gelber Schwalbenschwanz tänzelte vor ihnen und flog davon.

«*Ist das ein Scherz von dir?* Coop... Coop! Das hat Josiah zu mir gesagt, nachdem er seine Karte gelesen hatte.»

«Na und? Ned hat Susans Handschrift erkannt. ‹Schade, daß Du nicht hier bist› war eine Pleite.»

«Begreifen Sie denn nicht? Der Mörder weiß, daß außer dem Sheriff nur ich es bin, die das Postkartensignal kennt. Ich war es, die zu Mrs. Hogendobber lief, noch bevor Ihre Leute bei ihr ankamen. Ich bekomme die Post als erste zu sehen. Er hat sich verraten. Er ist es! Herrgott, Josiah DeWitt. Ich hab ihn gern. Wie kann man einen Mörder gern haben?»

Officer Cooper nahm die Information mit unbewegtem Gesicht zur Kenntnis. «Also, wenn jemand in dem Tunnel ist, sitzen wir ganz schön in der Tinte.»

«Wie die Ente auf Kelly Craycrofts Poster.» Harrys

Gedanken rasten. «Ich weiß nicht, wie lange er braucht, um zu merken, was er getan hat.»

«Nicht lange. Aber unsere Leute sind überall. Er wird vielleicht nicht imstande sein, seinen Laden frühzeitig zu verlassen. Aber sobald er zugemacht hat, wird er auf Sie losgehen.»

«Er weiß nicht, wo ich bin.»

«Dann kommt er in der Nacht hierher – falls hier wirklich etwas ist –, oder er macht sich aus dem Staub. Ich weiß nicht, was er tun wird, aber er hat keine Angst.»

Der von Kudzu umkränzte verschlossene Tunneleingang ragte vor ihnen auf.

«Los, weiter», drängte Harry.

Cooper fuhr ihr mentales Radar aus und ging vorsichtig auf den Eingang zu. Harry, ein paar Schritte hinter ihr, nahm die Oberseite des Tunnels in Augenschein. Es wäre beschwerlich, oberhalb des Tunnels auf den Berg zu steigen, ja, es würde Stunden dauern. Aber es war zu schaffen.

Der Tunneleingang war tatsächlich versiegelt. Nur mit Dynamit hätte man ihn öffnen können.

«Komm, wir suchen Paddys Kaninchenloch.» Mrs. Murphy und Tucker schwärmten aus.

Die Nase am Boden, entdeckte Tucker die schwachen Überbleibsel von Bobs und Ozzies Witterung. *«Ozzie und Berryman waren hier.»*

Mrs. Murphy nickte. *«Paddy hat vielleicht recht. Wenn Berryman hier oben war, dann ist hier ein Schatz!»* Sie raste der Corgihündin voraus, während Harry und Coop auf Zehenspitzen die Tunnelöffnung abschritten.

Hinter dem Laubwerk verborgen befand sich ganz unten am Tunnel ein kleines Loch. Ein Kaninchen konnte leicht hinein- und herausgelangen. Mrs. Murphy ebenfalls.

«Geh da nicht rein», warnte Tucker. *«Wir gehen zusammen.»*

«Okay, ich zuerst. Ich hab bessere Augen.» Mrs. Murphy schlüpfte durch das Loch. *«Heiliges Kanonenrohr!»*

«Alles in Ordnung?» Tucker, halb drinnen und halb draußen, scharrte mit den Vorderpfoten, was das Zeug hielt.

«Ich denke schon.» Mrs. Murphy lief zu ihrer Freundin zurück. *«Kannst du schon was sehen?»*

«Kaum.» Tucker blinzelte, aber sie kam sich vor wie in einem Meer aus chinesischer Tusche.

Langsam gewöhnten sich ihre Augen an die Dunkelheit, und sie sah den Schatz. Es war nicht Claudius Crozets Schatz, aber es war ein ungeheures Vermögen an Gemälden, Louis Quinze-Möbeln und Teppichen, sorgsam in dicke Schonbezüge verpackt. Mrs. Murphy sprang auf einen Louis Quinze-Schreibtisch. Ein vergoldetes Kästchen stand darauf. Sie hob mit einer Pfote den Deckel. Drinnen glitzerte alter, kostbarer Schmuck. Neben dem Tunneleingang war eine alte Förderlore abgestellt. Darauf thronte ein riesiger bauchiger Schrank.

«Hol Harry.»

Tucker flitzte zum Kaninchenloch und bellte.

«Wo ist der Hund?» Officer Cooper sah sich um. «Hört sich an, als wäre er im Tunnel. Das ist unmöglich.»

Harry zerrte Gestrüpp, Kudzu und Ranken beiseite, um an die rechte Tunnelecke heranzukommen. Tucker bellte zu ihren Füßen. «Da ist ein Kaninchenloch. Tucker, komm da raus.»

Officer Cooper ließ sich auf alle viere nieder. Eine schwarze nasse Nase zuckte. «Komm schon, Köter.»

«Kommt ihr doch rein», erwiderte Tucker.

«Sie passen nicht durch.» Mrs. Murphy gesellte sich zu ihr. *«Gehen wir raus. Es muß einen anderen Eingang geben.»*

Tucker zwängte sich ächzend aus dem Loch. Mrs. Murphy tänzelte hinaus. Tucker sprang an Harry hoch. Mrs. Murphy umrundete ihre menschliche Freundin. Harry verstand. Sie ging in die Hocke, und dann, als Cooper ihr den Weg frei machte, legte sie sich flach auf den Bauch. «Da drinnen ist was. Ich brauche eine Taschenlampe.»

Auch Cooper legte sich hin. Harry rückte beiseite, damit

sie besser sehen konnte, und sie wölbte die Hände um die Augen. «Antiquitäten. Ich kann nicht viel sehen, aber ich sehe eine große Kommode.»

Harry sprang auf und fuhr mit den Händen über die Tunnelöffnung. Cooper trat zu ihr. Harry klopfte gegen die rechte Seite des versiegelten Tunneleingangs. Es klang hohl.

«Epoxyd und Harz. Jetzt wird es verständlich, nicht?» sagte Harry.

«Die Möbel wurden nicht durch das Kaninchenloch gezwängt, es sei denn, Josiah verfügt über Zaubertränke wie in *Alice im Wunderland*. Irgendwo muß ein Knopf oder ein Riegel sein. Ich wette, Kelly hat es Spaß gemacht, das anzufertigen. Wie lange mag er wohl dazu gebraucht haben?»

«Wenn er nachts gearbeitet hat – ich weiß nicht, ein paar Monate. Einen Monat. Ich hab's.» Coop fand einen Riegel, den eine dicke Ranke verdeckte. Sie war auf der falschen Oberfläche befestigt. Rundherum wuchs natürliches Laubwerk. Mit einem Klicken öffnete sich eine Tür, die groß genug war, um eine Schienenlore hindurchzubekommen. Die beiden Frauen betraten den Tunnel. Die Tiere sausten hinter ihnen her.

«Hier drin befindet sich ein Vermögen», flüsterte Harry.

Tucker stellte die Ohren auf. Mrs. Murphy erstarrte.

«Nicht bellen, Tucker. Er weiß, daß die Menschen hier sind, aber er weiß nicht, daß wir hier sind. Du mußt winseln, um Harry zu warnen.»

Tucker jaulte leise. Harry bückte sich, um sie zu streicheln. *«Mommy, bitte sei vorsichtig»*, jammerte der Hund.

«Versteck dich, Tuck, versteck dich.» Mrs. Murphy sprang von einem Schreibtisch auf einen Kleiderschrank neben dem Eingang. Tucker versteckte sich hinter der Lore.

Harry spürte die Angst der Tiere. «Cooper, Cooper», flüsterte sie und packte Cynthias Arm. «Da stimmt was nicht.»

Cooper zog ihre Pistole. Harry tat desgleichen.

Leichte Tritte drangen an ihre Ohren. Im Tunnelinnern wurden die Geräusche entlang der hundertsechzig Meter Gestein verstärkt und verzerrt. Harry schlich zur rechten Seite des Eingangs. Sie stellte sich auf die andere Seite der Lore. Cooper blieb links im tiefen Schatten.

Sie vernahmen eine bekannte, liebenswürdige Stimme. Josiah war zu schlau, sich in der Öffnung zu zeigen. «Ich habe dich unterschätzt, Harry. Man soll eine Frau nie unterschätzen. Officer Cooper, ich weiß, daß Sie bewaffnet sind. Ich schlage vor, Sie werfen Ihre Waffe heraus. Es gibt keinen Grund, Claudius Crozets Werk mit Blut zu besudeln – schon gar nicht mit meinem.» Cooper verhielt sich still. «Wenn Sie Ihre Waffe nicht zu mir herauswerfen, werfe ich diesen benzingetränkten Lappen und den winzigen Molotowcocktail in den Tunnel hinein, den ich zufällig für abendliche Belustigungen bei mir habe. Ich habe auch eine Pistole, wie Sie sich sicher denken können. Es ist Kellys. Wenn die Ballistiker ihren Bericht über Bob Berryman abliefern, werden sie den sterngeschmückten Staatsdiener Rick Shaw enttäuschen und ihm erzählen müssen, daß Bob mit der Waffe eines Toten ermordet wurde. Es ist unangenehm, in den Flammen zu sterben, aber wenn Sie herauslaufen, werde ich gezwungen sein, Sie zu erschießen. Wenn Sie Ihre Waffe rauswerfen, Officer Cooper, können wir vielleicht ein Geschäft miteinander machen. Etwas Lukrativeres als Ihr unermeßliches Staatsbedienstetengehalt ist allemal drin – das gilt auch für dich, Harry.»

«Was für Geschäfte hast du mit Kelly gemacht? Oder mit Maude?» Harrys Stimme, scharf und fest, hallte durch den Tunnel.

«Kellys Vertrag sah ausgezeichnete Bedingungen vor, aber nach vier Jahren bei zwanzig Prozent wurde er etwas habgierig. Wie du siehst, sind in dem Tunnel genügend Vorräte angehäuft, so daß ich für die Zukunft auf seine Dienste verzichten konnte. Wenn meine Bestände zur Neige gehen, findet sich ein anderer profitgieriger Schwächling.»

«Du hast seine Straßenbaufirma benutzt.»

«Natürlich.»

«Und seine Lastwagen.»

«Harry, strapaziere meine Geduld nicht mit Fragen, deren Antwort auf der Hand liegt. Officer Cooper, werfen Sie Ihre Waffe heraus.»

«Zuerst will ich wissen, warum Sie Maude umgebracht haben. Was sie getan hat, liegt ebenfalls auf der Hand.»

«Maude war ein lieber Mensch, aber leider haben ihre Eierstöcke über ihren Kopf bestimmt. Sehen Sie, sie hat Bob Berryman tatsächlich geliebt. Als geschäftliche Gründe mich zwangen, Kelly Craycroft aus der Unternehmensführung zu entfernen, wollte sie sich nicht an einem Mord mitschuldig machen.»

«Und? War sie mitschuldig?»

«Nein. Aber sie hat Angst bekommen. Was, wenn ich erwischt und unser einträgliches Unternehmen aufgedeckt würde? Berryman hielt sie ewig hin und sagte ihr, er würde Linda verlassen, und Maude hat diesen nichtsnutzigen Kerl geliebt. Ein schwankender Partner ist schlimmer als überhaupt kein Partner. Sie hätte uns verraten können, oder schlimmer noch, sie hätte sich Bob Berryman gegenüber verplappern können – Bettgeflüster –, und der mit seinem komischen Ehrgefühl wäre schnurstracks zu den Sachwaltern der Obrigkeit getrabt. Sie sehen, die arme Maude mußte verschwinden. So, meine Damen, das war Aufschub genug. Werfen Sie die Waffe raus.»

«Hast du versucht, Mrs. Hogendobber zu ertränken?» Harry wollte, daß er weiterredete. Sie hatte keinen Plan, aber so gewann sie immerhin Zeit zum Überlegen.

«Nein. Raus mit der Waffe.»

Harry senkte die Stimme auf Klatschtonlage und betete, daß Josiah diesen Tonfall unwiderstehlich finden möge. «Wenn du die Pontons nicht aufgeschlitzt hast, wer dann?»

Er lachte. «Ich glaube, das war Little Marilyn. Sie hat keine Hilfe geholt, bis sie merkte, daß zwei von den Damen auf Mims Jacht nicht schwimmen konnten. Sie wollte ihrer Mutter einfach nur die Party verderben. Ich kann es nicht beweisen, aber das ist meine Vermutung.» Er lachte wieder. «Ich hätte alles darum gegeben, das Boot sinken zu sehen. Mims Gesicht muß puterrot gewesen sein.» Er hielt inne. «Okay, genug geschwätzt. Wirklich, es muß nicht sein, daß jemandem von uns etwas zustößt. Wir brauchen bloß zusammenzuarbeiten.»

«Wie haben Sie Kelly und Maude dazu gebracht, Zyanid zu nehmen?»

«Sie ziehen die Sache in die Länge», seufzte Josiah. «Ich habe einfach Zyanid auf ein Taschentuch geträufelt und so getan, als wär's Kölnisch Wasser, und es ihnen rasch auf den Mund gedrückt! Simsalabim! Schon waren sie tot. Jetzt aber weiter im Programm, Mädels.»

Harry warf ein: «Du hättest sie nicht verstümmeln müssen.»

«Eine künstlerische Note.» Er kicherte.

«Noch eine winzig kleine Frage.» Harry rang nach Luft. Ihre Stimme klang trotz der erstickenden Umgebung nach stählerner Ruhe. «Ich weiß, daß du die Ware in einer Lore hierhergeschafft hast, aber woher hast du sie bekommen?»

Josiah triumphierte. «Das ist das Allerbeste, Harry. Mim Sanburne! Ich bin jahrelang mit ihr unterwegs gewesen. In den feinsten Häusern. New York, Newport, Palm Beach, Richmond, Charleston, Savannah, wo immer eine elegante Party stattfand, bei der man unbedingt dabeisein mußte. Ich habe die Ware taxiert, und ein, zwei Jahre später – *voilà* – kam ich zu einem anderen Zweck wieder. Keine Einladung mit Prägedruck mehr nötig. Das war der einfache Teil. Man besticht einen Hausangestellten – die Reichen sind bekanntlich knausrig. Man bezahlt jemandem genug, daß er davon ein Jahr leben kann, und eine Fahrkarte nach Rio, einfache Fahrt. Es war leicht, ins

Haus zu gelangen, wenn die Herrschaften fort waren. Der schwierige Teil war, die Lore aus dem Lastwagen auf die Schienen zu bekommen und in den Tunnel zu rollen – und am nächsten Tag wach zu bleiben. Aber richtig schwer schuften mußten wir nie. Vielleicht drei Häuser im Jahr. Der Absatz ist einfach, sobald sich der Trubel gelegt hat. Eine kleine Fuhre nach Wilmington oder Charlotte. Ein Abstecher nach Memphis. Die hochnäsige Mim würde sterben, was? Sie rümpft ihre lange Nase über Gott und die Welt, aber sie verkehrt mit einem Verbrecher – einem eleganten Verbrecher allerdings.»

«Große Gewinnspanne, wie?»

«O ja, süß sind die Früchte des Kapitalismus – eine Lektion, die du nie gelernt hast, Mädchen. So, die Zeit ist um.» Seine hypnotische Stimme verhieß, daß alles gut ausgehen würde, daß das Ganze bloß ein köstlicher Ulk war.

Harry schob sich näher an die Öffnung heran und gab Coop pantomimisch zu verstehen, daß sie ihre Waffe hinauswerfen würde. Cooper nickte. Mrs. Murphy sträubte kampfbereit ihren Schwanz.

«Du wirfst den Molotowcocktail nicht rein. Das Feuer würde dein ganzes Lager vernichten. Der Rauch und die Erschütterung würden ganz Crozet hierherlocken. Damit wäre alles verdorben. Wenn wir ins Geschäft kommen wollen, sollten wir uns lieber von jetzt an vertrauen. Du wirfst deine Waffe zuerst hin, und Officer Cooper wirft ihre raus.»

«Du willst mich wohl für dumm verkaufen, Harry. Ich werfe meine Waffe nicht zuerst hin», ereiferte er sich.

«Du bist doch so kreativ, Josiah. Überleg dir was», spottete Harry. «Du könntest uns aushungern, aber Rick Shaw würde deine Abwesenheit bemerken. Und unsere auch. So geht's nicht. Wir sollten lieber jetzt zu einer Einigung kommen.»

«Du bist hart im Verhandeln.»

«Man soll eine Frau nie unterschätzen», äffte Harry ihn

nach. «Es wäre unangenehm, wenn einer von uns den anderen töten würde; denn du könntest die Leiche erst mitten in der Nacht beseitigen, und in dieser Hitze fängt sie nach zwei bis drei Stunden zu stinken an. Das wäre widerlich.»

«Ganz recht», erwiderte Josiah knapp. «Was würdest du tun, wenn ich der Tote wäre?»

«Was du mit Maude getan hast. Dann würde ich ein Jahr warten, und Coop und ich würden deine Waren verkaufen. Oh, wir haben nicht deine Kontakte, Josiah, aber ich bin sicher, daß wir etwas herausschlagen könnten.» Sie log, was das Zeug hielt.

«Sei kein Esel! Mit mir kannst du ein Vermögen verdienen. Wenn du's auf eigene Faust machst, wirst du erwischt.»

«Bis hierher bin ich immerhin schon gekommen.»

Es folgte ein langes Schweigen. Der ungezündete Molotowcocktail wurde vor die Öffnung gelegt. Josiahs Hand zog sich geschwind zurück.

«Ein unumstößlicher Beweis dafür, was für ein Heiliger ich bin. Da ist der Molotowcocktail.»

«Josiah –» Harry hoffte noch immer, ihn durch Gespräche ablenken zu können – «wie hast du die Poststempel gefälscht?»

«Meine latente künstlerische Ader gelangte vorübergehend an die Oberfläche.» Er lächelte. «Ich verfüge über diverse Wachse, Farben, Beizen, etwas Goldbronze, alles mögliche, um die Möbel zu restaurieren. Ich habe eine Farbe zusammengemischt und die Stempelbuchstaben aus alten Typen zusammengesetzt. Der Text kam mit Hilfe meines Computers zustande. Ich finde, die Postkarten waren ein Bravourstück. Zu gern habe ich mir das Gesicht des armen Rick Shaw vorgestellt, wie er versucht, daraus schlau zu werden – nachdem er gemerkt hat, daß die Postkarten ein Zeichen waren. Du hast es sehr schnell gemerkt. Ich war ungeheuer beeindruckt.»

«Aber du hattest keine Angst?»

«Ich? Nie.»

«Deine Waffe.» Harrys Stimme ließ die Forderung klingen wie eine höfliche Bitte.

«Was ist mit Coop? Ist sie wirklich da drin? Ich möchte ihre Stimme noch mal hören. Woher weiß ich, daß du sie nicht inzwischen umgebracht hast?» Josiah stellte seinerseits eine Forderung. Er wollte hören, wo Coop war.

«Hier.» Cooper nickte Harry zu. Dann stellte sie sich geschwind neben Mrs. Murphy. Tucker legte die Vorderpfoten auf die Lore.

Harry sagte auf Coopers Zeichen: «Ich zähle bis drei, dann wirfst du deine Waffe hin. Sie wirft ihre hin. Eins... zwei... drei.» Sie warf ihre Pistole hinaus, und gleichzeitig warf Josiah seine in die Öffnung.

Er hatte eine zweite Waffe. Er verschwendete keine Zeit. Er stürmte in den Tunnel und feuerte wild um sich. Mrs. Murphy sprang mit ausgefahrenen Krallen auf seinen Kopf. Dann rutschte sie auf seinen Rücken. Tucker stieß die Lore an, die trotz ihres langsamen Tempos Josiah aus dem Gleichgewicht warf, als sie in ihn hineinrumpelte. Tucker biß ihn in die Hand, die die Waffe hielt, und er sank schwankend auf den Tunnelboden, wo sein Knie auf eine Stahlschiene aufschlug. Ohne daß der Hund sein Handgelenk losließ, hob Josiah die Hand mit der Waffe und zielte auf Harry, die sich fallen ließ und zur Seite rollte. Mrs. Murphy hing an seinem Rücken und schlug ihre Krallen mit aller Kraft hinein. Cooper gab präzise und mit geübter Beherrschung einen einzigen Schuß ab. Josiah ächzte, als die Kugel mit einem dumpfen Knall in seinen Rumpf drang. Er ballerte wild drauflos. Cooper schoß noch einmal. Zwischen die Augen. Er zuckte zusammen und war tot.

«Tucker!» Harry rannte zu dem Hund, der verletzt war, aber mit dem Schwanz wedelte.

Cooper nahm Mrs. Murphy auf den Arm und ging zu

Harry hinüber. Sie küßte die Katze, deren Fell noch gesträubt war. «Gut gemacht, Mrs. Murphy.» Sie bückte sich, um Josiahs Puls zu fühlen. Dann ließ sie seinen Arm fallen wie ein verfaultes Stück Fleisch. «Harry, wenn die zwei ihn nicht aus dem Gleichgewicht gebracht hätten, hätte er eine von uns erwischt. Er hatte eine Schnellfeuerwaffe. Der Tunnel ist nicht besonders breit. Er war kein Dummkopf, außer daß er sich im Postamt verplappert hat.»

Harry setzte sich auf die feuchte Erde, und Tucker leckte ihr die Tränen vom Gesicht. Mrs. Murphy stellte sich auf die Hinterbeine und legte die Vorderpfoten an Harrys Hals. Harry rieb ihre Wange in Mrs. Murphys weichem Fell.

«Komisch, Cooper, ich hab nicht an mich gedacht. Ich hab an diese beiden gedacht. Wenn er Mrs. Murphy oder Tucker etwas angetan hätte, ich wäre imstande gewesen, ihn mit meinen bloßen Händen zu töten. Mein Verstand war vollkommen ruhig und glasklar.»

«Sie haben Mumm, Harry. Ich war bewaffnet. Sie haben Ihre Waffe rausgeworfen, um ihn reinzulegen.»

«Sonst wäre er nicht reingekommen. Ich weiß nicht – vielleicht doch. Gott, es kommt mir vor wie ein Traum. So ein gerissener Schweinehund. Er hatte zwei Pistolen.»

Cooper filzte die Leiche. «Und ein Stilett.»

46

Erleichtert kehrte Mrs. Hogendobber am Tag nach der Schießerei mit Josiah zurück. Für die Medien waren die heroische Posthalterin, ihre tapfere Katze und ihr mutiger Hund sowie die beherzte Officer Cooper, die im Feuerhagel so kühl geblieben war, ein gefundenes Fressen. Harry fand den Rummel fast so schlimm, wie im Tunnel in der Falle zu sitzen.

Rick Shaw, der über das Gefecht mit Josiah genau informiert worden war, erwähnte in seinem Bericht mit keinem Wort, daß Josiah sich an Mim Sanburnes Arm Zutritt zu den Häusern der Reichen verschafft hatte. Natürlich wußte es ganz Crozet, und Mims reiche Freundinnen wußten es auch, aber wenigstens dieses Detail wurde nicht in großer Aufmachung überall in Amerika verbreitet. Big Jim freute sich insgeheim, daß der Snobismus seiner Frau zum Verhängnis geworden war, und er war heilfroh, Josiah los zu sein.

Pewter beneidete ihre Freundinnen schrecklich und fraß doppelt soviel wie sonst, als Entschädigung dafür, daß ihr der Ruhm verwehrt war.

Fair und Boom Boom traten nun gemeinsam in der Öffentlichkeit auf. Noch wurden keine Versprechungen gemacht. Sie kämpften darum, mitten in dem glühendheißen Klatsch über sie Boden unter den Füßen zu bekommen. Harry wurde von der harten Ehefrau, die ihren Mann hinausgeworfen hatte, zum unschuldigen Opfer – nach der öffentlichen, nicht nach Harrys eigener Meinung.

Susan bewog Harry, es zur Entspannung einmal mit Golf zu versuchen. Harry war nicht sicher, daß es sie entspannte, aber sie wurde ganz besessen davon.

Little Marilyn und Mim versöhnten sich bis zu einem gewissen Grade. Mim besaß genug Verstand, um zu wissen, daß sie ihre Tochter nie wieder beherrschen würde.

Rob brachte pünktlich die Post und holte sie ebenso pünktlich ab. Harry las weiterhin die Postkarten. Lindsay Astrove kehrte aus Europa zurück und bedauerte, das Drama verpaßt zu haben. Jim Sanburne und der Stadtrat von Crozet beschlossen, aus dem Skandal Geld zu schlagen. Sie boten Tunneltouren an. Die Touristen fuhren in Handkarren hinauf. Eine hübsche Broschüre über das Leben von Claudius Crozet wurde gedruckt und für zwölf Dollar fünfzig verkauft.

Das Leben wurde wieder normal, was immer das war.

Crozet war ein unvollkommener Winkel in der Welt, mit seltenen Momenten der Vollkommenheit. Harry, Mrs. Murphy und Tucker wurden an einem klaren Tag im September Zeugen eines solchen.

Harry blickte aus dem Fenster des Postamts und sah Stafford Sanburne mit seiner schönen Frau aus dem Zug steigen. Er wurde von Mim und Little Marilyn begrüßt. Er strahlte übers ganze Gesicht. Harry auch.

Nachwort

Ich hoffe, mein erster Kriminalroman hat Ihnen gefallen. Wenn ja, sagen Sie es meinem Verleger. Vielleicht gibt er mir einen Vorschuß auf den nächsten.

Oh, ich höre Schritte in der Diele.

«Sneaky Pie, was ist das da in meiner Schreibmaschine?»

Rita Mae Brown

Rubinroter Dschungel

Roman
Deutsch von Barbara Scriba-Sethe
rororo 12158

«Der abenteuerliche, pikareske Lebensweg der Heldin führt von den ersten homo- und heterosexuellen Erlebnissen der Kindheit und Jugend bis zur Collegezeit, zum Abschluß an der Filmhochschule und zu den vergeblichen Versuchen, einen Job im Filmgeschäft zu finden. Er spiegelt Rita Mae Browns eigene Biographie wider, endet aber mit der endgültigen Desillusionierung der jungen Molly Boldt... Das Buch ist voller deftiger, humorvoller Szenen und voller origineller Sentenzen.»

Frankfurter Allgemeine Zeitung

Jacke wie Hose

Roman. Deutsch von Margarete Längsfeld
rororo 12195

Runnymede, Pennsylvania, 1909 bis 1980. Im Mittelpunkt der Handlung steht die Haßliebe zwischen den Schwestern Julia und Louise Hunsenmeir, die heranwachsen, heiraten, Kinder großziehen und alt werden, ohne je einen Streit zu vermeiden.
«... einen Orden für Rita Mae Brown, die einen Frauenroman geschrieben hat, der unendlich feinfühlig und sprachstark eine Vielzahl möglicher Variationen von Frauenbeziehungen beschreibt.» taz

Rowohlt